Gerhard Treichel
Am späten Nachmittag
Wege zur Freiheit
Roman mit autobiografischen Zügen

Gerhard Treichel

Am späten Nachmittag

Wege zur Freiheit

Roman mit autobiografischen Zügen

Die Handlung und die handelnden
Personen sind frei erfunden.
Jede Ähnlichkeit mit lebenden oder bereits
verstorbenen Personen ist zufällig.

1. Auflage 2017

ISBN 978-3-7460-5130-7

© 2016

Titelfoto: Tatiana Popova / Shutterstock
Lektorat: Catrin Stankov, Bernau
Umschlaggestaltung und Satz: Julia Karl / www.juka-satzschmie.de

Herstellung und Verlag: BoD – Books on Demand, Norderstedt

Gewidmet meinen Enkelsöhnen
Daniel und Felix

Freude, schöner Götterfunken,
Tochter aus Elysium,
Wir betreten feuertrunken,
Himmlische, dein Heiligthum!

Deine Zauber binden wieder,
Was die Mode streng getheilt;
Alle Menschen werden Brüder,
Wo dein sanfter Flügel weilt.

Seid umschlungen, Millionen!
Diesen Kuß der ganzen Welt!
Brüder – überm Sternenzelt
Muß ein lieber Vater wohnen.

(Friedrich Schiller, »Dichter der Freiheit«)

*»Des Herzens Woge schäumte nicht so schön empor
und würde Geist, wenn nicht der alte stumme Fels,
das Schicksal, ihr entgegenstände.«*

(Friedrich Hölderlin)

»Der Mensch, hingerissen vom Drang nach Freiheit und der Sehnsucht nach Geborgenheit (Kant), lebt zeitlebens in dieser Zerrissenheit.«

Hölderlin hatte ein Gespür für die menschlichen Höhen und Tiefen, dieses Gefühl kommt besonders in seinen Gedichten und Briefen zum Ausdruck:

»Man kann wohl mit Gewissheit sagen, dass die Welt noch nie so bunt aussah wie jetzt. Sie ist eine ungeheure Mannigfaltigkeit von Widersprüchen und Kontrasten. Altes und Neues! Kultur und Rohheit. Boshaftigkeit und Leidenschaft. Egoismus im Schafspelz. Egoismus im Wolfspelz. Aberglauben und Unglauben. Knechtschaft und Despotismus. Unvernünftige Klugheit, unkluge Vernunft. Geistlose Empfindung, empfindungsloser Geist. Geschichte. Erfahrung. Energie ohne Grundsatz. Grundsätze ohne Energie. Strenge ohne Menschlichkeit. Menschlichkeit ohne Strenge. Heuchlerische Gefälligkeit. Schamlose Unverschämtheit. Altkluge Jungen, läppische Männer.

Man könnte diese Litanei von Sonnenaufgang bis Sonnenuntergang fortsetzen und hätte kaum ein Tausendteil des menschlichen Chaos genannt, des Menschengeschlecht.«

Eine tiefe Analyse, die jedoch nicht ohne ein Positivum endet:

Ich glaube an eine künftige Revolution der Gesinnung und Vorstellungsarten, die alles Bisherige schamrot machen wird.

Gewandt an die Dichter: ›O weckt, ihr Dichter! Weckt sie vom Schlummer auch, die jetzt noch schlafen, gebt die Gesetze, gebt uns Leben, siegt, Heroen! Ihr nur habt der Eroberung Recht, wie Bacchus.‹«

Der schwäbische Dichter Friedrich Hölderlin entfesselt den Genius Freiheit. Er lässt ahnen, dass Freiheit ein immer wiederkehrender Prozess in der Entwicklung des Menschen ist und bleibt.

Aus der Verwesung des Alten wird Neues sich entfalten.

1. TEIL

Am späten Nachmittag

Die Scheinwerfer der entgegenkommenden Autos durchstreiften den Innenraum des Fahrzeuges, durchzogen die schemenhaften Schatten der beiden Insassen. Es nieselte leicht. Das Zubringer-Taxi fuhr mit hoher Geschwindigkeit durch die Nacht. Auf der Autobahn tauchte ein Vorwegschild auf, er las: noch zwanzig Kilometer bis zum Flughafen Dresden.

Die Bilder der letzten Tage hatten ihn wieder gefesselt. Er hatte Mühe, sie zu verdrängen.

Nach raschen Handlungen und Aufregungen der Flucht, nach dem Wirbel der letzten Tage, saß er neben dem Fahrer. Noch tief erstaunt, dass alles so glatt verlaufen war, sank Kurz ganz und gar in sich zusammen. Er sah die grellen Lichter, die vorbeifliegenden Silhouetten entlang der Autobahn. Aus dem Radio vernahm er Musik, hin und wieder unterbrochen von Nachrichten.

Es war drei Uhr morgens. Noch genügend Zeit bis zum Flughafen, dachte er, die Maschine nach Athen startete erst 5.30 Uhr. Soweit lief alles gut. Er spürte seine Unsicherheit, seine Hände schwitzten. Er fühlte sich vom Fahrer beobachtet, spürte seine Unruhe. Nicht auffallen, lief es durch seinen Kopf. Er wollte sich ablenken, die Gedanken verscheuchen, sein Zittern unterdrücken.

Er griff in seine Jackentasche und holte eine Schachtel Zigaretten hervor, bot dem Fahrer eine Zigarette an, beide rauchten schweigend. Die Stille wurde von belanglosen Wortfetzen unterbrochen, vom Wetter, dem Woher und Wohin. Das Taxi erreichte den Flughafen, er bezahlte, stieg aus, nahm seine Koffer, die ihm der Fahrer reichte, verstaute sein Gepäck auf einen nahe stehenden Gepäck-Kuli und schob ihn Richtung Abflug-Terminal. Noch hatte er fast zwei Stunden Zeit. Langsam schob er seinen Gepäck-Kuli zu einem Bistro, bestellte einen Cappuccino, zitternd rührte er mit dem Löffel im Kaffee. Die Bilder der letzten Tage drängten immer wieder in sein Bewusstsein. Gedankenverloren griff er in die Innentasche seines Jacketts. Das mit dem Geld war in Ordnung, er hatte es bei sich, das Bündel Tausender war sicher in seiner Brusttasche verborgen.

*

Es war vor drei Tagen. Am Dienstag ließ ihn der Geschäftsführer seiner Firma zu sich rufen, er solle gegen 18 Uhr in sein Büro kommen. Er hatte ein ungutes Gefühl. Was wollte er von ihm? Er vermutete einen Zusammenhang mit seinem dreiwöchigen Lehrgang im Mai des Jahres, als ihn das Neue Forum zu einer Regionalzeitung nach Bonn geschickt hatte. Die Schulung diente der Vorbereitung der ersten gemeinsamen Wahl nach der Wiedervereinigung. Sein Abteilungsleiter, bis zur Wende ein tausendprozentiger SED-Genosse, war der Erste, der sein Parteibuch hingeschmissen hatte, mehr theatralisch als aufrichtig. Dieser Wendehals war strikt dagegen gewesen, dass er den Bildungskurs besuchen sollte. Er hatte deshalb vorbeugend einen schriftlichen Antrag vom Neuen Forum an die Geschäftsleitung eingereicht. Am Tag vor seiner Abreise hatte sein Chef verkündet, dass der Antrag abgelehnt worden sei. Nach Rücksprache mit der Unternehmensleitung hatte man ihm schließlich grünes Licht gegeben. Am nächsten Tag, er war schon in Bonn, hatte ihn seine Frau angerufen. Sein Abteilungsleiter fordere ihn auf, sofort an seinen Arbeitsplatz zurückzukehren, ansonsten drohe ihm eine sofortige Entlassung. Er hatte damals die Drohung einfach ignoriert. Wochen später wurde bekannt, dass sein Abteilungsleiter zum Geschäftsführer erhoben worden war. Seine Angelegenheit schien im Sande zu verlaufen.

Am späten Nachmittag, kurz nach Büroschluss, die Mitarbeiter waren bereits gegangen, lief er hinüber zur Geschäftsleitung. Oben im ersten Stock brannte Licht. Er ging die Stufen hinauf, trat in den langen Korridor und begab sich zum Büro des Geschäftsführers Trommler. Er hörte im Flur eine Stimme, die nach ihm rief: »Kommen Sie zum Bad.« Trommler lag in der Badewanne. Er wandte sich zu Kurz: »Ich habe Sie rufen lassen, um Ihnen Wichtiges mitzuteilen. Gehen Sie in mein Büro, auf dem Schreibtisch liegt ein offenes Kuvert, bringen Sie den Brief her.«

Kurz ging ins Büro und holte den Brief.

»Lesen Sie den Brief.«

Kurz nahm das Schreiben. Er las: »Sehr geehrter Herr Kurz, zu unserem Bedauern müssen wir Ihnen wegen Rationalisierungsmaßnahmen per 30. Oktober kündigen.«

Er stockte. »Was soll das?«, wollte er von Trommler wissen. »Haben Sie mich deshalb rufen lassen? Nach meinem Wissen hat das Unternehmen volle Auftragsbücher bis weit ins nächste Jahr hinein.«

Trommler begann sich einzuseifen. Nach einer Pause wandte er sich Kurz zu. »Wissen Sie, Sie sind der Erste, den ich entlassen werde. Ihnen möchte ich es gern persönlich mitteilen. Ich will Ihnen noch was verraten. Der ganze Laden wird zum Jahresende dichtgemacht. Es ist für mich eine Genugtuung, Ihnen das zu sagen. Ich habe mit Ihnen noch eine Rechnung offen. Erinnern Sie sich, im Mai hatte ich Ihnen untersagt zu fahren, Sie haben sich meiner Anweisung widersetzt, dafür erhalten Sie heute die Quittung. Sie werden bald am eigenen Leibe spüren, was Ihnen Ihre stille Revolution gebracht hat.« Er nahm ein Glas, füllte es mit Cognac, sprach: »Auf Ihr Wohl, Herr Kurz«, und leerte das Glas in einem Zug. »Sie sollen noch mehr erfahren, öffnen und lesen Sie.«

Kurz öffnete das Kuvert.

»Hier, trinken Sie«, wandte er sich zu ihm.

Kurz ignorierte das Angebot, er las den Brief. »Die Kündigung beeindruckt mich wenig, aber ich möchte fragen, ob Sie dies mit Ihrem Gewissen vereinbaren können, einfach 90 Mitarbeiter auf die Straße zu setzen.«

»Warten Sie, lesen Sie dies hier.« Er gab Kurz einen Brief aus dem Umschlag.

Kurz stockte, nachdem er diesen überflogen hatte. »Haben Sie die Firma verschleudert?«

Trommler lächelte. »Ich habe nur meine Chance genutzt, mein Lieber. Wissen Sie, Kurz, jeder hat im Leben seine Chance. Ich habe stets meinen Vorteil gesucht und genutzt. Übrigens, Kurz, Sie werden bald merken, was Ihnen Ihre ›Revolution der Kerzen‹ gebracht hat.«

»Können Sie mir Ihre Gründe zur Schließung der Firma nennen?«, fragte Kurz.

Trommler lächelte. »Marktbereinigung nennt man dies.«

»Sie waren über 40 Jahre in der SED, haben Sie diese Skrupellosigkeit in Ihrer Partei gelernt?«

»Ach, lassen Sie diese Phrasen, Kurz. Jeder ist sich selbst der Nächste, dies war immer mein Prinzip. Das Hemd war mir immer näher als der rote Rock. Nun will ich Ihnen etwas Persönliches sagen. Sie mit Ihrem moralischen Gefasel von Gerechtigkeit, Ihrem Glauben. Was hat er Ihnen denn im Leben gebracht? Ich konnte Sie nie leiden, Kurz. Sie waren mir schon immer ein Dorn im Auge. Jetzt, heute, kann ich mir Genugtuung holen, Sie winseln lassen, wenn Sie auf der Straße liegen.« Er hatte die Seife noch in der Hand, seifte seinen behaarten Brustkorb ein. »Ich will Ihnen noch was zeigen. Holen Sie von meinem Schreibtisch den dicken braunen Umschlag.« Er nahm einen Schluck vom Cognac. Kurz holte den Umschlag. Trommler wandte sich an Kurz: »Öffnen Sie den Umschlag.«

Kurz öffnete das Couvert, darin war ein großes Bündel DM-Banknoten zu erkennen. »Warum zeigen Sie mir das?« Kurz wollte gehen.

»Warten Sie, lesen Sie den Briefzettel.«

Kurz nahm den Zettel und las: »Sehr geehrter Herr T. Gemäß unserer Vereinbarung erlauben wir uns, Ihnen als erwiesene Anerkennung zunächst einen Betrag von 1.000.000 DM zu überreichen. Mit freundlichen Grüßen …« Weiter las er nicht. »Sie sind ein Schwein!«

Trommler lächelte. »Wie gesagt, ich habe nur meine Chance genutzt. Wie damals als Kommandant im Zweiten Weltkrieg oder als Abteilungsleiter oder später in der SED. Und jetzt als Steuermann der Firma.« Er lachte laut auf. »Und Sie, Sie haben nur leeren Schaum im Kopf, ja, leere Schaumblasen.« Er lachte und trank den Rest seines Cognacs aus.

»Kennen Sie so was wie ein Gewissen?«, fragte Kurz. Er sah, wie Trommler abwinkte, die Flasche nahm, sein Glas vollgoss und einen großen Schluck trank. Kurz sah ihm zu. »Sie sind ein skrupelloses, gieriges Schwein, es kotzt mich an, Sie noch länger anzuhören. Was die Kündigung betrifft, können Sie mir damit nichts anhaben. Persönlich habe ich schon längst mit Ihnen abgeschlossen. Es ist für mich eine Erleichterung, Ihnen nicht mehr über den Weg laufen zu müssen. Aber wie Sie mit Ihren Mitarbeitern umgehen, werden Sie vielleicht eines Tages noch verantworten müssen.«

Als er zur Tür ging, fiel sein Blick auf ein Radiogerät, das leise vor sich hin dudelte. Er sah den Wannenrand und plötzlich durchfuhr es ihn: Wenn jetzt ein Unfall passierte, das Radio ins Wasser gleiten würde? Er sah, wie Trommler sein Glas nahm und es in einem Zug leerte, seine Augen schloss, den Kopf an den Wannenrand angelehnt. Kurz machte einen Schritt zurück zur Wanne und blieb am Rand stehen. Trommler hatte ihn nicht bemerkt, er schnarchte. Mit dem Knie schob er vorsichtig das Radio über den Wannenrand, das Gerät platschte fast leise ins Wasser. Er kehrte schnell um und lief aus dem Bad. Nach ein paar Schritten hörte er aus dem Bad laute Geräusche. Er ging zurück. In der Wanne sah er Trommler zusammengesackt im Wasser liegen, die Augen wie Glas, die aus den Augenhöhlen hervorquollen. Alles lief wie ein Sekundenwerk ab. Er nahm die Kündigung und den braunen Umschlag, kehrte um, ging in das Büro, sah eine braune Brieftasche, klappte sie auf und fand ein Bild von seiner Frau. Auf der Rückseite las er »Mein lieber Trommi«. Er nahm das Foto heraus. Es lief ihm eiskalt über den Rücken. Hatte seine Frau ein Verhältnis mit diesem fiesen Kerl? Er lief aus dem Büro, die Treppen hinunter und eilte über den Hof. Nur ruhig bleiben, schoss es ihm durch den Kopf, der Hof war wie leer gefegt. Er ging zum Parkplatz, stieg in seinen Wagen und fuhr nach Hause. Es war ein Unfall, redete er sich ein, ein Unfall, keiner würde ihn verdächtigen. Er wollte sich beruhigen. Jetzt nur nicht die Nerven verlieren, schoss es ihm durch den Kopf.

*

Die Maschine hatte bereits Dresden verlassen, sie überflog die Alpen. Er sah unten die weißen Bergkuppen und die weit ins Tal ziehenden Gletscher. Wie im Traum kam es ihm vor. Die Adria blitzte unten auf, die Küste Albaniens trat aus dem Wolkenfeld heraus. Er erblickte Umrisse wie im Schulatlas, es waren neue Eindrücke, die er heute das erste Mal wahrnahm. Es war sein erster Flug. Warum gerade nach Süden, was trieb ihn dorthin, war es Zufall? Er hatte blindlings diese Flugroute ausgewählt, er wollte fort, wohin, war ihm egal. Jetzt wurde ihm bewusst, dass er einen Menschen getötet und eine Million Mark bei sich hatte, er fühlte die Brieftasche. Es war alles glattgelaufen. Die Ungewissheit, entdeckt zu werden, hatte ihn zu diesem Schritt getrieben. Sie trieb ihn weg von zu Hause. War es nur die Mordtat, die ihn forttrieb? Gedanken brachen immer deutlicher aus ihm hervor, klare Bilder schälten sich aus der Unklarheit der letzten Tage heraus. Er fühlte, dass diese Spontanität kein Zufall war. Zufall war vielleicht der Zeitpunkt, zu dem dieser Entschluss durchbrach. Nein, er wollte schon immer weg. Heraus aus diesem Dunst, der ihn ein Leben lang umhüllte. Er sah den Nebel seiner Kindheit, sah die Gemeinheiten gegen Andersdenkende, sah den Zwiespalt der Kommunisten, begriff die Heuchelei und die brutale Gewalt. Spürte die dem Klassenkämpfer innewohnende Hybris: »Willst du nicht mein Bruder sein, schlage ich dir den Schädel ein.« Er sah die Falschheit, die zur Unerträglichkeit wuchs, Dummheit und Hinterhältigkeit gewannen an Raum. Was wurde nicht alles zerstört, wehe, es traute sich einer in seiner Naivität, die eigene Meinung zu sagen, das Fallbeil der roten Inquisition sauste über ihn hinweg und löschte seinen unbekümmerten kritischen Geist aus. Er wollte fort aus der Enge, die ihm die Kehle zuschnürte. Die Zeit war geprägt von Hilflosigkeit, aufkommender Wut, die ständig unterdrückt wurde und in ihm gärte. Lüge, ja, auf Lüge war alles aufgebaut, dies begriff er zeitig, Lügen und Niederträchtigkeiten, die blinden Gehorsam und Unterwürfigkeit forderten. Entweder anpassen oder sich auflehnen und dem Gespött der Systemtreuen ausgesetzt sein.

Er hatte die Augen geschlossen, er sah sich der Frage ausgesetzt: Warum das alles, warum musste er in die unbekannte Fremde? Er dachte zurück an die Zeit 1989, der friedlichen Revolution. Nein, es gab keine Revolutionäre, die damals auf die Straßen gingen. Es waren einfache Menschen, die Mut gefasst hatten, einfach frei sein wollten, frei von Bevormundung einer Partei, und die mehr Gerechtigkeit forderten. Sie wünschten, dass sich ein Sturm entwickelte, der das alte SED-Regime mit all seinem Mief hätte davontreiben lassen. Er sah in seinen geistigen Augen, wie alles begann.

*

Revolution der Kerzen

Mag es so scheinen. Es war ein langer Prozess, der 1989 mit einer Eruption endete. Deutlich sah er die Anfänge vom Ende der DDR vor Augen. Wie alles begann:

Im Mai 1989, es hatte in der Nacht heftig gestürmt und geregnet. Die Straßen waren zum Teil vom Regenwasser überflutet, Äste von den Bäumen gerissen. Von Freunden erfuhr er, dass in der Friedenskirche an der Leninstraße am Nachmittag ein Gottesdienst besonderer Art stattfindet, Genaues war nicht bekannt. Seine Neugier war geweckt. Mit seinem Trabant fuhr er zur Südstadt und bog ab zur Leninstraße. Unweit der Kirche wollte er parken, traute aber seinen Augen nicht. Der Parkplatz war voll belegt. In einer Nebenstraße konnte er seine »Pappe«, Kosename für den Trabant, in einer Lücke abstellen. Vor der Friedenskirche drängte sich eine große Anzahl von Besuchern. Was war los, warum dieser Andrang? Bald schon wurde ihm der Grund klar. Im Vorraum entdeckte er »Sputniks«. Plakate, die zur Bewahrung der Schöpfung und Gerechtigkeit aufriefen. Der Kirchensaal war proppenvoll. Klappstühle wurden ausgegeben, man konnte sich damit an die Innenseite setzen. Pfarrer Keucher betrat die Kanzel und begrüßte die Gäste. Einige Sätze blieben ihm bis heute in Erinnerung:

»Es ist eine Zeit gekommen, eine Zeit der Entscheidung. Wir alle sind gefordert, uns zu entscheiden. Ihr habt im Vorraum viele Zeitschriften gesehen. Eine davon ist für uns wichtig, sehr wichtig. Ich meine den ›Sputnik‹.« Zwischenrufe ertönten: »Gibt es diesen überhaupt noch?« – »Ja, du hast recht, es gibt ihn nicht mehr so öffentlich. Warum, müssen wir uns fragen, warum verbietet die SED-Staatsführung den weiteren Vertrieb?«

»Weil sie Angst haben vor der Wahrheit«, ertönte ein Ruf.

»Du triffst den Nagel auf den Kopf. Sie haben Angst vor der Wahrheit. Doch die Wahrheit lässt sich nicht für immer leugnen. Die Wahrheit muss ans Licht. Vom Osten kommt ein neues Signal: ›Perestroika‹ und ›Glasnost‹.«

Er sah sich um. Solch deutliche Worte werden von der SED nicht ohne Reaktion bleiben. Beruhigend war, dass die Menschen in der Kirche frei von Angst und Scheu waren. Sie lauschten gespannt den Worten des Predigers. Man spürte die Spannung und den Mut, endlich aufzuwachen, wieder Mensch zu sein. »Wachen wir auf und zeigen unseren Willen durch friedlichen Protest. Nehmen wir zum Abschluss des Gottesdienstes jeder eine Kerze, entzünden sie am Ausgang. In friedlicher Absicht und Demut wollen wir mit der Kerze in der Hand von der Friedenskirche aus in die Innenstadt laufen und auf dem Markt in einer Schweigeminute verweilen. Lasst uns durch die Kerze in der Hand unseren Unmut ausdrücken, durch friedlichen, gewaltlosen Protest. Lasst euch nicht provozieren, erheben wir die Kerze zum Zeichen für das neue Signal.«

Vorn am Ausgang lagen einige Exemplare des »Sputnik«. Seit Jahrzehnten gehörte diese Zeitschrift zum Alltag der sozialistischen Literatur und Propaganda. Von den meisten eher ablehnend behandelt, stellte sie doch einen realitätsfremden Kommunismus der Sowjetunion dar – Potemkin lässt grüßen.

Eher skeptisch nahm er eine Broschüre, der Titel lautete: »Michael Gorbatschows Rede vor der UNO in New York«. Er blätterte darin, las einen Satz, glaubte zu träumen: »Für uns ist auch die Verbindlichkeit des Prinzips der ›Freien Wahl‹ über jeden Zweifel erhaben. Dessen Nichtanerkennung kann die schlimmsten Folgen haben. Dies ist das Recht der Völker.« Welch krasser Gegensatz zur DDR-Wirklichkeit. Eine andere Broschüre erweckte mein Interesse: »Die revolutionäre Umgestaltung – eine Ideologie der Erneuerung« von Michael Gorbatschow. Hinwendung zum Menschen, seinem realen Antlitz. Denn der Mensch lebt nicht vom Brot allein – vor allem sind es Wahrheit, Gerechtigkeit und Freiheit, die den Inhalt des Lebens ausmachen. Ein unglaublicher Affront zur SED-Ideologie. Immer noch werden »Unruhestifter« ohne Rücksicht auf die Öffentlichkeit an die Wand gedrückt, die Presse am Gängelband geführt. Er las weiter: »Kritik ist das Hauptinstrument regierender Parteien, um Mängel und Fehler abzustellen. Das ›Freie Wort‹ bildet ein Grund-Fundament der Menschenrechte.« Resultieren nicht daraus die Grundrechte einer bürgerlichen Gesellschaft?, dachte er in diesem Augenblick. Will nicht Gorbatschow damit zurückkehren zur Demokratie, wo die Grundrechte für jeden Menschen lauten: Recht auf Meinungs-, Rede- und Wahl-Freiheit?

»Wo kann man diese Broschüren beziehen?«, fragte er Pfarrer Keucher, dieser lächelte und zeigte auf eine Zeitungsmeldung. Er las: »(ADN) Wie die Pressestelle des Ministeriums für Post und Fernmeldewesen der DDR (MPF) mitteilte, ist die Zeitschrift ›Sputnik‹ von der Postzeitungsliste gestrichen. Sie bringt keinen Beitrag der Festigung der Deutsch-Sowjetischen-Freundschaft, stattdessen verzerrte Beiträge zur Geschichte.«

In diesem Augenblick wurde ihm deutlich, dass von Glasnost und Perestroika auch in der DDR ein Erdbeben ausgehen wird, das das alte SED-Regime davonwehen wird.

Eine unendliche Menschenschlange zog von der Kirche aus in die Innenstadt. Passanten blieben stehen, staunend über diesen Marsch. Nach einer halben Stunde erreichte der Zug die Innenstadt. Es war ein einzigartiges Gefühl, die Angst war verdrängt. Unbegreiflich, woher der Mut kam, er war auf einmal wieder vorhanden, der Mut eines Menschen, seinen Willen auszudrücken. In der Innenstadt warteten bereits Polizisten auf den Zug der Lichter. Schweigend, ihr Licht schützend, verharrte – in einer Minute der Besinnung – der Zug auf dem Marktplatz. Deutlich war die Nervosität der Polizeiführung zu erkennen. Doch die Menschen mit ihren Kerzen blieben ruhig. Danach wurden die Kerzen gelöscht, jeder ging wieder seines Weges. Unbegreifliches war geschehen. Ein Licht brach an, zeigte eine neue Zeit, die nach Freiheit verlangte, im Januar 1989 wurde sie geboren. Was in Polen mit der Solidarnosc begann, setzte sich auch in der DDR fort. Die Menschen begannen wieder zu erlernen: »den aufrechten Gang«. Er erinnerte sich an die Begegnung mit seinem Freund.

»Bernd, ich möchte mit dir etwas bereden, eine Sache, die uns alle angeht«, sprach ich zu meinem Freund.

»Lass uns vorher ein Bier trinken.«

»Okay, Prost.«

»Nun schieß mal los, ich komme um vor Spannung«, meinte er voller Ironie.

»Vorige Woche war ich in der Friedenskirche, mehr aus Neugier. Dort entdeckte ich diese Broschüre.« Ich holte sie aus der Jackentasche.

»Von Gorbatschow, ja, davon habe ich auch schon gehört.«

Ich schlug wahllos eine Seite auf. »Lies bitte diesen Satz.«

Bernd las vor: »Menschen von allen Fesseln befreien, von ihr hängt ohne Übertreibung alles ab. Nur durch Demokratisierung und Offenheit ist dieses Ziel möglich.« Auf einer Seite stand: »Die Presse von ihrer Bevormundung zu befreien. Den Sozialismus von allem Rost und Unmenschlichkeit befreien, die regierende Partei kann sich nur vom Bürokratismus befreien, wenn sie offen ist für Kritik, Meinungsfreiheit und Freiheit der Diskussion. Versammlungsfreiheit und Redefreiheit sind Grundrechte der Demokratie, dieser Tatsache dürfen wir uns nicht mehr verschließen. In drei Wochen finden Kommunalwahlen statt. Heute ist es Zeit, die Scheuklappen abzulegen.«

Bernd fand das ungeheuerlich. »Ohne zu übertreiben, der Sputnik legt die Wahrheit offen.«

»Dieser Sputnik ist ein echter Knaller, was meinst du, Bernd, die Worte Gorbatschows müssen unter die Leute«, wandte ich mich an meinen Freund.

»Das ist wirklich die Spitze, die Worte öffnen den Menschen die Augen, sie werden Mut fassen. Es wäre super, diese noch vor den Kommunalwahlen zu verteilen.«

»Mir kommt eine Idee. Was hältst du davon, sie vom Sowjetischen Konsulat zu besorgen?«

»Okay, du besorgst die Zeitschriften und ich werde sie in der Stadt, im Rathaus und öffentlichen Gebäuden verteilen.«

»Okay. Ach, noch was«, wandte ich mich an Bernd, »ich sehe in dieser Aktion kein Risiko, ich wette darauf, dass du keiner Gefahr ausgesetzt bist.«

»Warten wir's ab.«

»Also Hals- und Beinbruch.«

Nach einigen Bieren verabschiedeten wir uns. Wir waren dabei, »den aufrechten Gang« zu erlernen.

Am anderen Morgen, es war Himmelfahrt, ging ich nicht wie gewöhnlich mit Freunden auf Männertags-Party, sondern fuhr zum Konsulat. Die Straße war menschenleer, ich stellte meinen Trabant an der Straße vor dem Konsulat ab, stieg aus und lief zum Eingang. Ich hatte schon den Türgriff in der Hand, als ich plötzlich hinter mir eine Stimme hörte: »Bleiben Sie stehen!«

Ich schaute zurück, hinter mir stand ein Polizist.

»Was machen Sie hier?«, schnauzte er mich an.

»Sie sehen doch, ich will ins Konsulat, wegen meiner Reise nach Moskau, Lenin sehen«, antwortete ich.

»Sie dürfen hier nicht parken, machen Sie, dass Sie hier verschwinden, Ihren Ausweis bitte.«

Ich gab ihm den Pass.

»Das kostet 15 Mark, wegen unerlaubten Parkens.«

Ich merkte, es war nicht gut Kirschen essen mit dem Vopo, ich zahlte und fuhr weg. In einer Nebenstraße stellte ich den Trabi ab. Lief zurück, die Straße war frei. Ungesehen erreichte ich das Konsulat. Aufgeregt betrat ich das Gebäude. Man bat mich in einen Vorraum.

»Was wünschen Sie?«, fragte mich ein Angestellter.

Ich erzählte ihm von meinem Interesse für die Sputniks und bat um einige Exemplare. Er bat mich zu warten. Nach einer Weile kam er zurück, in der Hand einen großen Karton. »Wir wissen, dass eure Staatsführung unsere neue Politik der Perestroika und Glasnost ablehnt. Doch sie werden die Zeit des Umbruchs nicht aufhalten können. Der Mensch ist für die Freiheit geboren und wird früher oder später seine Ketten abwerfen.«

»Spasibo, otschen choroscho«, antwortete ich auf Russisch. Mit dem Karton lief ich hinaus und direkt in die Arme des Vopos.

»Was haben Sie da?«

»Private Sachen.«

»Öffnen Sie den Karton.«

Ich sagte, dass es private Sachen seien und er kein Recht dazu habe. Ich merkte, dass er unsicher wurde. Er drehte sich um und ich lief schnell zur Seitenstraße, sah mich um, die Luft war rein, stieg in mein Auto und brachte die wertvolle Fracht sicher nach Hause.

Eines Abends, meine Frau und ich saßen beim Abendbrot, klingelte es. Vor der Tür stand Karin, Bernds Frau. Sie war völlig aufgelöst. »Hast du Bernd gesehen? Ihr wart am Wochenende doch zusammen.«

»Ja, das schon«, erwiderte ich.

»Ich kann mir nicht vorstellen, wo er ist.«

»Du sagst, seit drei Tagen ist er wie vom Erdboden verschwunden? Er muss ja irgendwo sein. Gehen wir zur Polizei, vielleicht wissen sie mehr.« Mit dem Pkw fuhren wir zur Polizeistation. Es war schon nach 19 Uhr. Ich klingelte, nach einer Weile kam ein Vopo heraus.

»Was wollen Sie? Wir sind bei Dienstübergabe, kommen Sie später.«

Mein hartnäckiges Drängeln hatte Erfolg. Nach einer Stunde Wartezeit kam ein Uniformierter und bat uns in einen Vorraum. »Was wollen Sie?«, fragte er.

»Ich möchte eine Vermisstenanzeige aufgeben, seit über drei Tagen wird mein Mann vermisst.«

Der Uniformierte blätterte in einem Buch. »Uns ist kein Bernd S. bekannt. Tut mir leid«, verabschiedete er uns.

Ohne Erfolg traten wir den Heimweg an. Ich brachte Karin zu ihrer Wohnung. Nach Hause wollte ich nicht. Mir fiel ein, dass die Kirchengemeinde von einem Anwalt betreut wird. Es war Büroschluss, das Gemeindebüro öffnete erst am nächsten Morgen um 9

Uhr. Bleib ruhig, sprach ich zu mir, Ruhe bewahren. Vielleicht löst sich alles schon bald auf. Trotzdem hatte ich ein mulmiges Gefühl in der Magengegend.

Vor 9 Uhr ging ich zum Gemeindebüro. Ich war erleichtert, als ich sah, dass Wolf Dienst hatte. »Kannst du dir erklären, wo Bernd stecken könnte?«

»Ich will dir keine Furcht einflößen, riecht irgendwie nach Stasi. Hier, nimm die Visitenkarte vom Rechtsanwalt Müller. Er ist für solche heiklen Angelegenheiten der richtige Mann, er kann euch sicherlich weiterhelfen.«

Telefonisch vereinbarte ich mit Rechtsanwalt Müller einen Termin. Ich hatte Glück, schon am nächsten Tag konnte ich bei ihm vorsprechen. Ich fuhr am späten Nachmittag hin, hielt vor einer Villa, einem Prachtbau im Jugendstil, die Fassade ziemlich verkommen. Herr Müller saß in einem Rollstuhl und begrüßte mich sehr freundlich: »Was kann ich für Sie tun?«

Ich hatte Vertrauen zu diesem Anwalt, war er doch Mitglied in unserer Kirchengemeinde. Ich erzählte ihm von unseren Aktionen und dem Verschwinden von Bernd. Er notierte sich Einzelheiten.

»Nach der geschilderten Sachlage hat die Stasi die Hand im Spiel«, sprach er. »Wir werden dort anrufen.« Er wählte eine Nummer, bekam aber keine Auskunft. »Dann probieren wir halt diese Nummer.« Er wählte. Sein Gesicht hellte sich auf. »Zumindest wissen wir jetzt, wo Ihr Freund steckt.«

»Und wo ist er?«, fragte ich.

»Ihr Freund ist in Untersuchungshaft, in Bautzen, im ›Gelben Elend‹. Es muss ein ziemlich schwerwiegender Fall sein, nach Bautzen werden nur schwere Fälle eingeliefert.«

»Vielen Dank für Ihre Hilfe. Was können wir jetzt tun?«

»Schreiben Sie an das MfS, vielleicht erhalten Sie Antwort.«

Ich verabschiedete mich von RA Müller und fuhr nach Hause. Meine Frau erwartete mich aufgeregt.

»Gerade war ein Mann bei uns, er wollte dich sprechen.«

»Was wollte er?«

»Darüber gab er keine Auskunft. Er sagte nur, dass er morgen gegen Abend wiederkommen würde.«

Am anderen Tag, heftiger Regen fiel vom Himmel, wir waren gerade beim Abendbrot, klingelte es. Vor der Tür stand ein schlanker, großer Mann, auf dem Kopf einen grauen Hut mit Krempe. »Ministerium für Staatssicherheit der DDR«, sagte er und zog einen kleinen Ausweis aus seiner Jackentasche. Meine Frau trat hinzu.

»Herr Kurz, zur Klärung eines Tatbestands bitte ich Sie mitzukommen.«

»Warum?«, wollte meine Frau wissen.

»Die Antwort kann Ihnen Ihr Mann geben. Ziehen Sie sich an«, forderte er mich nun drastischer auf, »und kommen Sie mit!«

Wir fuhren mit einem Wolga zur Innenstadt. Vor einem grauen Gebäude, am Eingang verriet mir ein mit großen Lettern versehenes Schild »Ministerium für Staatssicherheit«, hielten wir an. Er führte mich hinauf in die zweite Etage, nach wenigen Schritten erreichten wir sein Büro. Er wählte eine Nummer auf seinem roten Telefon. Nach einer Weile kam ein Mann herein, er stellte sich ebenfalls als Mitarbeiter der Stasi vor.

»Sie wissen, warum Sie hier sind?«

Ich verneinte.

»Kennen Sie das?« Er holte eine Broschüre aus der Schublade seines Schreibtisches.

»Ja, ich kenne den Sputnik, als Mitglied der Deutsch-Sowjetischen-Freundschaft sind sie uns ein wertvoller Helfer beim Aufbau des Sozialismus«, erklärte ich mit ironischem Unterton.

»Man hat Anzeige gegen Sie erstattet, verbotene Literatur zu besitzen.«

»Seit wann verbieten Sie Literatur aus unserem Bruderland?« Ich spielte etwas Schwejk. »Die Sowjetunion hat uns befreit von der braunen Pest, unser Land hat eine Zukunft, eingebunden im Warschauer Vertrag. Wir sind stolz auf die unverbrüchliche Freundschaft mit der ruhmreichen SU.«

»Lassen Sie Ihre Witze. Woher haben Sie die Broschüren?«, fragte er.

»Was für Broschüren meinen Sie?«

»Wenn Sie so weitermachen, kann es für Sie eine lange Nacht werden, wir haben ganz andere Kerle als Sie weichgeklopft.«

Er zündete sich eine Zigarette an und verließ mit seinem Mitarbeiter den Raum. In mir wühlten Wut und Abscheu. Was treibt den Menschen dazu, solche Widerlichkeiten dem Anderen anzutun? Waren es nicht die gleichen Methoden, wie sie die Gestapo während der Nazidiktatur praktizierte? Ich hatte viel darüber gelesen. Es waren Schulthemen. Und jetzt erlebte ich dies und konnte nachfühlen, was die Menschen damals erlitten haben, wenn sie in die Mühle der Gestapo geraten waren. Meine Gedanken wurden unterbrochen, die Tür öffnete sich, beide Männer kamen zurück.

»Ihr Freund Bernd hat uns gestanden, dass er die von ihm verteilten Broschüren von Ihnen erhalten hat«, sprach der Hagere. »Woher haben Sie diese Sputniks?«

»Ich verstehe Ihre Anschuldigungen nicht.« Woher haben sie diese Information, dachte ich, ich konnte mir nicht vorstellen, dass Bernd mich verraten hatte. Doch sie schienen alles genau zu wissen. Ich stellte meine Taktik um und ging in die Offensive. »Wieso behaupten Sie, der Sputnik sei verboten?«

Er holte ein Dokument hervor vom Ministerium für Post der DDR. »Die Zeitschrift Sputnik wird aus dem Vertrieb genommen, sie stellt eine Verkehrung der politischen Realität dar. Der Sputnik ist verboten, und wer ihn vertreibt, begeht eine Strafhandlung.«

»Das müssen Sie mir schon näher begründen. Wenn eine Zeitschrift nicht mehr angeboten wird, dann stellt sie noch lange kein Verbot dar, da sind Ihre Gesetze weich und undurchsichtig wie Milch.«

»Werden Sie nicht frech, Sie sind ein arroganter Mensch!«

Es wurde bereits dunkel, die Nacht brach an. »Kann ich telefonieren?«, bat ich.

»Was Sie dürfen, das entscheiden wir«, antwortete er abrupt.

»Ich bin Bürger der DDR und habe ein Recht darauf, einen juristischen Beistand zu nehmen. Ich lehne es ab, Ihnen noch weitere Fragen zu beantworten, ich bin mir keiner Schuld bewusst.« Ich schwieg, ihre Fragen gingen mir in das eine Ohr und verließen sie durch das andere. Ich war mir bewusst, dass sie sich ihrer Sache selbst nicht sicher waren. Es waren elende Vollzugsgehilfen der SED-Machthaber, Mielke lässt grüßen, dachte ich. Ich ging auf Durchschaltung.

»Wie Sie wollen, wir haben Zeit«, antworteten sie wiederholt, »wir haben die ganze Nacht Zeit.« Mit einem zynischen Lächeln auf den Gesichtern verließen sie den Verhörraum. Ich weiß nicht mehr, wie lange ich allein im Zimmer gesessen hatte. Es muss um Mitternacht gewesen sein, als beide wieder hereinkamen.

Der Hagere legte mir ein Formular auf den Tisch. »Lesen Sie und unterschreiben!«, forderte er mich in einem barschen Ton auf.

Ich nahm das Blatt. Darin musste ich erklären, dass über dieses Gespräch nicht mit Dritten gesprochen werden dürfe. Ich war wahnsinnig müde. »Kann ich dann gehen?«, erkundigte ich mich gähnend.

»Ja, Sie können verschwinden.«

Ich unterschrieb und machte mich auf den Heimweg, es war bereits ein Stunde nach Mitternacht. An der Bushaltestelle wartete ich eine Stunde auf den Bus, und erst als ich saß, kam Erleichterung auf. Sie mussten mich ziehen lassen. Auf einmal wurde ich hellwach. Woher wussten sie so genau Bescheid?

Erst im Herbst 1989 erfuhr ich die Wahrheit. Die Quelle hieß Rechtsanwalt Müller – welch Missbrauch einer Vertraulichkeit. Müller war Major des MfS. Viele Wehrdienstverweigerer baten ihn um Rat, viele suchten bei ihm Hilfe. Wie weit muss ein Mensch sinken, skrupellos seine Position auszunutzen und Menschen Schaden zuzufügen? Ich war geschockt. Bernd kam nach wenigen Wochen wieder aus dem Gefängnis. Von ihm erfuhr ich, dass er nicht weich geworden war.

»Mensch, Bernd, bin ich froh, dass sie dich aus dem Knast herausgelassen haben. Wie geht's dir?«

Er sah ziemlich mitgenommen aus, an seinen Augenhöhlen war erkennbar, dass er dort gelitten hatte.

Seine Augen funkelten. »Ach, ganz gut, außer, dass ich todmüde bin, geht's mir ganz gut«, antwortete er.

»Du musst meine Frage entschuldigen, aber woher hat die Stasi ihre Information über unsere Aktion?«, fragte ich. »Mir riecht das nach einem Informanten. Wem hast du etwas erzählt?«

»Eigentlich niemandem, deine Frau ausgeschlossen. Aber Karin traue ich nicht zu, ihren eigenen Mann zu bespitzeln«, entgegnete ich.

»In Bautzen hörst du noch viel schlimmere Sachen. So habe ich erfahren, dass ein Pflegesohn seinen Adoptiv-Vater denunzierte und dass Kinder ihre Eltern bespitzelten. Das MfS schreckt vor nichts zurück. Es ist unglaublich«, sprach er.

»Weißt du was, wir fahren in meinen Garten, dort kannst du mir mehr erzählen«, schlug ich vor. Gesagt, getan. Es war Freitagnachmittag, voller Freude fuhr ich mit dem Trabant und glaubte sogar zu hören, dass der Motor besonders gut lief. Meine Pappe brachte uns in den Garten. Ich hatte einen Kasten Bier und Esserei mitgenommen.

»Prost, Bernd, lass uns auf deine Rückkehr trinken, alter Junge.« Ich erzählte ihm, dass sich unsere Aktion »Sputnik« gelohnt hätte. Die Kommunalwahlen waren ein Desaster für die SED geworden. Das Wahlergebnis hatten die Behörden zu fälschen versucht, es war zu einem Protest-Sturm im ganzen Land gekommen. Viel später erfuhren wir, dass Egon Krenz, als verantwortlicher Wahlleiter, den Wahlbetrug eingestehen musste.

»Wie waren deine Haftbedingungen?«

»Das Schlimmste ist, du bist isoliert, hast keinen Kontakt zur Außenwelt. Sie quetschen dich aus, machen die Gefangenen mürbe«, meinte er. »Und doch erst, wenn du drinnen bist in der Hölle von Bautzen oder auch anderswo in den Stasi-Gefängnissen, wird dir klar, es sind nicht die Menschen, es ist dieses teuflische System, das Stalin entwickelte, die staatliche Tyrannei«, erklärte er. »Dieses System wurde voll und ganz von den Kommunisten nach ihrer Machtergreifung in der DDR schonungslos eingeführt und perfektioniert. Die SED hat ein gewaltiges Spitzelsystem aufgebaut, flächendeckend wurden die Menschen eingeschüchtert, tyrannisiert. Menschen mit fiesen Mitteln gezwungen, anderen Menschen brutalen Schaden zuzufügen. Über 100.000 ›ehrenamtliche‹ Mitarbeiter der Stasi sorgten immer wieder für ›Nachschub‹, die Bürger zu nötigen und hörig zu machen. Nur hin und wieder durfte ich auf Hofgang. Ich erfuhr, dass die Stasi Hunderttausende Spitzel beschäftigt.«

Bernd holte tief Luft und sprach weiter: »Ein Fall erregte mich maßlos. Ich ging in Hungerstreik, als ich erfuhr, dass sie einen todkranken Mann unmenschlich behandelten. Seinen Körper konnten sie zum Wrack machen, doch aus seinen Augen sprühte ein heller Geist, den sie nicht zerstören konnten. Manches Mal dachte ich, wenn wir uns trafen, dass er nicht von dieser Welt sei, so viel Leid zu ertragen und zutiefst menschlich zu sein. Ich habe noch nie solch einen Menschen gesehen. Von ihm ging eine Kraft aus, die einen beflügelte, in der Wahrheit zu bleiben. Einmal auf einem Hofgang nahm er mich zur Seite. ›Ihr jungen Leute‹, sprach er kaum hörbar, ›wenn ihr draußen seid, denkt daran: Gott will, dass alle Menschen gerettet werden, die Sünder und Abwegigen. Durch Vergebung der Schuld und die Bekenntnis eigener Verirrung kann diese menschliche Tragödie überwunden werden.‹ Dies sprach ein Mann, den sie fast umgebracht hatten. Welche Liebe zu den Menschen muss in ihm stecken. Er meinte, wir dürfen keine Rache, keinen Hass in uns aufkommen lassen, Hass vergiftet die Menschen. Beten wir zu Gott, dass er die verlorenen Schafe wieder einsammelt, denn sie wissen nicht, was sie tun. Der Teufel hat sie in Ketten der Unfreiheit gelegt.

Wir wurden gemeinsam in unsere Zellen geführt, seine Zelle wurde zuerst aufgeschlossen, mir gelang ein flüchtiger Blick in das

Innere. Ein finsteres Loch, ich hatte den Eindruck, einen mittelalterlichen Kerker zu sehen. In mir stieg unbändige Wut gegen diese Unmenschen auf. Ich flehte Gott an um Erbarmen diesem alten Mann gegenüber.

Trotz der Qualen, die sie ihm antaten, konnten sie seinen freiheitlichen Geist nicht brechen. Meine Zelle lag unmittelbar neben seiner. Ich konnte hören, wenn sie die Tür aufschlossen, hörte oft Schreie, die dann jäh verstummten, scheinbar war er in Ohnmacht gefallen, die Tür wurde zugeschlagen, Schritte verhallten, dann wurde es wieder still.«

»Bernd, trinken wir darauf, dass du den Henkern entronnen bist. Ich habe einen Vorschlag: Wir schreiben an die Botschaft der Sowjetunion, dass du wegen der Verteilung von Hetzzeitschriften im Gefängnis warst. Diese Zeitschriften kommen aus ihrem Land, Sputnik genannt.«

»Gute Idee, ich habe in Bautzen erfahren, dass die SED den Russen, unserem Brudervolk, nicht mehr über den Weg traut.«

Mit einem Glas Wodka besiegelten wir das Vorhaben. Am frühen Morgen, in der ersten Stunde, war der Brief fertig geschrieben. Trotz Wodka und Bier verließen uns nicht die Klarheit und Fantasie. Wir schliefen dann bis Mittag wie die Ratten so fest, wurden geweckt von unseren Frauen, die gekommen waren, um mit uns das Wiedersehen zu feiern. Wir dankten Gott im Gebet für die Gnade, dass er uns so viel Gutes getan und Schlimmeres verhindert hatte. Uns war klar, wir lebten in einer abscheulichen Welt, spürten doch Hoffnung, beteten um Vergebung aller vom Weg abgekommenen Menschen. Möge Gott ihnen die Augen öffnen, dass sie begreifen, was sie tun.

»Ich habe in Bautzen eine Geschichte gehört, die dies genau darstellt. Ein aufgeweckter junger Mann, vielleicht 18 oder19 Jahre alt, fand die Liebe zum Journalismus. Man köderte ihn: ›Gern erfüllen wir deinen Wunsch, komm zu uns in die SED, wir brauchen solche Menschen wie dich.‹ Mit zwanzig Jahren trat er in die Partei ein. Er erhielt ein Volontariat bei einer Lokalzeitung. Wenig später bekam er Besuch, die Stasi wollte ihn gewinnen. Man versprach ihn zu unterstützen, wenn er sich zur Mitarbeit bereiterklären würde. Er sah keine Gefahr und unterschrieb die Erklärung.

Im Laufe des Studiums kam er zur Bezirkszeitung der SED. Er arbeitete im Politik-Ressort. Durch die Ereignisse im August 1968, seine Recherche für aktuelle Beiträge, erkannte er die Lüge und Brutalität der SED. Der Prager Frühling öffnete ihm die Augen. Sein Gewissen hatte ihn wieder eingeholt. Mit knappen Worten teilte er seinem Führungsoffizier mit, nicht länger für das MfS zu arbeiten und erklärte seinen Austritt. Kurze Zeit später wurde ihm gekündigt. Er verlor seinen Beruf, wollte nicht mehr mit der Lüge leben. ›Lieber will ich mein Brot sauer verdienen, als mir ständig das Gift der Lüge der SED hineinzuziehen‹, waren seine Worte, die er später in einem Brief an seinen Freund schrieb. Ihm gelang es, die Ketten der Unfreiheit abzustreifen. Tausenden fehlte der Mut, sie blieben eingeschüchtert. Dieses Beispiel zeigt, das MfS war ein Unterdrückungsapparat, innen und außen. Mit Honig und Ketten zwangen sie junge Menschen in den geistigen Abgrund. Dabei waren Mielke und Konsorten alle Mittel recht.

Lassen wir uns nicht mehr einschüchtern, der Sputnik leuchtet im All.«

Diese Worte sprach Bernd, als wir tatsächlich den Brief an die Botschaft abschickten. Unsere Hoffnung, Antwort zu erhalten, war ziemlich klein. Wir hatten uns getäuscht. Nach mehr als vier Wochen erhielt ich einen kurz gefassten Brief, darin sprach man uns beiden eine Einladung in das Konsulat aus. An einem späten Nachmittag im Juli fuhren wir zum Konsulat. Man begrüßte uns herzlichst auf Deutsch, bot uns Getränke und Knabbereien an.

»Wir wissen, dass die SED Probleme hat mit Perestroika und Glasnost. Wir sind uns auch im Klaren, dass sich ohne diese grundlegende Reform der Sozialismus nicht entwickeln wird. Die Politik Stalins und seine Ideologie haben sich in der Bürokratie und im Beamtentum festgebissen«, meinte unser Gastgeber. »Diese Reform schließt auch die internationalen Beziehungen ein:

Jedes Land muss frei sein vom Zwang und darf nicht mehr geknebelt werden. Was ist, wenn ein Volk den Kurs seiner Parteiführung nicht mehr mitträgt? Dann ist es Aufgabe der Regierungspartei, das Vertrauen wiederzuerlangen. Wir haben von Ihrer Aktion mit dem Sputnik gehört, Sie haben Mut bewiesen, gegen verfilzte Bürokratie anzugehen«, sprach Jegorow, wie er sich zu Beginn unseres Gesprächs vorgestellt hatte.

»Sie spricht von Souveränität der Völker. Wie stehen Sie zum Willen des Volkes auf Wiedervereinigung?«

»Dazu hat unser Generalsekretär eine klare Position. Jedes Volk hat das Recht, sich zu vereinen, um dadurch den Kalten Krieg zu überwinden.«

Worte, die in unseren Ohren wie Musik klangen, die Russen ließen endlich die Völker frei.

»Gäbe es für die Sowjetunion ein zweites Prag?«, fragte ich freundlich.

»Nein, man muss aus Fehlern lernen und richtige Schlüsse ziehen.«

Ich dachte: Oh Gott, du machst Wunder.

Er wandte sich an Bernd: »Sie waren viele Wochen im Gefängnis der Staatssicherheit. Für Ihren gezeigten Mut möchten wir Sie entschädigen. Sie sind mit Ihrer Frau zu einer Kur im Sanatorium Bad Sotschi eingeladen. Sagen Sie uns, wenn Sie die Fahrt antreten wollen.«

Wir glaubten zu träumen. So also sind die Russen, hatte jeder von uns im Sinn. Draußen vor dem Hauptportal umarmte ich meinen Freund.

»Bernd, gratuliere. Du zur Kur, wo in früherer Zeit nur Parteikader hin durften? Dies müssen wir ordentlich begießen.« Es wurde ein langer Abend, bis nach Mitternacht feierten wir den guten Ausgang der Geschichte mit den Sputniks.

In der DDR kochte der Volkszorn, er verwandelte sich in eine Protestwelle. Abstimmung mit den Füßen. Ein historisches Ereignis: der 27. Juni 1989 bei Sopron, Neusiedler See, Alois Mock und Gyula Horn (Außenminister Österreich und Ungarn) durchschnitten den Eisernen Vorhang an der Grenze zwischen Ungarn und Österreich. Es setzte eine Massenflucht ein, die Staatsführung blieb sprachlos. Sprachlos bei der Besetzung der Botschaft der BRD in Prag. Es gärte im Volk. Die SED hatte überzogen.

Wir sind das Volk

Szenen aus Berlin und Leipzig
im Herbst 1989

Gewöhnlich traf ich mich am Sonntag vormittags mit Bernd im Stadtpark zum Laufen. Dabei konnten wir unsere Gedanken austauschen, ohne zu befürchten, belauscht zu werden. Besonders erinnere ich mich an den Sonntag, den 08. Oktober. Einen Tag vorher füllte das Spektakel zum 40. Jahrestag der DDR in Berlin das Tagesprogramm des DDR-Fernsehens mehr als reichlich aus, dass es zum Kotzen war. Honecker und seine SED-Clique feierten mit ihren Staatsgästen Geburtstag im Palast der Republik. Es sollte ihr letzter sein.

Im Stadtpark zeigten sich schon deutlich die Spuren des Herbstes. Kastanien lagen zuhauf auf den Gehwegen, goldig glänzten die Birken, rot leuchtete der Ahorn. Blätter rieselten herab und tanzten, von den Sonnenstrahlen erfasst, hinab. Bei jedem Schritt knirschten Eicheln und Bucheckern unter den Sohlen. Bernd war eigentlich immer pünktlich, doch an diesem Morgen kam er später. Ich lief meine erste Runde. Nach einer halben Stunde sah ich ihn unweit unseres Treffpunktes. Er winkte mir zu. Als ich näher kam, sprach er: »Horst war bei mir, deshalb meine Verspätung. Er war gestern in Berlin. Irgendetwas trieb ihn dort hin, war es Neugier oder der 7. Sinn. Er fuhr mit dem Mittagszug in die Hauptstadt, stieg am Ostbahnhof aus und lief zum Alexanderplatz. Es sei ein eigenartiges Gefühl gewesen, berichtete er, als ob etwas in der Luft liege. Er hat mich überredet, am Montag nach Leipzig zu fahren. Wir treffen uns morgen Nachmittag am Bahnhof. Kommst du mit nach Leipzig?«, fragte Bernd mich während der Laufes.

»Und ob«, höre ich noch heute meine Worte.

Am nächsten Tag fuhren wir nach 16 Uhr mit der Straßenbahn zum Bahnhof, dort nahmen wir den Zug nach Leipzig. Während der Zugfahrt erzählte uns Horst von seinen Erlebnissen in Berlin: »Als ich am 07. Oktober gegen 17 Uhr auf dem Alex anlangte, war ich auf einmal mitten drin, mitten in einer hundertköpfigen Menschentraube«, berichtete er. »Sie kamen aus allen Teilen der Republik. Ich hatte den Eindruck, als ob die Menschen von Geisterhand geführt würden. Denn urplötzlich formierte sich ein Demonstrationszug und begann, sich in Richtung Spree zu bewegen. Keine hundert Meter weiter sahen wir uns von der Vopo umringt, die bald von Hundertschaften verstärkt wurde. Sie wollten uns einschüchtern, begleiteten den Marsch der Menschen mit Drohgebärden. Der Zug der Demonstranten wuchs und wuchs unterwegs immer mehr an. Bald waren es Tausende, die in Richtung Museumsinsel die Spree entlang zogen, einige sangen ›Die Internationale‹. Immer wieder versuchte die Volkspolizei den Zug zu stoppen«, berichtete Horst, »doch geschickt umgingen die Demonstranten das Polizeiaufgebot.« Bei diesen Worten lächelte Horst verschmitzt. »Im Zick-Zack laufend narrten wir die Vopo. Am Spreeufer gegenüber dem Palast der Republik sammelte sich gegen 18 Uhr der Demonstrationszug. Es waren mehrere Tausende, die hinüberblickten zur Festtribüne, auf der Honecker und seine SED-Clique die Darbietungen der FDJ verfolgten. Sie schienen von der Realität abgehoben zu haben. Einige der Demonstranten hatten Ferngläser bei sich. Ein Nebenmann, er kam von Potsdam, gab mir sein Glas, so konnte ich die versteinerten Gesichter der Staatsführer sehen«, sprach Horst. »Gesichter, die eher voller Wut statt Freude waren. Neben Honecker sah ich Gorbatschow, sein offenes Gesicht stand im Gegensatz zum versteinerten Gesichtsausdruck der SED-Führung. Waren sie so sehr betroffen von den Worten Gorbatschows, sich endlich dem Willen der Menschen zu öffnen? Die Spatzen von den Berliner Dächern pfiffen es, die Worte Gorbatschows wurden zum Gesprächsstoff:

»›Wer zu spät kommt, den bestraft das Leben.‹ Ich sah neben mir ein Plakat, das aufgerollt wurde«, sprach Horst, »darauf stand: ›Gorbatschow, hilf uns!‹. Angesteckt von diesen Rufen skandierten Tausende Kehlen: ›Gorbi, Gorbi, Gorbi.‹ Die Worte breiteten sich aus, flogen auf dem Äther hinüber. ›Kiek, det globst de net‹, sprach zu mir ein Berliner aus Marzahn. Er reichte mir sein Fernglas. Zum zweiten Mal sah ich deutlich die Gesichter auf der Festtribüne. Sah das Gesicht Gorbatschows, er lächelte, daneben krasser Kontrast: das reglose, versteinerte Antlitz Honeckers. Mir fiel ein, wie er noch vor ein paar Tagen siegesbewusst geäußert hatte: ›Den Sozialismus in seinem Lauf hält weder Ochs noch Esel auf.‹ Sie sind entrückt, sie bemerken nicht mehr die Realität, sie wirken wie ein uralter Gral, abseits jeglicher Wahrnehmung«, hörte ich Horst sagen. Die Erzählung Horsts fesselte uns, dass wir fast den Ausstieg am Leipziger Hauptbahnhof verpassten.

Nach 17 Uhr stiegen wir aus den prallvollen Zug. »Wir sind nicht die Einzigen«, meinte Bernd, als wir auf den Bahnsteig liefen. Hunderte Menschen strömten über den Haupteingang in Richtung Opernhaus. Immer dichter wurde die Menschenmenge, je näher wir dem Markt kamen. Der Weg zur Nikolai-Kirche war voller Menschen, uns gelang es nur im Zick-Zack-Kurs, die Kirche zu erreichen. Sie war proppenvoll, wir kamen nicht hinein. Vor dem Eingang standen dicht gedrängt die Menschen, erwartungsvoll ihre Gesichter.

Es war ein einmaliges Ereignis. Mit Kerzen in der Hand bewegte sich die riesige Menschenmenge durch den Innenstadt-Ring. Der Menschenstrom ergoss sich wie heiße Lava in Straßen und Plätze der alten Messestadt. »Seht, dort drüben!« Horst zeigte zum Marktplatz. »Dort drüben rücken sie an.« Hunderte von Vopos standen dort, die Schlagstöcke bereit, um auf uns loszuschlagen. Da ertönte plötzlich ein Ruf, der in Blitzesschnelle aus tausenden Kehlen durch die Leipziger Innenstadt erschall: »Wir sind das Volk! Wir sind das Volk!« Die Polizei wich aus. Man spürte ihre Unsicherheit.

Noch heute treibt es mir die Tränen in meine Augen, ich höre noch immer den Ruf der über 70.000 Stimmen, herausgeschrien: »Wir sind das Volk!« Meine Seele bebte, als wir damals den Augustusplatz erreichten und ein Lied erklang, ich weiß nicht von wem. Eine Bass-Stimme stimmte das Lied an: »Ode an die Freude – Seid umschlungen, Millionen.« Ja, ich fühlte, eine feste Bande einigt uns. Die Worte Schillers, der Hymnus der Freiheit auf den Lippen, erfassten die Menschen und rissen sie mit in den Strom, der zur Freiheit führt. In Gedanken getragen von der Musik Beethovens, der 9. Sinfonie, der Musik der Freiheit, die sich – aus den Herzen kommend – zu einem festen Band der Brüderlichkeit formte. Horst meinte, es sei geradezu beeindruckend, dass Friedrich Schiller, der Dichter der Freiheit, die »Ode an die Freude« hier in Leipzig geschrieben habe. Von Leipzig, der Stadt der Messe und des Geistes, entfachte sich der Geist der Aufklärung und des Humanismus. Der Dichter der Aufklärung, Gotthold Lessing, studierte hier, Johann W. Goethe, an ihn erinnert noch heute »Mephisto und Dr. Faust« im Auerbachs Keller. Hier fanden sich die späteren Freunde Theodor Körner und F. Schiller. Bach und Mendelssohn prägten die Musik der Stadt. »Mein Leipzig lob ich mir«, die Worte Goethes im Ohr, deckten sich mit dem Gefühl der Wiedererlangung der Freiheit, der Erfüllung der Sehnsucht nach einem Vaterland. Das erste Mal in seiner Geschichte hat das deutsche Volk seine Freiheit erkämpft, es war in den Oktobertagen im Herbst 1989. Die Montagsdemonstration in Leipzig am 09. Oktober 1989 brachte die Wende in der DDR ins Rollen. Wochen später, als die DDR nur noch Geschichte war, fragte ich mich, wer diese mutigen Männer, die Initiatoren der Montags-Demos waren. Ich erfuhr, dass es engagierte Christen waren. Ihr Mut und ihre Konsequenz machte sie zu Heroen der friedlichen Revolution, die ohne Gewalt, nur mit dem Licht des Glaubens, als Schild gewappnet, Freiheit und Einheit dem deutschen Volk brachte.

Später hörte ich, dass Honecker in den Oktobertagen Befehl gegeben hatte, dieses Geschrei der Straße zu beenden, und sein »Höllenhund« Mielke, der Minister des MfS, wie aus den Tiefen des Hades gerufen hatte: »Jetzt ist Schluss mit dem Humanismus!« Der Teufel begann sein wahres Gesicht zu zeigen. Mit dem Einsatz von Truppen wollte die SED-Führung den Spuk, den Drang zur Freiheit, wieder mit Gewalt ersticken. Heute denke ich gottlob daran, dass es Menschen gab, die der Gewalt einen Riegel vorschoben. Tage später sprach es sich herum. Kurt Masur, der Chefdirigent des Gewandhaus Leipzig, mahnte die politisch Verantwortlichen, keine Gewalt einzusetzen. Leipzig blieb von einem fürchterlichen Blutbad verschont. Der Ruf der Freiheit war zu stark ausgeprägt. Der Einsatz von Truppen hätte einen fürchterlichen Bürgerkrieg ausgelöst. Die Menschen auf dem Augustusplatz waren voller Emotionen, voller Freude und Erwartung. Wir spürten damals, dass es kein Zurück mehr gab. Völlig fremde Menschen umarmten sich wie Brüder und Schwestern, das Volk der DDR fand zu sich, legte Angst und Verzweiflung ab.

Der Geist der Freiheit fegte ein unmenschliches System hinweg, das die Menschen versklavte und deformierte. In der Hand trugen sie Kerzen des Friedens, die Liebe in der Hand, den Ruf zur Freiheit auf den Lippen, erlernte das Volk den aufrechten Gang, wie es später eine Schauspielerin in Berlin hinausrief.

Die Wochen danach bleiben mir immer in Erinnerung. Jeden Montag fuhren wir in die Bach-Stadt. Die Montag-Demos erfassten die ganze DDR. »Politischer Flächenbrand«, nannte Bernd diese Zeit des Umbruchs, als wir auf dem Augustusplatz an diesem Montag, den 09. Oktober standen. »Leipzig hat sich zum zweiten Male in seiner Geschichte zur Heldenstadt erhoben!«, rief Bernd, voller Freude tanzend. Die Menschen jubelten, fröhliche Herzen, im Taumel endlich die Ketten abstreifend, die Sehnsucht zur Freiheit war erwacht. Wir konnten es damals noch nicht begreifen, doch die Worte Bernds sollten sich bald schon erfüllen. »Ihr werdet es sehen. Leipzig wird zum zweiten Male zum Symbol der Freiheit.«

»Wieso?«, fragte ich.

»1812 fand in Leipzig die Völkerschlacht, die entscheidende Schlacht gegen Napoleon, den Tyrann Europas statt. Und heute, am 09. Oktober 1989, über 170 Jahre später, wird von Leipzig eine

Umwälzung ausgehen, die das SED-Regime hinwegfegen wird. Leipzig wird zur Stadt der Freiheit!«, rief er.

Damals, im Herbst 1989, war dies eine gewagte Prophezeiung. Doch bereits im März 1990 erkannten wir, wie recht Bernd mit seiner Zukunftsvision hatte. Wir diskutierten oft heftig in der heimatlichen Kirche über den weiteren Verlauf der Umwälzung. In Fürbitten und Gebeten hofften wir auf Freiheit im Vertrauen auf Gott.

Die Montags-Demos in Leipzig wurden zum Symbol, hunderttausende Menschen zogen nach Leipzig, um gemeinsam ihren Willen der Freiheit zu bekunden. Ich erinnere mich noch sehr genau. Es war am 06. November 1989 – 500.000 Demonstranten kamen zur Montags-Demo nach Leipzig. Wir trafen uns nach der Demo wie immer auf dem Augustusplatz, gegenüber dem Opernhaus. Horst nahm aus seinem Rucksack eine Flasche Rotkäppchen-Sekt und er hatte tatsächlich auch Gläser mit.

»Lasst uns hier auf dem Augustusplatz anstoßen auf die Freiheit.«

»Es lebe die Freiheit!« Die Gläser erklangen, wir umarmten uns, die Augen wurden feucht. Nie vergessen wird dieses Gefühl, das die Herzen und Sinne beflügelt. »Ein einig Volk von Brüdern, in Freiheit leben.« Friedrich Schiller war allgegenwärtig in dieser Zeit.

Wir sangen: »Seid umschlungen, Millionen! Diesen Kuss der ganzen Welt! Freude, schöner Götterfunken, Tochter aus Elysium, wir betreten feuertrunken, Himmlische, dein Heiligtum! Freude, Freude, seid umschlungen, Millionen! Diesen Kuss der ganzen Welt! Brüder, überm Sternenzelt muss ein lieber Vater wohnen.« Wir schämten uns nicht der Tränen. Freudentränen in den Augen, lagen wir uns in den Armen. Freiheit, Freiheit, oh, edles Gut.

Bis spät in die Nacht blieben wir in Leipzig, das Feuer der Revolution hatte uns alle angesteckt.

Wie in einem Film kommen mir heute die Wochen des Umbruchs im Herbst 1989 vor: Die Ereignisse überschlugen sich damals. Die SED-Regierung war nicht mehr Herr der Lage. Am 09. November fiel die Mauer. War es ein Fauxpas Schabowskis oder gezieltes Einlenken? Ab sofort erhielten die DDR-Bürger freies Reiserecht. Im Bundestag begann eine Debatte, man wollte einen Kooperationsvertrag mit einer neuen DDR-Regierung abschließen. Da ertönten erneut die Rufe von der Straße: »**Wir sind ein Volk.**«

Entgegen der unterschiedlichen politischen Spiele wollte das Volk der DDR Teil eines geeinten Deutschlands sein, kein künstliches Diplomatenspiel mehr. Das Volk fürchtete nicht ganz zu Unrecht, dass die alten Kräfte der Restauration die Macht schnell wieder an sich reißen könnten.

»Wir dürfen das Handeln nicht aus der Hand geben«, lautete der einstimmige Chor der Demonstranten in Leipzig.

Im Nachhinein betrachtet, war es wie ein Wunder.

Die ersten freien Volkskammerwahlen beendeten die 40-jährige Zwangsherrschaft der SED. Die frei gewählte Volkskammer entschied, dem Willen des Volkes gerecht zu werden und die Weichen für die Wiedervereinigung zu stellen. Gewählt wurde der Königsweg, der Anschluss der DDR über § 23 des Grundgesetzes. Das Misstrauen gegenüber einem Sonderweg, einer Kooperation, war zu groß, die Bürger der DDR wollten in einem freien, geeinten Deutschland leben. Horst meinte später, ich höre noch deutlich seine Worte im Ohr: »Zum ersten Mal gelangte in Deutschland eine Revolution zum Ziel: ein freies Volk auf freiem Grund.« Damit wurden die Fehler und Makel der 1848er Revolution, als die Abgeordneten der Frankfurter Nationalversammlung vor lauter Feigheit vor den Königen niederfielen und den Monarchen ihre Krone zurückgaben, wettgemacht. Eine verhängnisvolle Zeit hatte damals begonnen, die Deutschland in den Krieg mit Frankreich gestürzt hatte, als das Wilhelminische Kaiserreich unter Kaiser Wilhelm angetreten war, die Welt neu aufzuteilen, und dessen Expansionsgelüste Europa in den Ersten Weltkrieg gestürzt hatten. Und zehn Jahre später Hitlers Diktatur der braunen Pest

Deutschland verseuchte und es in den Zweiten Weltkrieg stürzte. Gefolgt von Stalin, dem roten Tyrannen, der einen Teil Deutschlands an sich riss. Der Sieg der stillen Revolution von 1989 brachte Deutschland die Einheit in Freiheit zurück. **Wir sind ein Volk.**

Die Menschen wollten endlich Reisefreiheit, das Recht auf freie Meinungsäußerung und Pressefreiheit, die SED heraus aus den Betrieben. Wie ein Lauffeuer breitete sich die Nachricht aus, dass in Berlin das Neue Forum gegründet worden war. Die Bürger wurden aufgerufen, sich aktiv an der Umgestaltung des Landes zu beteiligen. Es war uns sofort klar, uns dieser Massenbewegung anzuschließen. Das Neue Forum sollte zum politischen Träger zur Befreiung des Landes von der Knute der SED werden. Noch heute denke ich mit einem Gefühl wie Schmetterlinge im Bauch daran zurück. Die Menschen befreiten sich selbst von der Tyrannei, es wuchs die Wut der Bürger gegen Schmarotzer und Stasi. Doch wuchs in dieser Zeit auch eine neue Spezies von Mensch heran. Der »Wendehals« wurde geboren.

Diese Spezies, wie Trommler, versuchte nach oben zu schwimmen. Erst tausendprozentiger SED-Genosse, verwandelte er sich zum fiesen Kapitalisten.

Bernd und ich beteiligten uns beim Aufbau der neuen Bürgerorganisation, das Neue Forum genannt. Ein unvergessliches Datum war das der ersten freien Volkskammerwahlen der DDR am 18. März 1990. Auf demokratischer Basis wurde die SED entthront. Gott, Vater im Himmel, hab Dank, dass dieser Umsturz unblutig verlief.

»Das Böse wird nicht siegen« – wie recht hatte der Pfarrer. Ob er dies alles noch erleben durfte?

*

Kurz musste die Augen zukneifen, heftige Kopfschmerzen ließen ihn nur schwer klare Gedanken finden. Immer wieder marterte ihn die Frage nach dem Sinn seiner Handlung, wusste er, was er verloren hatte. Schmerzlich erinnerte er sich, wie er das Zimmer seines Enkels betrat, der schlief und ruhig atmete. Mühsam versuchte er, seine Gefühle zu beruhigen. Er spürte, das Schicksal hatte zugeschlagen. Jetzt musste er dieses Land verlassen, endlich tun, was ihn trieb, aus diesem Mief herausbrechen. Vielleicht sah er seine Frau nie wieder. Sie hatte ihn verraten. Nein, in dieser Stadt war es ihm nicht mehr möglich zu atmen, in dieser stickigen Luft. Es hatte für ihn keinen Sinn mehr, nein, er wollte Mensch bleiben, musste fort in die Unbekannte, um nicht im verfaulten Geruch der Heuchelei zu ersticken und nicht länger die Heimtücke ertragen zu müssen.

Er flog das erste Mal mit dem Flugzeug in ein westliches Land, eine eigenartige Premiere, hinter den ehemaligen Eisernen Vorhang zu gelangen. Es war ein Gefühl, vergleichbar mit dem eines Menschen, der nach Jahrzehnten aus dem Gefängnis entlassen wird und nach so vielen Jahren die Sonne wiedersehen kann. Er erinnerte sich, dass er zum ersten Mal mit fünfzehn Jahren mit einem Doppeldecker über den Thüringer Wald dahingeflogen war, weit unten – wie mit den Augen eines Bussards – seine Wohngegend erkannt hatte. Damals war diese Flugreise ein Gefühl der Freiheit gewesen, es waren faszinierende Bilder gewesen, über die Berge und Flüsse der riesigen Stadt, die im Tal lag und von Bergen und Dunst umschlossen war. Wie ein Zeigefinger erhoben sich drei riesige Schornsteine in den wolkenverhangenen Himmel, die Häuser wie Steine aus einem Baukasten lagen unter ihm. Die Autobahn schlängelte sich durch die Berge. Er hatte sich damals wie ein Vogel gefühlt, der über den Wolken schwebt. Es war ein wahnsinniges Glück gewesen, endlich zu schweben, zwischen Himmel und Erde zu sein, hinabzublicken auf die Wiesen und Wälder, die braunen Schollen der Äcker, die sich dahinschlängelnden Flüsse, Bergkuppen und die dahinziehenden weißen Wolken, die wie Watte im graublauen Himmel zum Greifen nahe waren, trotzig anmutende Burgen, die von Felsen getragen stolz in den Himmel ragten und deren Felswände schroff hinab in die Ebene stürzten.

Vom Bordfunk aufgeschreckt, vernahm er die Meldung, dass die Maschine jetzt Kurs auf die Insel Peleponnes nehme und in einer halben Stunde Athen erreicht sei. Aus einer Höhe von 11.000 Meter sank die Maschine allmählich hinunter auf 6.000 Meter. Er schaute durch die Bullaugen hinab in die Tiefe, erblickte unter sich die glitzernden Wellen der Adria und weiter östlich die herannahende Küste Peleponnes. Auf dem Monitor über seinem Sitz sah er den zurückliegenden Kurs in einer roten Linie. Die Fluggäste wurden angehalten, sich anzuschnallen. Er war noch nie in Griechenland, wie auch, es war das Land der Hellenen, jenseits der von Russland beherrschten Sphäre und somit für ihn außerhalb des Erreichbaren gewesen. Er flog in ein fremdes Land. Was würde ihn erwarten, wie dort Fuß fassen? Er fühlte sich matt, bat die Stewardess um ein Glas Wasser. Was war sein Leben noch wert, hatte alles überhaupt noch einen Sinn? Er war sich aber auch bewusst, dass sein bisheriges Leben in die Sackgasse führen würde, wenn er nicht zur Entscheidung gekommen wäre: weg, weg, ein für alle Mal weg aus diesem Sumpf. Er war sich klar, er konnte nicht mehr dort leben, das war so klar wie das Amen in der Kirche. Er hatte den Kanal gestrichen voll, immer Rücksicht zu nehmen, sich nur immer anzupassen, zu handeln immer aus Überlebensstrategie heraus. Jetzt war er durchbrochen, der Bann. Nein, um zu leben, musste er all die Widerlichkeiten, den Mief eines totalitären Staates hinter sich lassen, den Betrieb, die Stadt, sein ganzes bisheriges Leben auf den Müllhaufen werfen. Hatte er sich nicht fünfzig Jahre den Zwängen unterwerfen müssen? Er musste so handeln, wenn er weiterleben wollte, zu sich finden, wenn er nicht innerlich vor die Hunde gehen wollte.

Wie der Strohhalm die Wirksamkeit verliert, verliert sich auch das eigene Ich, dies wurde ihm klar und bewusst. Es war eine Flucht, die ihn trieb, nein, nicht vor sich, sondern zu sich selbst. Er wollte sich ablenken, die intensiven Gedanken zurückdrängen, blickte hinunter und sah die große Stadt unter sich. Seine Hand fühlte unterbewusst seine Brieftasche, griff in die Seitentasche, zog langsam einen Zettel heraus, auf dem die Adresse des Hotels stand, um sie sich nochmals einzuprägen. Er schloss die Augen, um kurz Ruhe zu finden. Pünktlich landete die Boeing 707 auf dem Airport Athen. Er atmete erleichtert auf, als er die Passkontrolle hinter sich hatte, fühlte sich beruhigt, alles verlief bisher reibungslos. Er verließ das Landeterminal des Flughafens, nahm ein Taxi und ließ sich Richtung Innenstadt fahren. Am Hotel stieg er aus und gab dem Fahrer dreißig DM, er hatte keine Drachmen. Er wunderte sich, dass der Grieche seine DM annahm und sich dabei noch mehrmals bedankte.

Erst jetzt wurde ihm bewusst, dass er allein in Athen war, ringsumher tönte der Autoverkehr. Er zog die Luft ein, nahm seinen Koffer und ging ins Hotel, meldete an der Rezeption seine Zimmerbestellung, nahm den Schlüssel, ließ den Koffer hochbringen und fuhr mit dem Lift nach oben in die 7. Etage. Das Zimmer gefiel ihm, kleines Bad mit Dusche, ein Stuhl und kleiner Tisch, Telefon und TV-Koffer standen auf einer Wandkonsole. Es war ausreichend. Auf dem Tisch stand eine Vase mit frischen Blumen. Er öffnete den Kühlschrank, nahm eine Flasche Tonic, goss sich ein Glas voll und trank es in einem Zuge leer. Danach schaltete er das Radio ein, fremde Musik klang an seine Ohren. Er legte sich auf das Bett. Nach kurzer Zeit zog er sich aus und ging ins Bad. Er spürte im Inneren, wie der Wasserstrahl all die Vergangenheit mit sich fortspülte, er fühlte sich frisch, die Abgespanntheit ließ nach. Er kleidete sich an, ging hinaus, lief die Straße am Hotel entlang, ziellos ließ er sich treiben, spürte kaum, dass Menschen an ihm vorbeigingen. Es war windig, an der Straßenecke befand sich eine Taverne, Musik erklang. Er lief langsamer und sah hinein. Es saßen wenige Leute darin. Er beschloss hineinzugehen, setzte sich an einen abseits stehenden Tisch, bestellte ein Glas Wein und hörte eine Weile der Musik zu. Immer wieder kreisten seine Gedanken zurück zu seiner Flucht, ihm fehlte die innere Ruhe, er musste hinaus, um zu vergessen, vergessen, was hinter ihm lag. Er winkte dem Kellner und zahlte.

Kurz lief hinauf Richtung U-Bahn-Station, nahm die Linie Syntagma-Platz, stieg an der Station Kathedrale aus und lief über den Boulevard. Er war nicht allein auf dem Platz, überall bildeten sich Menschentrauben, ameisenhaft getrieben von einer inneren Hast strömten die Leute in unterschiedliche Richtungen. Vor dem Portal der Basilika, das kreisförmig von Bänken umgeben war, fand er einen freien Sitzplatz. In seiner Jackentasche hatte er einen griechisch-deutschen Reiseführer. Er blätterte darin, um die Bedeutung einiger Wörter zu enträtseln. Die Sonne warf bereits lange Schatten, es wurde kühler. Er verspürte Hunger, steckte seine Broschüre ein und lief zur nächsten Station, um zurück zum Hotel zu fahren.

Elektra

An der Säule vor der Rezeption fiel ihm ein Plakat auf:

»Elektra«, eine Oper mit deutschen Untertiteln. Irgendwann hatte er darüber gelesen. Zweierlei drängte ihn, dieses Stück anzusehen: die griechische Sprache zu hören und mittels Untertitel der Handlung zu folgen. Ein freundlicher Herr von der Rezeption bestellte ein Ticket. Nach dem Abendessen nahm er ein Taxi und ließ sich zum Theater chauffieren. Das Ticket wies ihn zum Rang des Hauses, in dem bequemen Sitz nahm er voller Erwartung Platz.

Bald schon fesselte ihn die Handlung. Voller Tragik begann die Musik, unheilverkündend die grau-schwarze Kulisse. Orest kehrt heim nach Argos, seine Schwester Elektra erkennt ihren Bruder. Beide wurden als Kinder Zeuge einer fürchterlichen Bluttat. Ihr Vater, Agamemnon, Held von Troja, kam nach Hause in seinen Palast von Mykene. Überaus freundlich empfangen von seiner Frau Klytaimnestra, wurde er in den Palast gelockt und hinterhältig ermordet. Orest und Elektra beschließen Rache zu nehmen. Es vergehen Jahre. Orest kommt zurück nach Mykene. Bald schon dringt ein Todesschrei durch den Palast; Orest erschlug seine Mutter, mit der Axt, die seinen Vater tödlich getroffen hatte.

Blut schreit zum Himmel – aus dem Hades dringt ein Fluch, der Orest seitdem verfolgt.

Aufgewühlt durch die Szenen der Oper rissen ihn schwere Träume in der Nacht aus dem Schlaf. Blutige Gestalten, schwarz gekleidete Frauen, in deren Haaren sich Schlangen wandten, schrien laut und kratzten sich ihre Gesichter blutig. »Blut, Blut hast du an deinen Händen.« Er hörte eine Stimme, die rief: »Du hast frisches Blut an deinen Händen, das deine Seele verstört. Die Erinnyen werden dich verfolgen wie Hunde das Wild! Mörder, Mörder!«, schrien die Erinnyen, dass der Raum widerhallte. Nein, er war kein Mörder, er hatte das Unrechte getötet, die Seele von den Ketten der Willkür und Boshaftigkeit befreit. Stimmen fielen ein im Chor: »Es war Notwehr, die zur Handlung führte.« Eine greise

Stimme forderte ihn auf: »Geh hinunter zum Styx, dem Fluss zur Unterwelt, fahre hinüber zum Hades, ruf den Geist des Toten, der unruhig schwebt in der Todesgrotte, damit er seine Ruhe findet.«

»Vom Hades aus wandre nach Delphi, dort nimmt dich Apollo in Schutz!«, rief eine andere Stimme. »Apollo wird dich hinführen zu Pallas Athene, sie wird Urteil sprechen. Diesen Frevel allein mag Pallas Athene tilgen.«

Schweißgebadet wachte er auf, das Schreien noch im Ohr. Es war gegen 4 Uhr morgens, Stille lag über der Stadt, in der die Seele nach Befreiung rief. Er ging ins Bad, spülte den Schweiß hinweg, doch der Albdruck blieb, sein Kopf war voller Marter, seine Brust eng.

»Du kannst rund um die Welt fliegen, überall werden dich die Erinnyen verfolgen, dich quälen, keine Ruhe wirst du finden, du kannst nicht vor dir selbst fliehen, ruchbar ist deine Tat«, hämmerte es in seinem Gehirn. Er öffnete das Fenster, frische Luft strömte in sein Zimmer. Er nahm eine Zigarette und zündete sie an. Nikotin beruhigte sein Inneres, er stieß den Rauch hinaus, der wie kleine blaue Wölkchen nach oben schwebte. Er legte sich auf sein Bett, lag wach, weit entfernt vom befreienden Schlaf. Erst gegen Morgen fiel er in einen tiefen, unruhigen Schlaf.

Nach dem Frühstück fuhr er mit der Bahn zum Olympiapark. Er war allein und setzte sich auf eine Bank. Bilder der gestrigen Oper kehrten in seine Wahrnehmung zurück. Orest, der Sohn des heimkehrenden Königs, rächte den Tod seines Vaters. Fluch beladen fand er keine Ruhe. Erst Pallas Athene befreite ihn von dem Fluch. In seiner Erinnerung hörte er das Aufklatschen des toten Körpers in der Badewanne, spürte den Fluch, der über ihm schwebte. Er lebte nicht in der olympischen Götterwelt, konnte nicht zu Apollo hinaufgehen, der ihn zu Pallas Athene führen würde. Nein, er lebte in der heutigen Zeit. Mit diesen Gedanken im Kopf lief er durch den Park, kam vorbei an einer kleinen Kapelle. Davor sah er ein Kreuz. Es war, als ob der Gekreuzigte zu ihm herüberschauen würde. Beim Anblick des Kreuzes kamen ihm Fragen: War nicht auch Jesus für ihn gestorben, die Sünden zu vergeben? Kann Mord Sühne erfahren? Oder ist Mord ein unauslöschlicher Kain-Makel? War diese Tat Mord? Er fand keine Antworten, war voller Selbstzweifel. In ihm tobte das Ungewisse, gleich einem inneren Fluch.

Er ging zum Tor der Kapelle, deren Tür offen war, und trat hinein. Langsam bewegte er sich auf den Altar zu und setzte sich vor ein Kruzifix. Seine Gedanken gingen zurück, zurück zu diesem späten Nachmittag. Seine Hände fanden sich zum Gebet: »Vergib mir, Vater, meine Schuld, befreie meine gefesselte Seele.«

Den nächsten Tag verbrachte er in seinem Zimmer, erst am Abend kleidete er sich an und ging ins Hotelrestaurant. Es herrschte reger Betrieb. Er bestellte ein Glas griechischen Rotwein und ein Fondue. Fast hastig aß er, trank sein Glas aus, legte das Geld auf den Tisch und verließ das Hotel. Ziellos schlenderte er durch die Innenstadt und über den Syntagma-Platz. Von der Ermou-Straße erklang Musik, die ziemlich laut zwischen den Häusern widerschallte. Eine Band spielte auf einer provisorisch errichteten Bühne ein Rockkonzert, Fernsehkameras surrten. Die Show wurde vom Lokalfernsehen Athens direkt übertragen, verriet ihm ein Mitarbeiter des Fernsehteams. Er blieb eine Weile stehen, hielt aber die Lautstärke nicht lange aus und setzte seinen Weg fort in Richtung der alten Kapnikarea-Kirche am Ende der Ermou-Straße. Kurz lief an Geschäften vorbei, hörte das Spiel einer Panflöte. Beim Näherkommen sah er eine südamerikanische Gruppe mit typischen Ponchos bekleidet, die mit ihrer Musik die Sehnsucht des Fluges des Kondors musikalisch ausdrückten, von Ruhelosigkeit und Sehnsucht getragen. Die Musik beruhigte ihn, er lief langsam, die Melodie in sich aufnehmend in Richtung der Basilika. Eine Menschentraube umstand einen Harmoniumspieler. In seinem Hut, der bis zum Rand mit Geld gefüllt war, klingelten hin und wieder Münzen. Mädchen in kurzen Röcken tanzten zu griechischen Rhythmen, das Spiel wurde begleitet von Violine und Bass. Er hatte schon lange nicht mehr diese Schlager gehört, es waren ihm bekannte Ohrwürmer: »Weiße Rosen aus Athen«, summte er die Melodie von Nana Mouskouri. Der Platz füllte sich, immer mehr Menschen drängten zum Rondell, setzten sich an den Brunnen mitten auf dem Platz. Die kleine Musikoase ähnelte einem Bienenstock, ständiges Kommen und Gehen, die Luft gefüllt vom Summen bekannter Lieder, voll von Musik, der Himmel mit unzähligen Sternen übersät, verliebte Pärchen schmiegten sich aneinander, küssten sich oder lauschten in die dunkle Nacht hinein. Er hatte ein befreiendes Gefühl, befreit von quälenden Alpträumen der vergangenen Tage, lange schon hatte er nicht mehr so frei geatmet wie hier unter fremden Menschen. Sie kamen und gingen und waren doch verbunden, keine Frage nach dem Wohin und Woher, einander zulächelnd, als wären sie alte Bekannte.

Hoch oben am nächtlichen Himmel von Athen erkannte er die Akropolis. In gelbliches Licht getaucht, ähnelte sie einer Theaterkulisse der Antike. Er ging weiter, stieg hinauf in dunkle Gassen Richtung Oberstadt, überquerte die Plaka, Musik quoll aus allen Adern der Altstadt Athens. Seit er in Athen angekommen war, fühlte er sich angezogen von dieser Sphäre, angezogen vom Rhythmus der Stadt, sie war fremd und doch roch er die Chemie der Stadt, die ihn in ihren Bann nahm. In der Nähe des Tempels des Windes setzte er sich in eine kleine Taverne, unter eine Akazie, bestellte ein Glas Wein mit Mineralwasser. Eine Bouzouki erklang, auf der Freifläche tanzten einige Pärchen. Er hatte Hunger bekommen von der nächtlichen Wanderung. Halb englisch und mithilfe der Karte bestellte er bei einer reizend aussehenden Kellnerin ein griechisches Menü. Das Pärchen an seinem Tisch schien die Welt ringsumher vergessen zu haben, ihre Wirklichkeit war eingetaucht in die Liebe. Lippen an Lippen genossen sie die Früchte Eros'. Er freute sich, dass er hier sein konnte, der Musik und der Liebe lauschend, er freute sich, dass Andere Glück genossen, er spürte das Unbekümmertsein der Lebensfreude. Am Nachbartisch sangen Gäste ein Lied, das er nicht verstand, er ließ sich von der Melodie berauschen und summte das Lied leise mit. Sterne hoch am

Himmel, weit ab von seiner Heimat fühlte er sich hier angezogen. Er genoss den Abend. Es war das erste Mal, dass er Freude empfand, Freude am griechischen Leben. Er ließ sich treiben in dieser Nacht, er merkte nicht, dass die Zeit auf schnellen Füßen durch die Dunkelheit glitt, bis ihn eine unbekannte Stimme in die Wirklichkeit zurückholte. Es war bereits Mitternacht, die Kellnerin bat ihn zu bezahlen, das Unabänderliche war gesprochen, das Ende einer jeden Nacht. Auf leichten Füßen ging er zurück, eingeholt von der Wirklichkeit.

Am anderen Morgen stand er früh auf und ging zum Frühstück hinunter ins Hotelrestaurant, denn er wollte noch vor dem Ansturm der Touristen hinauf zur Akropolis. Er lief über die Plaka, die jetzt von der Morgensonne durchflutet im hellen Tag lag und deren kleine Terrassen noch im Schatten lagen, als ob sie schliefen, bevor am Abend das Leben wieder pulsierte. Er bog ab, nahm den steilen Weg Richtung Westtor. Eine angenehme Kühle lag in der Morgenluft, aus der Seitengasse kam eine junge Frau. Er sprach sie an, wollte den Weg zum Haupttor erfragen. Sie bejahte seine Frage. Er musste alle seine Englischkenntnisse hervorholen, um »small talk« zu führen.

Er erfuhr, dass sie in Paris wohne, Quartier Montmartre. Sie erzählte, dass sie oft in Athen sei, nicht mehr wisse, wie oft sie diese Stadt besuchte, aber immer wieder gern zurückkehre. Gemeinsam gingen sie hinauf, alles war still an diesem Morgen. Die Agora lag verträumt im Schatten, gleich dem Dornröschenschlaf. Sie querten den Platz, wo einst, bereits früh am Morgen, Sokrates unterwegs gewesen war, um mit seinen Schülern Wahrheiten zu suchen.

Sie war hübsch, die kleine Französin, die er begleiten konnte. Er fühlte die Schwingen des Pegasus, die ihn hinauftrugen, begleitet von einer leichtfüßigen Schönheit. Sie erreichten das Tor der Propyläen. Der Eingang der Akropolis, noch frei vom tausendfachen Strom der Touristen, der sich täglich hier ergoss. Die »Burg der Burgstadt« – noch lag in ihr die Ruhe vor dem Touristenansturm. Die junge Frau erzählte ihm von ihrem Studium der Kunstgeschichte in Athen. Besonders angetan war sie von der Bildhauerei der Klassik. Sie war oft in Athen, lernte Griechisch. Sie erzählte in ihrer jugendlichen Frische, dass sie Griechenland sehr liebe. Er fand ihre Nähe beglückend. Nein, es waren nicht brachiale Mannestriebe, sondern er freute sich ob der Unbekümmertheit, der Jugendfrische, der graziösen Formen. Sie plauderten über antike Perioden, die klassische Zeit unter Perikles, der der Akropolis mit ionischen Bauwerken ein neues Gesicht gegeben hatte. Sie freuten sich mitzuerleben, dass die Wunder der Antike noch spürbar waren. Gemeinsam durchschritten sie die Propyläen, vorbei am Tempel der Nike, auf der rechten Seite liegend. Sahen zur linken Seite das Heiligtum des Erechteion, das wohl älteste Bauwerk der Akropolis, zu Ehren des sagenhaften Königs erbaut. Die Sonne flutete bereits ihr strahlendes Licht durch Säulen und Bauwerke. Die junge Frau erzählte ihm die einzelnen Episoden der Klassik, zeigte ihm Details der Bauwerke und Skulpturen, plauderte über antike Kunst und die Wunder der Antike. Sie liefen auf jahrtausendaltem Pflaster, gemeinsam gingen sie vorbei an Skulpturen, bewacht von Nike. Sie erklärte ihm die Akropolis – die Burg, die einst Zufluchtsort und Stätte eines Heiligenkults war. In uralten Zeiten, als König Erechteion regierte, war auf der Burg zu Ehren des Poseidons ein Tempel errichtet. Durch Brände und Kämpfe zerstört, entstanden neue Tempelanlagen. Sie erklärte ihm, dass die Akropolis ihren Höhepunkt im 5. vorchristlichen Jahrhundert hatte. In der Regierungszeit des Strategen Perikles errichteten Künstler hier wahre Wunderwerke. Einer der berühmtesten war Phidias. Athen stieg damals zum Zentrum der Kunst im Mittelmeerraum auf, erzählte sie. Er hörte ihr gespannt zu bei der Schilderung des goldenen Zeitalters Athens. Inmitten dieses Baubooms wurde das noch heute weltberühmte Parthenon zu Ehren der Göttin Athene errichtet. In der Celle des Tempels stand damals die berühmte Statue der Schutzgöttin. Athene, die Göttin der Weisheit und Klugheit, hielt ihre schützende Hand über diese Stadt, die damals zum Zentrum der Griechen wurde. Damals wurden die Grundstrukturen der Demokratie, die auf Solon zurückgehen, eingeführt. Das Gedränge der nun herbeiströmenden Touristen wurde dichter und dichter, je weiter die Sonne den Tagesgipfel erklomm.

Plötzlich war seine Begleiterin verschwunden, so plötzlich wie er sie traf, so plötzlich entschwand sie seinen Augen, aufgesogen von der unendlichen Menschentraube. Er suchte sie, doch gab er bald auf. Er ließ sich treiben vom Strom der Besucher. »C'est la vie, so ist das Leben« – ihre Worte kamen ihm in den Sinn. In Gedanken versunken schritt er vorbei an Palästen und Museen, lief nach rechts zu dem antiken Theater, das wie ein Schwalbennest in den Felsen hoch oben lag, tief unten ein Dunstschleier über der Stadt. Reisegruppen auf Reisegruppen wurden ausgespien von Hunderten von Bussen, die kamen und nach zwei Stunden mit den Touristen wieder weiterfuhren. Babylonisches Stimmgewirr durchdrang ständig seine Ohren. Er lief über das Plateau, bis er den Tempel der Athene erreichte, setzte sich an den Mauerrand und blickte hinunter. Seine Gedanken gingen zurück in die Geschichte dieser Stadt, er sah den Felsen, auf dem sich die Göttin Athene und der Meeresgott Poseidon einen Wettstreit um die Gunst der Athener geliefert hatten. Mit seinem Dreizack wollte der Meeresherrscher den Bewohnern imponieren, als er aus dem Felsen eine Quelle sprudeln ließ. Nein, die Göttin ließ sich davon nicht schrecken, sie konterte geschickt und ließ einen Olivenbaum in vollster Pracht urplötzlich vor den erstaunten Bewohnern hervorsprießen. So entschieden sich die Bewohner für Athene als neue Schutzpatronin, deren Name man schließlich für die Stadt annahm. Diese Sage imponierte ihm immer wieder. Welch Fantasie die Griechen immer wieder entwickelten, um Unbekanntes begreiflich zu machen. Er war in Gedanken versunken, hier hoch oben auf der Akropolis.

Die Geschichte dieser Stadt hatte ihn stark angezogen. Kurz lief zum Museum, lauschte den Erzählungen der Touristenführer, hörte von Dichtern, die über diese Stadt geschrieben hatten. Sie erzählten von antiken Kunstwerken der Akropolis. Eine Flut von Eindrücken schien ihn fast zu erdrücken.

Die Sonne brannte jetzt unbarmherzig auf das felsige Plateau, kein Schatten, nur noch grell gleißendes Licht umflutete die antiken Bauwerke, das berühmte Pantheon.

Er wollte sich Einzelheiten ansehen, doch der Menschenstrom umflutete das Bauwerk. Verzweifelt ging er zurück, wollte später, wenn der Touristenstrom abebben würde, nochmals hier heraufsteigen. Jetzt lief er durch den Eingangsbereich hinunter in Richtung der Agora, die am nördlichen Fuß der Akropolis im Schatten lag. Er ging den Hauptweg entlang, nach links schlängelte sich der Weg bis ins Tal, vorbei an Akazienbäumen. Schon von Weitem war der Tempel des Hephaistos sein Wegweiser. In langen Bögen durchschritt er die Ruinenfelder des einstigen Zentrums des antiken Athens. Er erinnerte sich, dass ihm vor Jahren seine Tochter einen Roman über Sokrates geschenkt hatte. Er sah jetzt in seiner Fantasie, wie der Philosoph barfuß die Agora durchlief, um sich an der Speakers' Corner heftige Rededuelle mit seinen Widersachern zu liefern, der trotz Feme in der Stadt blieb und sich nicht heimlich davonstahl, als man ihn wegen Gotteslästerung anklagte. Nein, er zog die Ehre der Flucht vor und trank den Schierlingsbecher leer bis zur Neige.

Kurz querte die Agora Richtung Süden, entlang des unteren Rundweges der Akropolis, und schlenderte über einen riesigen Flohmarkt. Es gab nichts, was es nicht gab, dieses geflügelte Sprichwort fiel ihm ein, Hunderte von kleinen Warenständen, allerlei Krimskrams, aber auch Kostbarkeiten wurden ständig feilgeboten. Man hatte ihn gewarnt, hier besonders auf seine Brieftasche und Wertsachen achtzugeben, deshalb schloss er seine Jacke bis zum Kinn und ließ sich durch das Menschengewirr treiben. Unweit der Kathedrale spuckte ihn der Menschenstrom wieder aus. Er durchlief den großen Platz Richtung Syntagma-Platz und ging ins Hotel zurück.

Ein Hotelboy ließ ihn wissen, dass heute Abend eine Gala-Tanz-Show stattfand. Er ging in sein Zimmer, um sich zu entspannen. Wie lang er geschlafen hatte, war ihm nicht bewusst, es mussten ein paar Stunden gewesen sein. Nach Tagen seit der Flucht hatte er erstmals wieder tief geschlafen. Er ging ins Bad, duschte sich, zog sich an und begab sich zur Rezeption, um Näheres über die Show zu erfahren. Man informierte ihn, dass am Abend ein Tanz-Konzert mit einer griechischen Sängerin im Hotel angekündigt war. So konnte er noch einen Drink nehmen. An der Bar ließ er sich einen Tonic reichen, trank das kalte Wasser in einem Zug hinunter und verließ das Hotel.

Wie lange er sich ziellos durch die Stadt hatte treiben lassen, nahm er erst wahr, als über ihm der Himmel mit Sternen übersät blinkte, ihm wurde merklich kalt. Er zog den Kragen seiner Jacke bis zum Hals zu und lief jetzt geradezu zum Hotel. Als er eintrat, hörte er Musik, die Show hatte bereits begonnen. Er begab sich in sein Zimmer, zog sich um und ging hinunter zum Konzertsaal, in dem noch einige Tische frei waren. Er sah elegant angezogene Damen in Abendgarderobe, Herren in Schwarz, er kam sich schlicht vor. Er nahm an einem Tisch Platz. Ihm gegenüber saßen zwei Damen und ein Herr, sie unterhielten sich leise. Die Musik spielte bekannte griechische Melodien. Ein Folkloreensemble tanzte zu griechischer Musik. Er bestellte einen Tonic und ein Glas Rotwein. Das Programm lief an ihm vorbei, er versank in Gedanken. Wie lange er so regungslos dagesessen hatte, wusste er nicht mehr. Plötzlich hörte er eine Stimme, die ihn aus seinen Gedanken herausriss. Die Band hatte zum Tanz aufgefordert. Es war Damenwahl. Neben sich erkannte er eine Frau. Er war zwar kein guter Tänzer, doch warum sollte er ihr einen Korb geben. Er ging mit ihr zur Tanzfläche. »Ich beobachte Sie schon eine Weile«, sprach sie ihn auf Deutsch an, »Sie sehen so nachdenklich aus, Sie sind sehr blass. Fehlt Ihnen etwas?« Sie war eine gute Tänzerin, die Band spielte leise Musik. Er hatte seine Hand um ihre Taille gelegt und recht schnell seine Steifheit überwunden, er fand sie reizend in ihrem roten Kleid. Er sprach wenig. In weiter Ferne hörte er ihre Stimme. Er lächelte gekünstelt, nein, er wollte kein Gespräch, niemanden in sein Inneres sehen lassen. Er verneinte und antwortete, es gehe ihm gut, er sei nur ein wenig abgespannt, und atmete auf, als sie sich wieder an ihren Platz ihm gegenüber setzte.

Er fühlte sich unwohl, heiß und kalt lief es seinen Rücken herunter, die Musik ging ihm auf die Nerven. Er konnte nicht hier bleiben, die Luft wurde ihm zu knapp. Er winkte dem Kellner zu, zahlte und verließ das Hotel, lief hinaus in die Frische der dunklen Nacht. Irgendwie im Inneren getrieben, hatte er die Richtung zur Akropolis eingeschlagen. Die Burg war angeleuchtet von Scheinwerfern, einer übergroßen Theaterkulisse gleich sich hell von der Dunkelheit abhebend. Er lief entlang der Evripidou-Straße, verspürte Hunger und setzte sich an einen Tisch. So langsam entschwand seine Unsicherheit, die Musik hier wirkte beruhigend. Später lief er durch die halbdunklen Gassen, bis er wieder zum Hotel zurückfand. An diesem Abend konnte er nicht einschlafen. Die Gedanken der Flucht, der letzten Woche hatten ihn wieder gefesselt. Er war jetzt eine Woche in Athen, fand keine Ruhe, wusste, dass es nicht so weitergehen konnte, er trieb ziellos durch die Tage und Alpträume in den Nächten. Er wusste, solange er sich im Menschenstrom der Stadt befand, solange hatte er das Gespür der Sicherheit, doch sobald er wieder allein war, kamen die Bilder der Vergangenheit umso stärker zurück.

Am nächsten Morgen wachte er mit starken Kopfschmerzen auf, er hatte nur wenige Stunden geschlafen. Nach dem Frühstück schlenderte er hinunter zur alten Kathedrale, hörte Straßenmusikanten auf der Ermou-Straße. Eine kleine Gruppe spielte mit Violinen und Geigen Stücke von Mozart. Auf die Ringmauer eines Springbrunnens setzten sich vorübergehende Passanten und lauschten den Klängen der Musik. Wenn er die Musik, die Lieder hörte, Menschen sah, die ständig durch Gassen oder Plätze strömten, war er froh, hier im Süden zu sein. Er spürte die befreiende Atmosphäre inmitten der lärmenden Großstadt. Er saß lange am Springbrunnen, hatte die Augen geschlossen und schrak auf, als ihn jemand berührte.

»Wie geht es Ihnen?«, hörte er sich angesprochen. »Geht es Ihnen wieder besser?« Er schaute zur Seite. Es war die Dame von gestern, seine Tanzpartnerin. Er antwortete, dass alles okay sei. Er entschuldigte sich, dass er Hals über Kopf davongelaufen war. Er fand sich von ihr angezogen, lud sie ein in ein Café. Sie gingen, setzten sich, er bestellte einen Fruchteisbecher für sie und wählte für sich einen Tonic und ein Glas Wein. Nein, er mache sich nichts aus Eis, antwortete er. Sie gefiel ihm, sie mochte mittleren Alters sein, trug ein honigfarbenes Kleid, über das ihre schwarzen Haare lang herunterfielen. Er sei schon eine Woche in Athen, nein, es gehe ihm gut, gestern habe ihn Unwohlsein geplagt.

»Ich heiße Carla«, stellte sie sich vor. »Aus Heidelberg, und Sie?«

»Kurz, mein Name ist Kurz.«

Sie erzählte, dass sie am Nachmittag zu einem Archäologen-Kongress eingeladen sei und ein paar Tage in Athen bleibe.

»Da sind Sie ja mit Hacke und Spaten ausgerüstet«, entgegnete er scherzend.

»Sozusagen, ja.« Sie wollte gehen, um noch einige Vorbereitungen zu treffen. »Wenn Sie Lust haben, können Sie mitkommen ins Museum. Habe für zwei Uhr ein Taxi bestellt.«

Sie fuhren zum Nationalhistorischen Museum Athen. Ein Plakat im Museum wies darauf hin, dass der Kongress gegen 18 Uhr endet. Kurz hatte daher Zeit, sich den vielen Besuchern anzuschließen. Er schritt durch die Ausstellungsräume, blieb hier und da stehen, sah interessante Exponate aus den verschiedenen Perioden Griechenlands. Auf den Tischen lagen Broschüren zur Geschichte des Landes der einzelnen Perioden. Er las im Vorbeigehen einige ausgelegte Informationszettel. Symposium zum Thema: Schnittpunkt des Orient und Okzident: Griechenland in der Zeit der Persischen Kriege. Historiker aus verschiedenen Ländern waren aufgezählt. Veranstalter des Kongresses war die Universität Athen. Er ließ sich vom Besucherstrom treiben, setzte sich in eine Cafeteria und betrachtete die Menschen, die vorbeizogen.

Einige Skulpturen zogen ihn magisch an: Hermes, der Götterbote, Aphrodite, Pallas Athene.

Sie trafen sich am späten Nachmittag vor dem Café am Museum, liefen die Hauptstraße entlang in Richtung der Akropolis, die weit vor ihnen lag. Carla erzählte ihm, dass sie nach der Tagung noch zwei, drei Tage in Athen bleiben und am Wochenende nach Frankfurt/Main zurückfliegen werde. Sie sprach davon, dass sie eine Einladung von Dimitrius Astropolus, einem Athener Archäologen und Sprachwissenschaftler, erhalten hätte, für ein paar Tage auf die Insel Ägina zu kommen, sie könne dort übers Wochenende in seinem Bungalow bleiben. Dimitrius Astropolus lehre an der Universität in Athen. Der Gastgeber sei zu einer Tagung in Wien. Er hätte nichts dagegen, wenn sie in seinem Haus ein paar Tage verbringen wolle, bis morgen wolle er Bescheid haben.

»Wollen Sie mitkommen?«

Kurz überlegte nicht lange, denn er freute sich über dieses Angebot.

Am Freitagmorgen fuhren sie nach Piräus. Mit der Fähre gelangten sie nach zwei Stunden nach Ägina im Saronischen Golf. Ein Taxi brachte sie nach Souvala zu einem Grundstück unmittelbar am Strand, etwa 10 km von Ägina Stadt entfernt. Eine Hazienda, im Schatten von Palmen, umrankt von rotem und weißem Oleander. Eine Oase inmitten eines eher wüsten, von der Sonne ausgedörrten Küstenstreifens in einer waldlosen Landschaft. Eine Berieselungsanlage benetzte einen großen Garten, der direkt an das Meer angrenzte, in dem eine üppige Vegetation förmlich wucherte. Eine dichte Hecke bildete die Abgrenzung zur Außenwelt, sie reichte bis zur See hinein. Anastaxis, der Gärtner, gab ihnen den Schlüssel, er würde am Sonntagabend zurückkommen. Die Luft flimmerte, die Sonne stand im Zenit, ihre Strahlen warfen gleißendes Licht, das alles durchdrang. Die Hazienda war von einem Orangenhain umzäunt, der eine angenehme Kühle spendete. An den Wänden kletterte Oleander empor, die Blüten geöffnet, ragten sie ihr Inneres zur Sonne. Palmen standen reglos am Ufer, ihre Blätter verharrten in der Mittagshitze.

Ein schmaler Weg führte zu einer kleinen Bucht. Olivenbäume

breiteten ihre Äste weit aus, sie warfen Schatten. Carla hatte sich entkleidet und ging hinunter zum Strand. Das Meer umschlang ihren Körper und schützte sie vor der brennenden Hitze. Er sah ihr zu, wie sie hinausschwamm. Er warf seine Badehose auf die Gartenschaukel, lief über den Sand hinein ins Meer und schwamm in die flache Bucht. Grün-blau schimmerte das Wasser, nur leicht säuselten Wellen. Er fühlte sich frei, das Wasser umgab wie unzählige Perlen seine Haut, er genoss die Kühle, schloss die Augen und tauchte das Gesicht in die Wasserflut, schmeckte das Salz auf den Lippen. Die Sonne stach hervor aus blauem Himmel, es war still, nur unterbrochen vom Säuseln der Wellen, die sich am flachen Strand brachen und ins Meer zurückrollten. Sie lag im Wasser, ein paar Längen vor ihm. Ihr dunkles Haar schwamm im Wasser, floss hinein in die Tiefe, die Knospen ihrer weißen Brüste leuchteten sanft rötlich, darüber glitten leichte Wellen, matt glänzte ihre Haut. Er tauchte, holte vom Meeresboden einige Büschel Gräser und Muscheln, schwamm hinüber zu ihr und legte Gräser auf ihre Blöße, verwandelt in grüne Knospen, Schilfgras schwamm auf der Ebene zwischen den Brüsten und dem matt glänzenden Dreieck der Antipoden. Carla tauchte ab und entschwand für ein paar Augenblicke, schwamm mit kräftigen Zügen an das ins Meer ragende Felsenriff und legte sich in eine Nische. Von ihrer Haut tropften Wasserperlen hinab und bildeten ein Rinnsal, das leicht hinabfloss ins Tal. Er fühlte, wie die Last, einem Felsen gleich, von ihm wich. Er glitt ins Wasser, tauchte unter und mit ein paar kräftigen Schwimmzügen gelangte er ans Ufer. Er lief über den goldgelben Sand, das Gras schmiegte sich an seine Füße. Ganz weich ließ er sich neben sie sinken. Sie hatte ihre Augen geschlossen, er berührte ihre Lippen, die leicht geöffnet waren, nahm Blüten des Oleanders und legte diese auf ihre helle Haut, bedeckte das Weiß mit einem bunten Blumenteppich, in rot-weißen Farben schimmernd. Er flocht einen weißen Kranz auf ihr langes offenes schwarzes Haar, mit roten Tupfen, nahm einige Muscheln und legte sie auf ihre Haut. Seine Hand strich zärtlich über ihr Gesicht, ihre Lippen zuckten kaum merklich, als seine die ihren leicht berührten, die Glut der Sonne schimmerte durch die Palmenzweige. Ihre Lippen fanden sich zu einem Kuss, der Schatten der Palmen bedeckte die Strahlen, die sich vereinten, verschmolzen in die Unendlichkeit. Nur leise war das Meer zu hören, die Flut, die immer wiederkehrt, sich zurückzieht, um erneut zu kommen, zu fliehen. Welle auf Welle floss dahin. Die Zeit bestimmend, die sich ins Unendliche verliert.

Als die drückende Hitze am späten Nachmittag entschwand, nahmen sie Fahrräder. Entlang der Küste den steinigen Weg folgend, umfuhren sie die kleine Insel, sahen aus der Ebene sich erhebend einen Hügel, aus dem die Ruinen eines Tempels ragten. Nach kurzer Zeit erreichten sie diesen Tempel. Zeichen einer verflossenen Zeit, meinte sie. Sie erzählte ihm, dass die Ziegeninsel, wie sie in der Antike auch genannt wurde, vor den Toren Athens einstmals eine Widersacherin Athens gewesen war. Bereits in dorischer Zeit galt Ägina als Handelszentrum und im 4. Jhd. vor Christus gelangte sie zu wirtschaftlicher und kultureller Blüte. Sie beherrschte die Küsten und den Saronischen Golf. Die Ägineten waren eine gefürchtete Seemacht, selbst die Athener mussten Tribut bezahlen. Er hörte ihr gespannt zu. Auf der Insel stand einst das berühmte Heiligtum des Zeus. Viele Spuren verraten noch heute die einzigartige Geschichte, von der Rivalität bis zum gemeinsamen Kampf gegen die Perser. Es waren die Ägineten, die die Athener zwangen, von einer Landmacht zu einer Seemacht zu werden. Sie erzählte ihm die Geschichte der Insel, wie sie zu ihrem Namen kam, sowie von den Perserkriegen. Mit der Entscheidung, asiatische Provinz oder ein freies Griechenland zu werden, legten sie den Grundstein für Europa – welch hohe Bedeutung hatte der Sieg der Griechen gegen die Perser im Jahre 480. Mit dem Rückzug aus Europa begann die Hellenisierung der antiken Welt, die unter Alexander dem Großen ihren Zenit erreichte. Viele Kaufleute ließen sich hier, in den reichhaltig vorhandenen Häfen, nieder. Aufgrund der von der Natur her vielgliedrigen Küste waren die Schiffe ganzjährig vor den Stürmen geschützt. Also kein Wunder, dass sich hier ein reger Handel und Warenaustausch zu Ehren des Apollos entwickelte. Zeichen seiner Zeit, als Ägina noch eine mächtige Rivalin Athens war, berichtete Carla. Vor zweieinhalbtausend Jahren herrschte zwischen Athen und Ägina erbitterte Feindschaft. Athen fühlte sich jahrzehntelang stets bedroht vom mächtigen Inselstaat. Die Ägineten hatten eine mächtige Flotte, sie galten als Herrscher des Saronischen Golfes, waren oft Sieger aus den Zwisten der peloponnesischen und attischen Polisstaaten und zogen ihren Nutzen daraus. Kurz und Carla fuhren weiter, kühn ragten die dorischen Säulen des Tempels des Gottes des Lichtes in den blauen Himmel. Er erhob sich auf einem Hügel, schon von Weitem erkennbar, ragte er aus der flachen Landschaft hervor. Kiefern und Johannisbrotbäume bedeckten einen Teil der Insel, rötlich-braunes Gras, ausgedorrte Gewächse fleischiger Pflanzen, deren Dornen und Spitzen sich flach über den Boden dahin ringelten und an deren Blättern Ziegen knabberten. Zahlreich sprangen sie zwischen den weit verstreuten Findlingen, verschwanden zwischen den sandigen Hügeln, mit dem Auge schwer wahrnehmbar, blitzschnell. Sie sind gut getarnt mit ihrem rötlich-gelb schimmernden Fell. Der Wind fuhr durch die Büsche, unweit einer Höhle stand ein Hirte, der auf seiner Flöte spielte. Die Töne verloren sich weit über Wiesen und Felder. Ihr reizvoller Klang, Töne voller Sanftmut und Wehmütigkeit erfüllten die Luft, als ob sie sich mit den über ihnen dahinziehenden Wolken vermischten. Kurz hatte die Augen geschlossen, in seinem Inneren baute sich ein Bild des Olymps auf, wie er es oft in den Tempeln sah. Das Schilfgras rauschte.

*

Zauber der Panflöte

Zeus saß auf seinem Götterthron, ringsum hatten sich seine Götter versammelt, alle warteten auf den Gott der Musen.

Als Apollo hereintrat, erhoben sich die Götter allesamt, nur Zeus blieb auf seinem Thron sitzen und Leto schaute ihren Sohn glücklich an. Sein Vater Zeus sprach:

»Sei willkommen, macht Platz für Apollo.« Er winkte ihn an seine rechte Seite. »Apollo, du warst lange fort vom Olymp, ist der Parnass so weit entfernt, dass du dich so rar machst? Erquicke auch uns mit deiner Musik.«

Alle Götter stimmten mit ein und baten ihn, auf seiner Leier zu spielen, die ihm einst Hermes zum Geschenk gemacht hatte. Zeus bot ihm Nektar in einem goldenen Pokal an.

»Keiner beherrscht die Saiten wie du.«

Apollo trank und nahm seine Leier, es erklang eine Musik wie der Flug der Schwalben, rein und klar wie der Pfeil, der das Ziel ungehindert trifft, eine ferne Schönheit hervor beschwörend, erfüllte sich der Palast auf dem Olymp. Er ließ die Musik erklingen, seine Stimme begleitete leise die Akkorde, die alles mit sich fortnahmen in die weite Welt der himmlischen Schöpfung, des Kosmos und der Sterne, der göttlichen Sphäre, die weit das Universum umspannte. Nur Athene blieb reglos sitzen.

»Du bleibst stumm, Athene, bist du so gerührt von meinem Spiel?«

»Ja und nein, Apollo, die Götter haben recht, du bist unerreichbar im Spiel, du bist aber auch eitel. Auf dem Parnass nennen dich die Musen ihren Musageten, den Leiter des Chores, der ihrem Spiel die Orientierung gibt. Mag sein, dass du dort eintauchst in unerreichbarer Schönheit, doch was schön ist, kann auch eitel sein, wenn man gar so weit abhebt.«

»Ei Athene, du sprichst mit viel Ironie, welch Grund für deine feinen Hiebe?«

»Auch ich mag dein Spiel, bin erfüllt vom Klang der Leier. Doch gebietet nur Zeus unserem Vater höchste Anerkennung und Lob.

Ihr Götter, auch ich habe ein Instrument mitgebracht, das ich euch jetzt vorstellen möchte.«

»Lass hören, Athene«, entgegnete Zeus.

Athene nahm aus ihrem Gewand ein Instrument heraus, das einem langen Rohr glich. Sie setzte es an ihre Lippen. Weich erklangen Töne, bisher unbekannt, erfüllten sie den Palast auf dem Olymp. Zeus lauschte den fremden Klängen, die Götter waren stumm, solche Musik hatten sie noch nie gehört.

»Seht, wie Athene ihre Backen aufbläst, als ob sie Borea, dem Wind des Nordens nacheifern wolle, der seine Stürme über das Meer hinwegfegen lässt. Es macht dein Gesicht etwas rundlich, liebe Athene«, witzelte Hera und geriet in heftiges Lachen.

»Wo bleibt dein kluges Antlitz, teure Göttin der Weisheit?«, stichelte Aphrodite.

»Ich höre gar schöne Musik, Athene, ich halte mich fern dem Spott der anwesenden Götter. Doch ist dein Instrument unvollkommen. Wie ich sehe, ist es nur von einer Seite zu spielen. Sieh dagegen die Leier, es ist egal, von welcher Seite ich ihre Saiten berühre«, erklärte Apollo. Er nahm seine Leier und zupfte die Saiten einmal rechts und einmal links. »Höre selbst.« Und wieder spielte Apollo. Golden flossen die klaren Töne hervor.

»Und ein noch weiterer wesentlicher Unterschied ist da, wie du siehst. Kannst du dich mit deiner Stimme gesanglich begleiten? Wahrlich nicht, Athene, dein Mund ist versperrt, wenn du auf deinem Instrument spielst.«

»Ja, Apollo hat recht, nur die Leier ist ein göttliches Instrument!«, riefen die Götter. Zeus nickte, als Athene zu ihm sah. Hera frohlockte und Aphrodite gönnte Athene diese offen gezeigte Schlappe.

»Was rein und klar ist, muss nicht immer gut sein. Apollo spielt die Leier wie kein anderer, er spielt wie das Wasser, die Luft des Himmels, wenn Helios seinen Wagen anspannt. Klar wie der Morgen, aber liegt darin nicht auch Kälte? Er spielt seine Musik, die Töne erklingen, sie treffen ihr Ziel so ungehindert wie seine vom

Bogen abgeschossenen schnellen Pfeile. Und doch drückt seine Musik, seine Leier nicht alles aus. Mein Instrument soll für die Seele spielen, soll die Tiefe der Gefühle ausdrücken. Ich spüre eure Abwehr, darum soll sie auf dem Olymp nie wieder erklingen. Hinab zu den Irdischen will ich sie bringen, schenken will ich sie dem schönen Jüngling Pan. Er wird sich freuen. Wenn er durch die Wiesen und Felder streicht, wird er auf dem Instrument spielen und die Erde mit der Sehnsucht seines Spiels erfüllen. Ihr Name soll deshalb ab heute Pan-Flöte sein. Ihre Töne gleichen dem Schilfrohr, das sich wiegt, wenn der Wind über das Land streicht. Die Irdischen sollen lernen, die Schönheit ihres Lebens, aber auch ihren Schmerz auszudrücken, die ihnen die Götter auferlegt haben.« Athene schob das Instrument unter den Ärmel ihres Chiton und schritt ohne weitere Worte aus dem Palast.

Pan lag im Gras unter einem Olivenbaum, die Sonne stand hoch oben, ihre Strahlen brannten auf die Landschaft, alles war ringsum gelbfarben ausgedorrt. Unter dem Baum breitete sich Schatten aus, wohltuend für Mensch und Tier. Im Traum erschien ihm Athene. Sie sprach zu ihm: »Pan, hör zu, was ich dir sage. Ich will dir etwas schenken, was dir sicherlich Freude bereitet. Geh hin zum Schilf, dort im Tal, am Fluss, schneide vom Schilf einen Halm ab. Zerteile diesen in fünf unterschiedliche Längen, höhle sie aus und binde sie mit Bast zusammen. Nimm sie zum Mund und blase darauf, schon bald wirst du darauf spielen lernen. So gut, dass du einst selbst Apollo damit herausfordern wirst.«
Als er aufwachte, ging ihm der Traum nicht mehr aus dem Sinn. Er lief hinunter zum Fluss, sah das Schilfrohr, das sich in der Kühle am späten Nachmittag im Winde wog. Er brach ein Rohr ab und schnitt daraus fünf kleine Stücke, tat, wie ihm der Traum geheißen, und band sie zusammen. Bald schon erfreute er sich am Spiel seiner Flöte. Er hörte das Rauschen der Bäche, hörte den Wind, wie er über die Insel wehte, das sanfte Spiel der Wellen, die sich in die Weite des Meeres zurückzogen. Es verging kein Tag, an dem er

nicht seine Flöte nahm, aus seiner Höhle trat und damit den Tag begann, mit dem Spiel, das ihm Mutter Gea einflößte, dann vergaß er ringsum alles, versank im Spiel der Töne. Selbst die Tiere hoben ihre Köpfe, wenn er mit seiner Flöte am Ufer saß und spielte. Er wollte die Nymphen erfreuen mit dem Klang seines Instrumentes. Pan verbarg sich hinter den Felsen, sie konnten ihn nicht sehen, er begann zu spielen, hin und wieder blickte er hinunter zum Bach und sah, wie die Nymphen im Reigen tanzten. Er legte den Kopf auf den Stein, stundenlang ließ er die schönsten Töne erklingen. Wenn in der Nacht Semele auftauchte im silbernen Licht, spielte er sein Herz öffnend, bis er völlig ermüdet dabei einschlief und ihn am Morgen die Schafe und Ziegen weckten. Er brachte den Hirten das Spiel bei, zeigte ihnen, wie man aus Schilf Flöten herstellt. Gleich ihm spielten sie am Feuer, ihre Schaf- und Ziegenherden grasten, selbst die gierig umher irrenden Wölfe ließen ab von ihren Raubzügen, lagen im Schatten und dösten vor sich hin. Nur in der Nacht, wenn das Spiel endete, gingen sie zur Jagd, rissen hier und da Beute. Das Spiel der Flöte eroberte auch die Menschen in den Dörfern und in den Palästen.

Und abermals erschien ihm Athene in der Nacht im Traum:

»Pan, ich sehe, dass dir mein Geschenk viel Freude macht. Bin ich in meiner Stadt hoch oben auf der Akropolis, höre ich über dem Meer dein Spiel, es gefällt mir sehr. Ich sehe, wie die Menschen von deiner Kunst hingezogen sind. Drum höre, was ich dir zu sagen habe. Wie die Sänger die Leier handhaben und ihre Lieder im Land kundtun, wie einst Homer durch das Land zog und von der Leier begleitet die Heroen der Ilias und der Odyssee besungen habt, so soll auch die Flöte ihren Platz im Leben der Irdischen haben. Geh hinüber zum Tempel des Apollo, spiele oben auf dem Heiligtum des Gottes des Bogens und der Leier, er wird dein Spiel vernehmen, er ist der Gott der Musen, so liebt er die Musik und den Gesang. Sein Zeichen ist die Leier. So will ich König Midas einen Traum schicken, ein Fest der Musen auszurufen. Die Bewohner werden hier im Tempel erscheinen, um im Gesang und in der Musik wettzueifern. Vom Spiel angelockt, wird selbst Apollo erscheinen und teilnehmen am Musenspiel. Von überall werden sie nach Arkadien kommen, den Musen zu lauschen. Die fahrenden Sänger werden ihre Lieder und Gesänge vortragen, begleitet von der Leier, in dieses Spiel wirst du einstimmen. Sie werden verstummen, alle werden deinem Spiel lauschen. Nur noch eins werde ich dir sagen, Pan. Die Bewohner werden gefesselt sein, aufmerken von deinem Spiel, wenn sie zum Tempel des Lichtgottes kommen, ihm zu Ehre opfern und deinem Spiel lauschen, sie werden dich nicht sehen können, ich werde dich in eine Wolke einhüllen.« Pan tat, wie es ihm Athene angeraten hatte. Am Tage des Musenwettstreites ging er hinauf zum Tempel des Apollonischen Gottes. Viele Sänger waren erschienen, sie folgten dem Aufruf Königs Midas', sie kamen aus aller Herren Länder.

Zwei Tage lang schon spielten sie und sangen von Heldentaten, Tragödien wurden aufgeführt, begleitet von Chören, Hymnen erklangen zu Ehren der Götter, gepriesen dem Gott der Musen, Lorbeer geflochten auf manchem Haupt. Es war der dritte Tag, inmitten des Festes, Pan kam hervor vom grasbedeckten Land. Er stieg seitlich des Hügels empor und ging hinauf zum Tempel. Er nahm seine Flöte und spielte, in einer Wolke verhüllt, für keinen sichtbar. Er spielte, dass bald die Menschen von ihren Dörfern heraufkamen, um nach dem Opfern seiner Musik zu lauschen, die wie die Wellen des Meeres dahin schwoll, wie der Wind frisch über die Insel sauste. Zart und sehnsuchtsvoll erklang sie, sich weit ausbreitend, den Flügeln der Musen gleich, bis hinauf auf den Parnass.

Selbst die Musen waren entzückt. Sie lauschten den Klängen, die herauf zu ihnen drangen, sie wiegten sich wie im Winde, Harmonia war wie verzaubert. Selbst Apollo ließ die Leier aus der Hand gleiten, wollte wissen, woher die Musik kam.

»Aus deinem Heiligtum dort unten«, sprach Hermes zu ihm. »Geh selbst hinunter, dann wirst du sehen und hören, dass Athene nicht unrecht hatte.«

Apollo nahm Bogen und Leier. Aus seinem Heiligtum erklang

eine für ihn seltsame Musik. Er nahm seine Leier, wollte das Spiel der Flöte übertönen, seine Musik erklang klar und rein. Doch das Spiel der Flöte war wie die Farbe der Blumen, wie die Farben des Lichtes überall zu spüren, wie ein Hauch sich verbreitet, der wellenartig dahinfließt.

»Apollo, Apollo, sieh, wie alles verzaubert ist, all das Irdische ist verzaubert durch das Spiel. Ich meine«, sprach Hermes, »Athene hat recht, deine Leier ist für den Olymp geschaffen, jedoch nach dem Spiel sollten die Menschen entscheiden. Lasst sie entscheiden, welches der beiden Instrumente ihnen am besten gefalle.«

»Gut, es sei, wie du sagst. Lasst die Hirten kommen, sie sollen entscheiden, wer von uns beiden der Sieger sei.«

Apollo nahm seine Leier und ließ die Saiten ertönen, dass die Erde von der Klarheit der Musik erstrahlte. Nach ihm begann wieder Pan mit einer sanften Weise, Harmonie und der Zauber der Natur lagen in der Luft. Stille trat ein, als der letzte Akkord verklungen war. Kein Lüftchen bewegte die Äste der Olivenbäume, die Luft war noch erfüllt vom herrlichen Klang. In den Gesichtern war Verwunderung zu lesen, plötzlich brach Begeisterung aus und fegte über den Hügel. Da trat König Midas hervor.

»Es hat sich alles so zugetragen, wie es mir vor drei Tagen im Traum erschien, es war die gleiche Stimme, die mir vor einiger Zeit zuflüsterte, ein Fest der Musen am Tempel des Apollo durchzuführen. In diesem Traum erschienen drei Hirten, einer davon trug einen Lorbeerkranz. So soll es sein, wie im Traum angedeutet. Ein Hirte soll entscheiden, wem der Sieg gebührt, der Leier oder der Flöte.«

Am Rande des Tempels saßen drei Hirten, König Midas befahl, sie zum Tempel heraufzuholen. »Auch ihr, die ihr am Rande des Tempels eure Tiere weidete, habt sicherlich das Spiel der Leier und Flöte gehört. Sagt, wem gebührt der Lorbeerkranz?«

Einer der Hirten trat hervor. »Wir wagen es nicht, unsere Stimme gegen Apollo zu erheben, ist doch sein Spiel der Leier göttlich und vom Hymnus durchdrungen, erfüllt es uns von der

Klarheit und Reinheit des Olymps. Oh, Apollo, dein gebührt die Krone der Musen. Uns kommt es nicht zu, zu beurteilen. Doch wir spüren im Spiel der Flöte unsere Seele erwachen, die uns die Götter eingehaucht haben, wir geben dem Spiel des Pans den Vorzug, er berührt unsere Herzen, die der Irdischen, darum sei er Sieger. Fragt die Bewohner der Erde, sie alle sind verzaubert vom Klang der Flöte, sie verdient die Krönung aller Musikinstrumente.«

Hermes trug Apollo diese Kunde zum Olymp. Im Palast des Zeus versammelten sich die Götter, um zu entscheiden und Apollo zu besänftigen.

»Auch ich hörte das Spiel der Flöte. Hört, ihr Götter, ist es erlaubt, ein Musikinstrument in einem Tempel zu spielen, das nicht der Gottheit geweiht ist, dem der Tempel geweiht ist? Es kann nicht sein, dass sich die Menschen gegen die Götter aufwiegeln und die Ordnung stören. Es war Prometheus, der damit Frevel beging, als er den Menschen das Feuer brachte und die Ordnung damit gefährdete, so verhält es sich auch mit dem Wettstreit zwischen Apollo und Pan. Ich will ehrlich sein«, begann Zeus, »mir gefallen auch die wunderbaren Klänge der Flöte, auch lauschte ich ihnen heimlich. Doch kann und werde ich nicht zulassen, dass die Ordnung auf dem Olymp untergraben wird. Als Strafe für seinen Frevel, Menschen und Tiere gegen uns mit seinem Spiel aufgewiegelt zu haben, soll ihn mein Blitz treffen.«

Er nahm seine Aegites und wollte die Blitze auf Pan richten.

»Nein, nein, Zeus, haltet ein!«, meldete sich Athene. »Nicht ihm gebietet deine Strafe, ich habe die Flöte erfunden und sie Pan geschenkt, lass ab von ihm.«

Zeus zögerte einen Augenblick.

»Athene hat recht«, stimmten die anderen Götter ein.

»Gut, ich will davon Abstand nehmen und meine Strafe abmildern, wie es Athene erbat. Doch zur Strafe soll Pan aus Arkadien verbannt werden, er soll zukünftig bocksbeinig und mit Hörnern, wie die Ziegenböcke, auf einer Insel leben. Seine Gefährten sollen allein Ziegen sein, er soll die Menschen in Schrecken versetzen, wenn sie in der Mittagssonne ruhen. Die Insel des Pans wird fortan den Namen Ägina, die Ziegeninsel, tragen!«

Kaum war der Morgen auf der Insel Ägina angebrochen, nahm Pan seine Flöte, ging hinauf auf die Berge und durchschritt die Wiesen. Seine Flöte erklang den ganzen Tag. Der Schnee schmolz von den Kappen der Berge, wenn die Töne erklangen, das Schilf wog sich gleich dem Wind und auch die Tiere verharrten. Einmal munter wie das Springen der Ziegen und ein anderes Mal schwermütig wie das Raunen des Schilfes. Die Töne reichten hinüber in die Wälder, kamen zu den Flüssen und Seen. Sie weckten die Nymphen und trafen ihr Herz. Der Sommer verlor seinen Schrecken in der Hitze des Tages. Wenn der von Helios geführte Wagen auf die Erde brannte, schien das Leben zu ersterben. Doch beim Klang der Flöte, von ihrem Gesang, hoben die irdischen Geschöpfe ihre Sinne, ließen sich darin erfrischen und vom munteren Spiel anstecken. Auch wenn der kalte Nordwind Schneeflocken wirbeln ließ, wenn Kälte und Frost gar den Geschöpfen zusetzten, erklang die Sehnsucht nach der wärmenden Sonne, nach dem Grün der Mutter Gea. Dann erklangen lustige Melodien, selbst die Ziegen sprangen und tanzten auf dem kargen Land. Vom Spiel des Pans waren alle Geschöpfe der Erde angesteckt. Sie lernten, aus dem Schilfrohr Flöten zu fertigen und darauf zu spielen.

*

Daphne und Cloe

Fischerboote schaukelten im seichten Wasser der Häfen. Bei Perdika stiegen Kurz und Carla in ein kleines Motorboot und fuhren hinaus in den Saronischen Golf, eine weiße Gischt hinter sich herziehend. Er hatte das Ruder übernommen, in weitem Bogen fuhr er von der Küste weg, umfuhr eine kleine unbewohnte Insel und entdeckte einige Pfauen, bevor sie anlegten. Ohne Scheu kamen die schillernden Vögel zu ihnen heran. Sie liefen in das Dickicht, Eichhörnchen sprangen durch das Gras, kletterten hinauf auf die Aleppo-Kiefern und verschwanden im Geäst. Sie entdeckten einige große Schwärme Pfauen. Kleine Wäldchen von Orangen- und Feigenbäumen verzauberten die Insel zu einem grünen Paradies. Er pflückte einige Orangen. Sie setzten sich unter einen Baum, er schälte die Früchte und steckte einige saftige Stücke in ihren Mund. Sie genossen die Stille, nur unterbrochen von den Rufen der Pfauen. Carla lag im weißen Sand, die Düne schmiegte sich an ihren Körper, sie hatte die Augen geschlossen, von ihren Händen sank das Buch auf ihren Bauch. Er erkannte den Titel: Cloe und Daphne. Er spürte irgendein Geheimnis in diesem Buch, ohne den Inhalt zu kennen. Ein leichter Wind strich vom Meer herüber. Sie hatte ihr Haar aufgelöst, das sich frei entfaltete. Er bedeckte ihre Beine mit goldenen Schalen der Orangen, strich ihr Haar aus dem Gesicht, das vom Wind immer wieder über Stirn und Mund wehte. Sie kam näher, bis er ihre Lippen berührte. Sie legte sich in das weiche, leicht wiegende Gras, das ihrem Druck nachgab und sich an ihre Körper anschmiegte. Das Tuch, das ihre Brüste bedeckte, war entglitten. Er berührte ihre weißen Brüste und küsste die rot-leuchtenden Knospen. Das Gras bewegte sich im Wind. Die Wogen des Meeres waren nur leise zu hören. Sie vermischten sich mit dem Urempfinden, des Sich eins-Werdens, des Sich-Verschlingenden, In-sich-Auflösenden, um zu verschmelzen.

Die Sonne senkte ihre Strahlen tiefer und warf lange Schatten. Das Motorboot erreichte den kleinen Hafen Perdika, das Meer schim-

merte in der sanften, rot durchtränkten Bucht. Eine angenehme
Kühle lag in der Luft. Sie fuhren mit den Rädern zurück, nahmen
den kürzeren Weg über Agina Nektanos. Die Sonne war bereits ins
Meer versunken, die abendlichen Schatten lagen über Souvala, als
sie ihre Hazienda erreichten. Sie hatte ihm angeboten, heute Abend
ins Dorf zu gehen. Dort in der Taverne gab es ausgezeichnete Fisch-
gerichte und einen guten Wein. »Die Taverne ist auch bekannt für
ihre Folklore-Musik«, meinte sie. »Hin und wieder treten berühmte
Sänger aus Griechenland auf. Vor drei Jahren«, erzählte sie, »war
Antony hier zu Gast bei Anaxaros, einem bekannten griechischen
Filmemacher, der am anderen Ende von Souvala ein Wochenend-
haus hat. Ich war damals gemeinsam mit seiner Frau in der Taverne.
Es herrschte eine ausgelassene Stimmung«, erzählte sie. »Antony
wurde mehrmals aufgefordert, seine Rolle des Alexis Sorbas in dem
gleichnamigen Film zu spielen. Wer ihn original miterlebt hat, ist
angetan, wie sehr die Rolle des Alexis Sorbas Antony Q. auf den Leib
geschneidert ist. Trotz seines Alters hatte er uns seine Tänze vorge-
führt, als ob Musik und er eins wären. Komm, lass uns hinunter zur
Taverne gehen.« Sie nahm seine Hand.

Hand in Hand liefen sie am Strand entlang zum Dorf, hin und
wieder begegneten ihnen streunende Hunde, ein leichter Wind war
aufgekommen. Er legte seine Jacke um ihre Schultern. Aus der Taverne erklang Musik, sie setzten sich an einen kleinen Tisch, in die
Nähe einer Statue, die von einer Oleander-Hecke umrahmt war.
Mehrere Pärchen tanzten auf der kleinen Tanzfläche. Eine kleine
Band spielte bekannte Schlager von Theodorakis, so zumindest
verkündete dies einer der Musiker durchs Mikrofon. Bouzouki-
Klänge forderten die Anwesenden auf zum Tanz. Sie brachte ihm
die ersten Schritte bei. Zunächst kam er sich ziemlich ungeschickt
vor. Je mehr er mit ihr tanzte, je mehr fand er Spaß an dem griechischen Tanz. Sie hatten fast keinen Tanz ausgelassen, nur unterbrochen von der Pause der Band. Der Kellner brachte ihr Essen, eine
Menüplatte Meerestiere. Die Taverne füllte sich immer mehr, kurz
vor 22 Uhr wurde ein Weltstar angesagt, die Bühne ging auf, he-

rein kam Vicky. In einer Show sang sie die bekannten Hits ihrer erfolgreichen Karriere. Er war überrascht, seinen Traum einmal auf der Bühne zu erleben. Er ging hinaus, sah unweit der Taverne einen Garten mit wunderschön blühendem Oleander, rot und weiß, brach mehrere Zweige und kehrte zurück in die Taverne. Das Publikum feierte die Sängerin voller Leidenschaft. Er ging nach vorn und überreichte Vicky rote und weiße Oleanderblüten.

Mild lag die Nacht über dem Meer, mit einem von Sternen übersäten Himmel. Sie hatten die Schuhe ausgezogen, als sie am Strand nach Hause liefen. Ihre Füße glühten, sie hatten reichlich getanzt zu griechischer Musik. Kurz war eingetaucht in das griechische Leben, in den Zauber der Einfachheit und Vitalität. Er war in einer zwiespältigen Situation. Carla spürte, dass eine Last auf ihm lag, die auf ihn drückte, ihn mitunter eindämmte. Sie merkte seine Unruhe.

So wie bisher konnte es nicht weitergehen, er spürte den Druck, etwas zu tun, herauszubrechen aus der Einsamkeit, des Verlorenseins inmitten von Tausenden Menschen. Er brauchte einen Neuanfang, das bisherige Leben konnte er auf den Müll werfen, es war wertlos geworden. Bei dem Gedanken, ein neues Leben zu beginnen, fühlte er sich erleichtert. Über das »Wie« würde schon eine Antwort kommen. Es war ein Gefühl, das ihn wieder atmen ließ, wenn er seinem Leben ein anderes Ziel geben würde. Die kühle Luft tat ihm gut, er hatte keine Kopfschmerzen mehr, konnte wieder klare Gedanken fassen. Was nützte ihm das viele Geld. Ja, es war Sicherheit, Sicherheit ohne Leben. Je länger er darüber grübelte, je deutlicher spürte er die Weggabelung, vor der er stand. Was wollte er tun in diesem fremden Land? Der Weg zurück war verbaut, nein, ein Zurück gab es nicht. Die Menschen neben ihm gewannen wieder an Konturen, er sah in ihre Gesichter, die einen waren vertieft, andere lachten fröhlich, sie waren geschäftig. Er lief durch die Strata, spürte, jeder Mensch hatte seinen Himmel. Er war sich bewusst, morgen würde er abreisen, abreisen in Richtung Süden, um sein Griechenland, sein neues Leben zu entdecken.

Gegen Abend kam Astropolus zurück. »Schön, dass ihr da seid«, begrüßte er sie. »So können wir uns noch etwas unterhalten. Carla, am Dienstagabend halte ich einen Vortrag in der City Hall in Ägina. Ein Thema, das dich bestimmt interessiert. Das Thema lautet ›Die Perser-Kriege und ihre Bedeutung für Griechenland‹. Wenn ihr Lust habt, könnt ihr mitkommen.«

»Danke, lieber Dimitrius, danke für dein Angebot, aber ich muss zurück, am Montag habe ich einige Termine in Heidelberg.«

»Und Sie?«

Kurz überlegte ein wenig. »Hört sich wirklich interessant an. Eigentlich habe ich nichts weiter vor.«

»Also gut, dann bleiben Sie noch ein paar Tage mein Gast.«

Die Perser-Kriege

Am anderen Tag, Carla war nach dem Frühstück abgereist, plauderten sie noch am Frühstückstisch. »Griechenland hat für mich so etwas Geheimnisvolles, Dimitrius. Es ist mehr ein Bauchgefühl, das mich an dieses Land fesselt. Aber im Detail weiß ich herzlich wenig über Griechenland und seine Geschichte.«

»Wissen Sie, Kurz, aus unserer Geschichte heraus ragen besonders die Perserkriege und die Befreiungskriege gegen die Osmanischen Okkupanten. Es ist nicht auszumalen, wenn die Perser Griechenland erobert hätten. Dieser Stoff wurde deshalb bereits von antiken Dichtern aufgegriffen. Aischylos und Herodes, dem Dichter und Geschichtsschreiber, haben wir die historische Quelle zu verdanken.

Herodot bezeichnete die Perserkriege als Kämpfe zur Verteidigung der Freiheit gegen die Perser-Despotie. Es ist ein uralter Konflikt zwischen Orient und Okzident. Beeinflusst von der Entwicklung in Athen, zur Demokratie der Polis, öffneten sich die Ionier Kleinasiens dieser Staatsform. Die ionischen Städte lagen im Herrschaftsbereich der Perser. Es kam zu heftigen Auseinandersetzungen, die im Jahre 494/500 in einem Aufstand der Ionier gegen die Perser gipfelten. Die Ionier wehrten sich gegen ihre Versklavung.«

»Wer waren die Ionier?«

»Eine gute Frage, die Sie da stellen, weil damit eine grundlegende Frage des Griechentums gestellt wird. Wer waren die Ionier? Damit verbindet sich die Identität der Griechen. Die Besiedlung Griechenlands vollzog sich im Wesentlichen in zwei Phasen: Die 1. indogermanische Wanderung vollzog sich etwa 1900 – 1600 v. Chr. Zu ihnen gehörten die Aioler und Ionier. Ionier siedelten hauptsächlich in Mittelgriechenland, Attika und den ägäischen Inseln. Die mythologischen Quellen berichten, dass die Ionier Nachfahren des Ion waren, des Sohnes Apollos. Dies hatte wesentlichen Einfluss auf ihre Entwicklung der Kunst und Kultur. Zentrum der

Ionier wurde Athen in Attika. Jahrhunderte später, etwa um 1300 v. Chr., vollzog sich eine 2. indogermanische Wanderung, auch dorische Wanderung genannt. Dorische Stämme besiedelten u. a. den Peleponnes. Zentrum der Dorer wurde Sparta. Zu den dorischen Stämmen gehörten die Lakaidonier, mit Zentrum Sparta. Urahn der Lakaidonier war Herakles, der kraftvolle Sohn des Zeus, Symbol für Kraft, Härte, Ausdauer und Disziplin. In Sparta bildete sich ein System heraus mit ausgeprägtem Sinn für staatliche Ordnung. Grundlage bildete das Gesetz des Lykurgos, der Apella (Volksversammlung) und Geronten (Doppelkönigtum). Im Gegensatz dazu entwickelte sich in Athen die Grundlage der Demokratie. Solon schuf im 6. Jhd. eine Verfassung, in der die Bürgerversammlung zum Machtinstrument der Polis Athen wurde. Eine direkte Demokratie hatte das Licht der Welt erblickt. Der Begriff Freiheit ist tief verwurzelt im Griechentum. So berichten einige mythologische Erzählungen vom Kampf gegen Tyrannei und Fremdherrschaft. Während Pallas Athene, Göttin der Weisheit, zur Schutzgöttin der Stadt erhoben wurde, wurde Theseus der Liebling der Athener. Wollen Sie die Geschichte des Theseus hören?«, wandte sich Dimitrius an seinen Gast.

»Ja, es interessiert mich schon.«

*

Theseus' Kampf gegen Minotaurus

Einst besiegten in einem Krieg die Minoer (Kreter) die Athener. Die Sieger forderten daraufhin von den Athenern als Tribut, jedes Jahr sieben Jünglinge und sieben Jungfrauen dem Minotaurus – Sohn des Königs Minos, halb Mensch, halb Stier – zu opfern. Dieses Ungeheuer lebte in einem unterirdischen Labyrinth. So vergingen Jahre des Schreckens.

Eines Tages bot sich der herangewachsene Theseus, Sohn des Königs Aigeus, freiwillig als Opfer an. Nur zögerlich stimmte der König zu, seinen Sohn mitziehen zu lassen. Doch befahl er dem Kapitän des Schiffes, bei Rückkehr anstatt der schwarzen Segel weiße zu setzen, wenn der Plan gelungen sei, dass Theseus den Minotaurus besiegt hätte. Das Schiff stach in See und nahm Kurs auf Kreta. Die Göttin Aphrodite half dem Königssohn. Sie hieß ihrem Sohn Eros, einen Liebespfeil auf Ariadne, die Tochter des Minos, zu zielen. Ariadne verliebte sich in den griechischen Helden und sie versprach ihm zu helfen, wenn er sie mit nach Athen nehmen würde. Theseus versprach es, daraufhin gab sie dem Helden einen Knäuel Wolle. Er sollte den Faden entlang des Weges zur Höhle des Minotaurus abwickeln. Der Faden würde ihn zum Ausgang des Labyrinths führen. Er tat, wie es Ariadne ihm geraten hatte. Bald schon entdeckte er den Stierköpfigen, es begann ein gewaltiger Kampf mit dem Sohn des Minos. Die Erde bebte, beide fochten mit großer Kraft. Lange wartete Ariadne vor dem Eingang des Labyrinths. Es wurde spät abends, bis Theseus mit dem Haupt des getöteten Minotaurus zurückkehrte. Er warf das abgeschlagene Haupt ins Meer. Gemeinsam flohen beide zum Hafen, wo das Schiff der Griechen bereits wartete. Theseus ließ die Segel setzen. Ein günstiger Wind brachte sie zur Insel Naxos. Sie gingen an Land, um ihre Vorräte an Wasser und Proviant aufzufrischen. Dort am Tempel des Dionysios verliebte sich Ariadne in den Gott des Weines und blieb auf der Insel. Theseus nahm Abschied von der Königstochter und segelte zurück nach Athen. Sie kamen bei günstigem Wind schnell zum Kap Sinion. Der Kapitän hatte vergessen, die schwarzen Segel durch weiße zu ersetzen. So erreichten sie mit schwarzem Segel das Kap. König Aigeus erblickte voller Kummer den schwarzen Segler und glaubte, sein Sohn sei Opfer des Minotaurus geworden. Voller Verzweiflung stürzte er sich in die tiefen Fluten der See, wo er den Tod fand. Seither spricht man vom Ägäischen Meer.

Nach dem Tod des Vaters stieg Theseus auf den Königsthron. Bald schon reformierte er Verwaltung und Regierungsform seines Königreichs. Er führte die 3-Stände-Gesellschaft ein: Adel – Priester – Bürger. Der Adel war für die Kriegsführung zuständig, die Priester hatten sich um den Kult zu kümmern und die Bürger waren für die Regierung zuständig. Die spätere »Timokratia« hatte ihren Ursprung gefunden, die Freiheit der Bürger wurde oberstes Prinzip.

Athen und Sparta rangen in einem jahrhundertelangen Machtkampf um die Vorherrschaft in Griechenland. Einige Stadtstaaten und Polis übernahmen die Form der Volksherrschaft, so auch die ionischen Städte Kleinasiens. So war es kein Wunder, dass Athen das Begehren der Ionier unterstützte.

*

Aufstand der Ionier

Kühl wehte der Wind von der Ägäis hinein in die Häfen der Stadt Milet. Die Schiffe begannen gefährlich zu schaukeln. »Zieht die Taue fester!«, schrie Patroklos zu seinen Mannen. »Wenn der Sturm nicht nachlässt, können wir die Ausfahrt vergessen.«

»Die kannst du auch so vergessen«, entgegnete der Steuermann des Schiffes.

»Wo warst du? Wir warten schon seit Tagesanbruch auf dich, Steuermann.«

»Halt dich fest, Patroklos, halt dich ganz fest.«

»Was soll das, lass deine Scherze.«

»Dir werden die Scherze vergehen, wenn du die neusten Nachrichten erfährst.«

»Was gibt es Neues und warum kommst du so spät?«

»Weil wir Zeit haben, unendlich viel Zeit«, antwortete Dionysios. »Sie haben es gewagt, was seit Tagen gemurmelt wurde, Patroklos. Die Perser haben unsere Seepassage nach Naukratis mit ihrer Flotte blockiert und lassen keine Schiffe mehr durch.«

»Lass deine Witze, komm an Bord, damit wir noch am Morgen absegeln können.«

»Es ist bittre Wahrheit, gestern Abend kamen Schiffe zurück, die Kurs nach Ägypten hatten, die Perser haben sie zurückgeschickt.«

»Hat der Tyrann das wahrgemacht?«

»Ach, glaube doch dieses Märchen nicht. Sie würden es nicht wagen, unsere Handelsrouten zu blockieren. Schlimm genug, dass die Perser die Tributzahlung immer höher schrauben.«

»Patroklos, es ist kein Spaß, kein Märchen, was ich dir erzähle. Wir müssen vorsichtig sein, überall lauschen die Häscher des Großkönigs.«

»Warum versuchen sie uns immer wieder zu piesacken? Wir zahlen ihnen doch jedes Jahr unsere Steuer.«

»Im Volk wird gemurmelt, dass die Perser uns fürchten wie die Pest.«

»Warum sollten sie uns fürchten? Sie haben doch ein Millionenheer von Soldaten.«

»Das ist es nicht, militärisch fühlen sie sich sicher. Halikarnos, er führt in Milet eine Schule, erzählte mir, dass die Perser unser System der Demokratie fürchten. Sie sehen in uns den Stachel im Fleisch und fürchten uns.«

»Du magst schon recht haben, Dionysios, doch was können wir ihnen schon antun.«

»Patroklos, man merkt, dass du mehr draußen auf dem Meer bist als auf dem Land. Es gärt bei den Lydiern, seit sie unter persischer Knute sind.«

»Das ist ihr Problem, nicht das unsere.«

»Und wenn, wir sind alle gleichermaßen betroffen.«

»Also gut, was schlägst du vor zu machen?«

»Wir müssen reagieren, bevor Bardiya die Schlinge zuzieht. Wenn der Tyrann sein Vorhaben, unsere Handelsrouten zu blockieren, wahrmacht, müssen wir einen Aufstand lostreten. Einen Aufstand aller ionischen Städte. Smyrna, Samos, Ephesus, Milet, Chios, alle unsere Städte müssen sich zur Wehr gegen die Perser stellen.«

»Und wie willst du das erreichen?«

»Heute Abend ist eine Bürgerversammlung angesagt. Es geht um die Zahlung der Steuer. Patroklos, du wirst in allen Häfen Ioniens geachtet. Was du sagst, hat Gewicht bei den Bürgern. Wenn du heute Abend zu den Versammelten sprichst, dann wird sich die Menge deinem Vorschlag anschließen.«

»Und was soll ich nach deiner Meinung sagen?«

»Das einfachste, wir Griechen sind Seefahrer und Händler. Wir brauchen unsere Freiheit, um unsere Geschäfte wahrzunehmen, so war es schon immer, so muss es auch immer sein. Wer unsere Schiffsrouten sperrt, untergräbt unsere Geschäfte.«

»Recht hast du, du bist ein gerissener Seemann.«

Das Bürgerhaus war brechend voll, Weindunst lag in der Luft. Tische und Bänke waren besetzt. Die keinen Sitzplatz hatten, standen an den Wänden. Die Bürger Milets ließen sich ihre Mitsprache für wichtige Themen nicht nehmen. Die Steuer war stets ein Streitpunkt gewesen. Es entbrannte eine heftige Diskussion, als Ephilates, Vorsteher der Bürgerversammlung, der Vollversammlung die Forderung des Satrapen Bardiya vortrug, jährlich ein Talent mehr Tribut zu zahlen. Ephilates schlug der Bürgerversammlung vor, die Tributzahlung solange einzustellen, bis die Höhe der vorherigen Zahlung wieder Recht und Gesetz würde. Es wurde eine Abordnung unter Führung Ephilates gewählt, die den Beschluss dem Satrapen Bardiya übergeben sollte. »Bürger Milets, wir Griechen sind seit Generationen Händler, Seefahrer, Handwerker und Fischer und leben hier in Freiheit. Unter den Lydiern wurde unsere Freiheit und Unabhängigkeit stets geachtet.« Laute Zustimmung herrschte im Saal.

»Ja, geachtet und respektiert«, nahm Patroklos das Wort. »Seit geraumer Zeit versuchen die Perser, unsere Unabhängigkeit einzuengen.«

Im Saal wurden Stimmen laut: »Nieder mit der Tyrannei!«

»Bürger Milets, es ist zur Wahrheit geworden, der Tyrann will uns den Hahn abdrehen. Die Perser haben unsere Seefahrtspassage nach Naukratis blockiert.«

»Nieder mit den Persern!« Immer lauter wurden die Rufe.

»Ich bitte um Ruhe, Bürger von Milet. Wir müssen handeln. Ich schlage vor, dass wir eine Kommission bilden, die den Auftrag erhält, Kontakt mit allen ionischen Städten aufzunehmen. Sollten die Perser ihre Blockade nicht aufheben, werden alle ionischen Städte zum Aufstand aufgerufen. In Anbetracht der militärischen Übermacht der Perser brauchen wir Hilfe von außen. Deshalb schlage ich vor, eine Abordnung nach Sparta, Argos, Athen und andere Städte Griechenlands auszusenden.«

»Patroklos, Patroklos, unser Stratege.« Die Stimmen, die Patroklos zum Strategen ausriefen, wurden immer lauter. Die Bürgerversammlung wählte ihn einstimmig. Unter großem Beifall nahm der Schiffseigner die Wahl an.

»Patroklos, du hast die richtigen Worte gefunden, die Bürger haben begriffen, was auf dem Spiel steht, begriffen, dass unsere Freiheit in Gefahr ist.«

»Eigentlich wollten wir am Morgen in See stechen, doch daraus wird jetzt nichts. Wir müssen zügig handeln. – Hei, Dionysios, jetzt bist du wieder in deinem Element. Weißt du, das, was du mir gestern von der Absicht der Perser erzählt hast, bewegt mich schon eine Weile. Seit die Perser hier herrschen, werden wir immer drastischer geknebelt. Ich war vorige Woche in Smyrna. Dort hörte ich das Gleiche. Ich werde mit der Kommission morgen nach Ephesus aufbrechen. An dich hätte ich eine Bitte, fahre morgen nach Samos, dort suchst du Diogenes auf, er ist ein Vertrauter von mir. Sie müssen so schnell wie möglich eine Bürgerversammlung einberufen, auf der du dann von unserem Beschluss berichtest und ein gemeinsames Handeln aller Ionier vorschlägst. Noch etwas, du bist ein tüchtiger Steuermann, du musst versuchen, nach Athen zu segeln, um Hilfe zu holen. Allein sind wir gegen die Übermacht der Perser machtlos.«

Noch am Abend segelte Dionysios in Richtung Samos. Dort rief er die Bürger auf, sich dem Aufstand gegen die Perser anzuschließen. Die Bürger fassten den Beschluss, Milet im Kampf gegen die Perser zu unterstützen. Sie folgten dem Beschluss des Rates der 500 und entsendeten 25 Triere nach Milet, währenddessen Dionysios nach Athen segelte. Dem Hilfegesuch kamen Athen und Eretria nach, sie entsendeten eine Flotte von über 50 Trieren. Durch diese unterstützt, durchbrachen die Ionier die Blockade der Perser.

Diese Niederlage konnten die Perser den Athenern nie verzeihen.

*

Der Zorn des Dareios

»Die Großmacht Persien war also blamiert, Dimitrius.«

»Ja, Kurz, Sie haben es richtig benannt. Es war nicht nur die Niederlage, es war eine Blamage und es bestand eine schlimme Gefahr, dass der Bazillus ›Freiheit‹ im Herrschaftsgebiet der Perser Schule machte.«

»Wenn ich Sie richtig verstehe, war der Krieg Perser gegen Griechen einer von entgegengesetzten Systemen, ein Krieg von Despoten gegen bürgerliche Freiheit.«

»Sehr richtig. Deshalb sah Dareios, der Perserkönig, darin eine Gefahr für sein gesamtes Reich. Zumal es immer wieder zu Unruhen im Reich kam. Besonders die Ägypter spürten, dass Dareios keine Gnade kannte. Mit äußerster Brutalität und Härte unterdrückte er die Aufstände der Nilbewohner. Die Regierungszeit des Dareios war die Phase der größten Ausdehnung des Imperiums Persien. Zumal die Lydier ein unsicherer Faktor im Reich blieben und sich daraus der Konflikt mit den Ioniern immer wieder entzündete. Unter lydischer Oberherrschaft bewahrten die griechischen Städte weitgehend ihre Unabhängigkeit. Dareios setzte in seiner Politik auf Peitsche und Zuckerbrot. Im Inneren des Reiches schlug er erbarmungslos jegliches Freiheitsstreben nieder. Nach außen lockte er mit Gold, so gewann er Einfluss in Makedonien und Thessalien. Dareios war ein eiserner Despot. Die Hauptgefahr sah er in der demokratischen Entwicklung der ionischen Inseln und Städte. So kam es, wie es kommen musste, es kam zum Krieg der Perser gegen Griechenland. In den Augen der Perser war Athen der Hauptfeind. Ihm galt sein ganzer Zorn. Dareios hat diese ›Einmischung‹ der Athener, während des Aufstandes der Ionier, nie verwunden. Er rüstete deshalb einen Kriegszug gegen die Griechen. In diesem Konflikt trat deutlich der Unterschied zwischen Orient und Abendland zutage: die Freiheit des Individuums (Griechen) und die Versklavung (Despotie).

Doch zunächst zog er gegen die Skythen, es war ein verlorener Kampf gegen das Reitervolk in der weiten Steppe zwischen Schwarzem und Kaspischem Meer.

Es war für Griechenland eine sehr wichtige Entwicklung, deshalb fanden diese Kriege Eingang in die Literatur.«

»Was man auch aus heutiger Sicht verstehen kann, Dimitrius. Doch wie drückte sich dies in der Dichtung aus?«

»Aischylos, glaube ich, war der Erste, der Dramen und Tragödien schrieb und in seinem Werk ›Perser‹ diese Kriege künstlerisch verarbeitete.

Während meines Studiums nahm ich als Student an Grabungen in Persien teil. In den Königsstädten Susa und Persepolis entdeckten wir, welche Bedeutung in den Worten der Soldaten Alexanders: ›**Persepolis, die reichste Stadt unter der Sonne**‹ liegt. Die Stadt widerspiegelte den multikulturellen Vielvölkerstaat, das erste Großreich der Antike. Die Ausgrabungen von heute können nur erahnen lassen, welch Reichtum sich in der Königsstadt zeigte. Trotz der Brandschatzung Alexanders verdeutlichen Grabungen das Ausmaß der Residenz, des Dareios' und Xerxes'. Hundertsäulensaal, der Thronsaal, Apadana Palast, das Tor der Länder, Prachtstraßen, groß angelegte Parks, Fasanengärten, Hängende Gärten, Zypressen säumten die Straßen der Innenstadt. Das Künstler-Viertel hob die Bedeutung der Kunst hervor. Nachahmung pharaonischer Bauten, Glanz und Gloria herrschte in der Stadt der Könige. Platon verglich die Staatsordnung Persiens mit der von Sparta und Kreta, Kritik an der extrem ausgeprägten Herrschergewalt, die in eine ungezügelte Despotie Xerxes' gipfelte. Ein zügelloser Despot, wie ihn griechische Autoren beschreiben. Persische Quellen sind eher rar, um sich ein reelles Bild machen zu können. Unter Dareios und Xerxes expandierte Persien vom Hindukusch bis zum Mittelmeer, vom Kaukasus bis zum Nil. Sie nannten sich ›Eran-shahr‹, Iraner, Land der Arier oder Achaemenider.

Die Funde belegen, dass es während der Perserkriege eine rege Diplomatie zwischen Griechen und Persern gegeben hatte. Im Königspalast gingen Gesandte aus und ein. Susa, würde man heute sagen, war eine Weltmetropole. Dareios liebte die griechische Lebensart. Er hatte Architekten, Bildhauer, Maler und Dichter an seinen Hof geholt.«

*

In den Fängen der Göttin Ate

Im Palast des Xerxes – Beratung zum Feldzug

Die Straßen am Königspalast waren wie leergefegt. Nur einige Männer saßen vor ihren Häusern und rauchten. Es herrschte Ruhe in Persepolis, der Königsstadt des Reiches. Arisa, der Brothändler, hatte seinen Laden geschlossen, er gab den Sklaven den Befehl, sämtliche Vorräte zum Palast des Königs zu bringen. Boten verkündeten, dass zum Gedenken des Todestages von Dareios nach zwei Jahren der Trauer für fünf Tage keine Märkte stattfinden dürfen. Arisa sprach zu seinem Neffen Xysophon, dass vor zwei Jahren Bildhauer beauftragt worden seien, Stelen über die Ruhmestaten des Dareios' zu fertigen und in Susa und Persepolis vor den Palästen aufzustellen. Riesige Stelen, Siegessäulen, umsäumten die Prachtstraße am Königspalast, Skulpturen mit Darstellungen aus dem Leben des Dareios', seine Eroberungen, die Niederschlagung des Ionieraufstandes, die Eroberungen Thessaliens und Thrakiens. Pompöse Bauten für die Herrscher waren nur durch immer höhere Steuern zu finanzieren, das Volk murrte, die Reichtümer aus den eroberten Ländern flossen an den Hof des Königs und seiner Satrapen, während die Steuerlast immer größer wurde.

Zwei Jahre nach dem Tod des Dareios' berief Xerxes alle Edlen des Reiches zu sich nach Susa. Man munkelte, dass in zwei Tagen im Palast des Königs wichtige Entscheidungen fallen sollten. Dareios, sein Vater, hatte vor seinem Tod die Ägypter wegen ihrer Meuterei mit hohen Steuern bestrafen wollen. Die Ägypter konnten aufatmen.

Arisa sprach leise zu seinem Neffen, dass man auch die Athener bestrafen wolle, für ihre Einmischung im Konflikt mit den Ioniern.

»Wieso die Athener?«, wollte Xysophon wissen.

»Nun, die Ionier sind mit den Athenern verwandt. Aber es gibt noch andere Gründe«, antwortete Arisa. »Die ionischen Inseln und viele Städte an der Küste Kleinasiens sind griechische Städte. Sie gehören zum Einflussgebiet der Athener. Im Konflikt mit Persien geht es auch um rein wirtschaftliches Interesse. Die Griechen beherrschen den Handel im Mittelmeer. Die Perser wollen ihren Einfluss in diesem Raum verstärken. Gestern erfuhr ich vom Hofmarschall Arames, dass im Palast bald schon wichtige Entscheidungen fallen werden.«

»Welche Entscheidung meint Ihr?«

»Na, denk mal nach, Junge«, erwiderte Arisa. »Es gibt Krieg, es heißt, Xerxes habe die Großen des Reiches zu einer Versammlung in den Königspalast gerufen, um seine Schritte zu beraten. Eines steht für mich fest, Xerxes ist viel zu schwach, er wird den Krieg dazu nutzen, seine Machtposition zu stärken. Er verdankt doch lediglich seiner Mutter Atossa, dass er auf dem Thron sitzt. Seine Gegner neiden ihm dies und warten auf eine Gelegenheit, ihn davonzujagen. Alle Satrapen des Reiches werden für heute erwartet.«

»Morgen kommt Anexos aus Ephesus zu Besuch, wir kennen uns schon über zwanzig Jahre, er bringt uns Bernsteine, du musst ihn warnen«, erwiderte sein Neffe.

Arisa schwieg und nach kurzer Pause winkte er seinen Neffen zu sich.

»Wenn du mit dem Teig fertig bist, gehst du zum Mehlhändler, er soll das Bestellte schon morgen liefern. Wir brauchen für diese Woche besonders viel Mehl. Alles andere wird sich schon ergeben. Und nun geh und mach, was ich dir aufgetragen habe.«

Schon am frühen Morgen kamen Abgesandte aus dem ganzen Reich an den Hof des Xerxes. Alliwa, der Ratgeber des Königs, meldete, dass die Edlen des Reiches aus allen Landesteilen gekommen seien und auch eine Abordnung der Könige von Thessalien um Audienz bitten würde. Xerxes nickte leicht mit, es war das übliche Zeichen am Hof. Edelleute und Gesandte aus allen Teilen seines Reiches verbeugten sich vor dem Großkönig. Mit einer kurzen Geste hieß er sie willkommen und Platz zu nehmen. Er begrüßte die Gesandten aus Thessalien. Er erhob erneut die Hand, sofort wurde alles still im Audienzsaal.

»Im Gedenken an Dareios, meinen Vater, wollen wir heute beraten, welche Ziele wir uns abstecken. Ich möchte mich meinem Vater würdig zeigen. Ich will nichts Neues einführen und alte Bräuche befolgen. Ich werde meine Kraft auf die Stabilisierung des Reiches des Kyros', des Kambyses, das mein Vater Dareios eroberte, konzentrieren, aber auch die Tradition pflegen, das Reich zu erweitern.«

»Bisher haben wir nichts Neues von Xerxes gehört«, flüsterte Arisa seinem Gast aus Ephesus zu. »Der König ist schwach und stark beeinflussbar, wird am Hofe gemunkelt.«

»Still, wenn uns jemand belauscht. So schwach er ist, so willkürlich verhängt er Strafen«, flüsterte der Hofbrotlieferant. Er hatte vom König die Order, für drei Tage zusätzlich Brot und Gebäck anzuliefern. Der Hofmarschall hatte ihn gebeten, heute einige Kostbarkeiten in den Palast zu bringen. Arisa hatte seinen alten Freund Anexos aus Ephesus mitgenommen, er wollte ihn dem Hofmarschall vorstellen. Mit dem Bernstein-Handel, meinte Anexos, werde man die Gunst des Königs gewinnen, der ein Liebhaber von schönen Frauen, rassigen Pferden und kostbarem Schmuck war. »Vielleicht gelingt es uns, die Gunst des Herrschers für unsere Küstenstädte zu erringen.« Sie konnten jetzt durch die Säulen des Palastes sehen, wie sich die Gäste vor dem König verbeugten, um ihre Huldigung zu zeigen.

Nur Mardonios, der Neffe Xerxes', verbeugte sich kurz und trat hervor, er wandte sich an den Herrscher:

»Mein Gebieter, König der Könige, Herrscher der Welt, großer Xerxes. Lasst mich sprechen.«

Xerxes gewährte ihm mit einer Handbewegung, sein Anliegen vorzutragen.

»Herrscher der Welt«, begann Mardonios, »es ist ein großes Anliegen, wenn ein Herrscher seine Kraft auf die innere Festigkeit seines Reiches konzentriert. Es ist durchaus dringend, die innere

Stabilität zu erhalten. Umso mehr gedenkt der unsicheren Randgebiete, der vergangenen Unruhen in Ägypten und der Küstenstädte Ioniens. Ich hatte, oh großer Xerxes, die Neugestaltung der Region Ioniens, wie Ihr befohlen habt, mit eiserner Hand durchgeführt. Die Gebiete der Polis neu gestaltet und Statthalter eingesetzt, die Euch treu ergeben sind. Zurzeit herrscht in Ephesus, Milet und anderen Polis des Westens Ruhe und doch ist es eine trügerische Ruhe, oh großer Herrscher.«

»Mardonios , du malst ein zu schwarzes Bild«, unterbrach ihn Xerxes. »Ich habe verlässliche Boten, die mir mitteilten, dass die Bewohner der Küstenstädte ruhig und verlässlich ihre Steuern entrichten. Sie bringen mir allein mehr Talente ein als vergleichbar die Meder, die ein bedeutend größeres Gebiet bewohnen. Warum solch Zorn auf die Ionier? Solange sie ihre Abgaben wie befohlen an uns geben, habe ich keinen Grund, sie anders zu behandeln als die Untertanen meines Reiches.«

Mardonios sah sich in die Defensive gedrängt, die meisten der Würdenträger nickten dem König zu.

»Großer Herrscher, König der Könige, bitte gestattet mir, noch Folgendes zu sagen.«

Xerxes nickte.

»Herr aller Herrscher, es ist wahr, Euer Reich ist unendlich groß, es reicht von Indien bis zum großen Meer, bis ins Land der Barbaren, Thrakien und Makedonien, bis zum Isthmus. Es gibt zwei Gründe, die sich darauf richten, neues Land zu erobern. Europa, das Land der untergehenden Sonne, das Land der Tochter des Zeus, Europa ist reich an schönen Fruchtbäumen aller Art, es ist voll Grün der Wälder, mit einer Unzahl von Wild, klaren Seen und hohen Bergen, mit Olympos, dem Sitz der Götter, wie die Griechen behaupten. Dieses Land, oh Herrscher, darf kein anderer König als der große Xerxes besitzen.«

»Mardonios, du schmeichelst, warum soll ich nach Europa greifen, habe ich nicht, wie du selber sagtest, ein großes Reich, das von der aufgehenden Sonne bis zur untergehenden Sonne reicht?

Wachsen in meinem Reich nicht eine unendliche Vielzahl von Fruchtbäumen? Gewiss, ich mag dich verstehen, du willst deinen Mut kühlen, du bist ein echter Heißsporn, deshalb schätze ich deinen Dienst als sehr hoch ein. Doch warum soll ich Krieg ohne jeglichen Grund führen?«

Die Edlen des Reiches ließen ihre Zustimmung für die Worte des Königs nicht ohne Beifall verhallen. Mardonios sah seine Felle davonschwimmen.

»Morgen, oh großer Xerxes, will ich Euch einen Mann vorführen, der Euch überzeugen wird, gegen Athen Krieg zu führen. Vergesst nicht, mein König, was die Ionier und Athener uns in der Vergangenheit angetan haben. Denkt daran, als Euer Vater vor zwei Jahren gegen die Ionier eine Strafexposition durchführte und er sie alle aus dem Land treiben wollte. Athen, die Mutter der Ionier, ist gefährlicher als eine Schlange. Morgen wird Euch ein Licht aufgehen, oh großer König.« Mardonios verbeugte sich und zog sich zurück.

»Es ist sehr erfreulich, deine Worte des Mutes zu hören, doch deuchte mir, du willst noch ein Süppchen mit den Griechen kochen«, erklangen die zynischen Worte Xerxes'.

»Hörst du diese Worte. Der König ist misstrauisch gegen alle. Für mich ist er durch und durch falsch, er ist ein undurchsichtiger König«, sprach der Hofmarschall zu seinem Gast. »Bei Dareios wusste man, woran man ist. Xerxes ist glatt wie ein Aal.«

»Was willst du, hat er nicht Mardonios zurückgewiesen, einen neuen Krieg gegen Griechenland zu führen?«

»Warten wir ab, spätestens morgen wird in der Versammlung der Edlen die Entscheidung fallen. Gespannt bin ich, ob es Mardonios gelingt, Xerxes noch zu überzeugen. Zurzeit hat er keine guten Karten beim König. Er ist immer noch bestrebt, Statthalter von Griechenland zu werden. Um dies zu erlangen, sind dem einstigen Heerführer alle Mittel recht.«

»Artabanos, mein Oheim, Ihr wollt sprechen, tretet vor.«

»Großkönig und Herr und Gebieter. Was sind die Worte wert eines ungestümen Jünglings, sie sind nicht mehr wert als der heiße Wüstensand, sie streuen uns in die Augen und verblenden uns. Herr«, sprach Artabanos weiter, »wenn nicht mehrere Meinungen kundgetan werden, ist man nicht in der Lage abzuwägen, eine kluge Entscheidung zu treffen. Gold wird erst wertvoll durch Vergleich mit anderen Edelmetallen. Ich hatte deinem Vater abgeraten, gegen die Skythen zu ziehen, er befolgte meinen Rat nicht und zog in das Land der Skythen, diese aber sind Nomaden, haben keine festen Städte, sind also nicht fassbar. Dein Vater musste den Rückzug antreten, ohne die Möglichkeit zu erlangen, sie zu unterwerfen. Jetzt wird dir geraten, gegen ein Volk zu ziehen, das seit Jahrhunderten bekannt ist wegen seiner Tapferkeit. Ich rate dir, keinen zweiten Krieg gegen die Griechen zu führen. Bedenke, dass die Athener ein erprobtes Volk sind, die die Kriegskunst wie kein anderes Volk beherrschen. Vor zehn Jahren besiegten sie Dareios in der Schlacht bei Marathon. Auch wenn du mit einer starken Flotte und riesigem Heer ins Abendland ziehen solltest, welcher Ruhm kann solch ein Risiko aufwiegen, ein zweites Mal besiegt zu werden? Mein Rat, mein König, ist, löse die Versammlung jetzt auf und schicke die Abordnungen wieder nach Hause und bedenke in Ruhe deinen nächsten Schritt. Es ist besser, sich eine Sache gründlich zu überlegen, und wenn sich Umstände für oder gegen etwas ergeben, ist es Schicksal und oft von uns nicht beeinflussbar. Dies ist aber besser, als ohne Not ein solches Wagnis einzugehen. Lass uns demnächst deine Entscheidung wissen.«

Xerxes hatte sich erhoben. Er sprach: »Lieber Artabanos, auch dir bin ich angetan, du hast weise gesprochen, doch lass uns weitere Meinungen hören.«

Wieder war es Mardonios, der hervortrat, sein Gesicht war rot angelaufen. Xerxes wandte sich an ihn: »Nun, Mardonios, was willst du uns sagen?«

»Mein großer König. Wie ich Euch vor der Versammlung sagte, gibt es zwei Gründe, gegen Athen zu Felde zu ziehen, den ersten Grund nannte ich bereits. Jetzt will ich Euch den zweiten nennen, doch zunächst soll der Seher Onomakritos aus Athen Euch weissagen. Er wurde aus Athen vertrieben, weil man ihm eine falsche Deutung unterschob. Seit er jedoch den Persern dient, hat er unseren Ruhm vermehrt.«

»So lasst ihn hören!«, befahl Xerxes.

Onomakritos trat in den Saal. »Es sind viele Tage her, dass ich fort bin von Athen, der verruchten Stadt. Die Demokraten kehren das Oberste zuunterst und machen das Unterste zuoberst. Großer Herrscher, deine größte Gefahr droht dir von Athen und dem Demos. Als Dareios die Ionier besiegte, hat er halb nur gehandelt, den anderen Teil der Schlange am Leben gelassen: Die Schlange wird sich wieder vereinen und dein Reich zerstören, zertrete das Ungetier, bevor es wieder erstarkt.«

»Siehst du, wie Xerxes nach den Worten des Sehers blass geworden ist, dies verheißt nichts Gutes«, sprach der Hofbäcker. »Komm, lass uns gehen.«

»Nein, warte, vielleicht entscheidet sich Xerxes.«

Sie sahen, dass Xerxes sich erhoben hatte, sie hörten seine Worte, morgen solle die Entscheidung fallen. Er begab sich aus dem Thronsaal in seine Privatgemächer und seinen Dienern befahl er, ihn allein zu lassen. Was sollte er tun? Das, was der Seher vorgebracht hatte, als Geschwätz abtun und die Reformen der inneren Stabilität weiter fortführen? Wenn aber der Seher recht hatte mit seiner Weissagung, lag über Persien eine große Gefahr. Konnte er das von Kyros und seinem Vater geschaffene Großreich jetzt durch Unentschlossenheit gefährden? Er musste handeln, so oder so.

Nach der Beratung hatte Atossa ihren Sohn zu einer Audienz gebeten. Er ließ sie in seinen Palast kommen.

Xerxes und Atossa im Gespräch

»Großkönig«, hob Atossa an zu sprechen. »Hört man Euch sprechen vor den Edlen des Reiches, so hat man den Eindruck, Ihr seid wie das Schilf im Wind. Sieht so ein Nachfahre des großen Kyros aus? Ihr beschämt mich, mein Sohn. Es war nicht leicht, Euch auf den Thron zu setzen.«

»Mutter, schweigt, Eure Reden kenne ich zur Genüge. Wart Ihr es doch, die mich gern auf dem goldenen Thron sah, es war nie mein Wille, Mutter.«

»Ach, was ist Euer Wille, Sohn? Doch wohl nur schöne Beine und Busen, Euer Serail ist voll von Schönheiten. Glaubt Ihr denn, ich kenne Eure Begierde nicht. Frauen und prunkvolle Bauten, das ist es, was Euch interessiert.«

»Mutter, Ihr sprecht offen über Dinge, die Euch bewegen, so will auch ich offen sprechen. Habe ich nicht auch Anspruch auf mein Leben?«

»Ihr seid Großkönig und Eure Aufgabe ist es, das Reich zu regieren!«, erwiderte Atossa.

»Ihr meint so zu handeln, wie Ihr es gern wollt, Mutter. Mir steht der Sinn nicht nach Krieg. Warum habt Ihr nicht einen meiner drei Brüder zum König gemacht? Ihr wisst, ich hätte gern auf den Thron verzichtet. Ich bin kein Krieger wie mein Vater.«

»Ach ja, Xerxes verachtet das Schwert. Er streicht lieber mit seinen zarten Händen über weiche Rundungen und genießt den Prunk seiner Paläste in Persepolis. Tagelang verweilt Ihr in Euren schönen Gärten, nennt sie das Paradies, zwischen Fasanen, Pfauen, Marmorsäulen und Wasserspielen, geschmückt mit Erosfiguren, Eure fleischliche Lust zu steigern.«

»Habt Ihr Euch nicht auch gern in Persepolis, in meinem neuen Palast aufgehalten? Ihr nanntet meine Gärten Paradiese. Ihr wisst so gut wie ich, dass in mir das Regieren und die Kriegsführung nicht wirklich Begeisterung auslösen. Warum stellt Ihr mein Interesse infrage? Die Dinge der Schönheit, der Kunst und Architektur waren mir sehr wichtig. Auch Ihr, Mutter, habt Gefallen daran gehabt. Bevor ich auf den Thron stieg, wart Ihr oft mit mir in meinen Palästen.«

»Ja, das ist wahr. Ich war entzückt über deine Baupläne, die Ausstattung der Paläste, die Wandelgänge des Säulenbaus. Oh, wie gern ich in den Gärten mit ihren wunderschönen Wasserspielen war, in denen Nymphen und Grazien in spielerischen Posen wirkten. Du hast mit viel Geschick Bäder und Wandelgänge ausgeschmückt mit Säulen und Figuren, die wunderschön sind und vielfarbige Elemente aufweisen. Schon früh bemerkte ich deine Neigungen für die schönen Dinge. Mit Sängern und Poeten tagelang Verse der Ischtra vorzutragen und dem Flüstern der Magier zu erliegen.«

»Habt Ihr mich nicht selbst dahin erzogen, die schönen Dinge des Lebens zu sehen, anstatt zu reiten und das Kriegshandwerk zu erlernen?«, entgegnete Xerxes.

»Ja, ich tat es, weil du so zart warst, dein schönes, feines Gesicht, ich wollte dich nicht der harten Schule eines Kriegers aussetzen.«

»Mutter, du hast in mir Gefühle und Anlagen geweckt und nun wunderst du dich über meine Reaktion. Ich erinnere mich auch, dass du nicht gerade begeistert warst, wenn mich Dareios zu Wagenrennen oder Ritterspielen mitnehmen wollte. Mutter, die Wahrheit ist doch, du wolltest aus mir keinen Krieger machen. Nein, ich fühle mich nicht als Weichling, aber auch nicht als der harte Großkönig wie Dareios. Dagegen verehrte ich Kyros, oh, wie war ich glücklich, wenn ich mit ihm ausreiten konnte oder er mich mit in seine Akademie nahm, wo er mit Gelehrten über die Gestaltung Persiens sprach, die Geschichte unseres Volkes. Viel erzählte er mir von Troja, dem weisen König Priamos. Oh, wie lauschte ich seinen Worten, seinen Erzählungen über Homers Ilias und Odysseus. Angetan war er von den Sagen und Märchen Persiens. Ich liebte und verehrte Kyros.«

»Ja, ich weiß, mein lieber Xerxes«, sprach Atossa, »ihr wart ein Herz und eine Seele. Doch musst du aber auch begreifen, das Leben geht weiter. Du musst heute deine Pflicht erfüllen, wie sie auch dein Großvater erfüllen musste. Ich weiß, Xerxes, dir liegt das Waffenhandwerk nicht und doch musst du zeigen, dass du ein würdiger Herrscher bist. Geh den Weg, den du eingeschlagen hast, ziehe mit einem Heer nach Griechenland. Ernte den Ruhm eines siegreichen Königs. Noch was, was ich dir raten möchte. Überlass die Führung des Heeres Mardonios, deinem Neffen.«

Gesandter aus Thessalien

Der Hofmarschall meldete die Ankunft der Könige aus Griechenland. Xerxes, der auf dem goldenen Thron seines Vaters Dareios saß, winkte mit dem Zepter. Die beiden Könige betraten die Audienz, Xerxes ließ sie nähertreten. Arisa und Anexos sahen, wie Herrscher aus Thessalien beim König vorsprachen. Sklaven trugen einige Truhen in den Thronsaal.

Xerxes winkte die Könige der Thessalier zu sich. Sie übergaben Xerxes Geschenke. »Ich freue mich, dass Ihr meiner Einladung zur Versammlung gefolgt seid. Was habt Ihr vorzutragen, Herrscher aus Griechenland?«

»Großkönig, mein Reich ist in großer Gefahr, es ist der Demos, die Schlange von Athen, die Thessalien bedroht«, sprach Alistois, König von Thessalien.

»Euer Land ist weit entfernt von Athen. Was wisst ihr von Demokratie?«, entgegnete Xerxes.

»Oh, großer König«, begann Alistois, »es ist die Ausgeburt einer Volksherrschaft, ein Bazillus gegen die von Zeus eingerichtete Hierarchie des Adels, die nicht nur uns gefährdet, sondern sich in ganz Griechenland ausbreiten kann. Sie stürzt uralte Rechte durch Volksgewalt. Dem Adel, den Grundbesitzern werden Rechte entzogen. Der Rat der Fünfhundert stellt die Macht. Es waren die Ionier, die Verwandten der Athener, die diese Pest auch nach Asien ausbreiteten. Vor Jahren gaben sie sich eine Verfassung, die ein ehemaliger Verbannter mit Namen Kleisthens schuf, er schuf eine Volksregierung, in der Besitz keinen Wert hat. Großer König, der Seher hatte recht, wenn er Euch warnte vor der athenischen Schlange des Demos. Versucht diesen Keim zu ersticken. Wir alle, der Adel von Makedonien, Thessalien stehen Euch mit all unserer Kraft bei. Befreit uns von dieser Gefahr des Demos, der auch Euer Großreich in Brand stecken könnte.«

»Ihr sprecht wie die Boten, die ich nach Athen ausgesendet hatte«, erwiderte Xerxes. »Ihr alle seid von der Furcht eingenommen. Ich danke Euch, Ihr könnt gehen. Ihr werdet morgen auf der Versammlung meiner Statthalter eine Entscheidung von mir hören.«

Am nächsten Tag ließ Xerxes die Würdenträger seines Reiches erneut kommen, so auch die Abordnungen der Vasallen. »Ich habe lange über die gestern eingebrachten Vorschläge nachgedacht, habe Gespräche mit Dareios, meinem Vater, als er noch König war, zurückverfolgt, habe von ihm erfahren über die Rückschläge seiner Konsolidierung mit den Satrapen und Untergebenen. In all seinen Taten sah mein Vater die Einheit des Reiches. Umso verbitterter war er über die fehlgeschlagene Vermittlungspolitik mit den Ioniern, als sie 498 einen Aufstand gegen unsere Ordnung anzettelten und von den Athenern unterstützt wurden. Ich hörte seine Verzweiflung über die von weither getragene Revolte, bis sie auch Sardes eroberte und unseren Heiligen Tempel in Brand steckte. Mein Vater Dareios hatte mehrere Jahre gebraucht, diese Städte und Regionen wieder zu befrieden. Nur der Tod hat ihn gehindert, die Urheber zu bestrafen. Ich werde das Werk meines Vaters fortsetzen. All Ihr Anwesenden hört nun meinen Entschluss und verkündet ihn in allen Landesteilen, in allen Ecken meines Reiches: Ich werde gegen Athen zu Felde ziehen, mit einem Heer, das so groß noch nie gewesen, und einer Flotte, die unendlich stärker sein wird als die des Kambyses. Noch heute werde ich den Befehl erteilen, sofort ein neues Heer auszurufen, Schiffe zu bauen, die Straßen als Nachschublinien auszubauen und eine riesige gewaltige Brücke über dem Hellespont zu bauen. Ich werde mit meinem gewaltigen Heer durch Europa nach Griechenland ziehen und damit bestrafen, was sie meinem Vater angetan haben. Mit der Flotte werde ich das Meer befreien von Schiffen der Athener, von der Landkarte fegen werde ich diese Stadt und die Schlange Demos austilgen. Ich werde die Waffen nicht eher niederlegen, bevor ich diese Stadt verbrannt und die athenische Schlange zertreten habe.« Xerxes stieß bei diesen Worten mit dem Zepter auf den Marmorboden, dass es dumpf durch den Saal dröhnte. Es herrschte Stille. Artabanos, der Bruder des Dareios, meldete sich. Xerxes ließ ihn vortreten.

»Mein König«, begann Artabanos, »was Ihr tun wollt, will vorher gut bedacht werden. Schon einmal war ein Heer in der Hand eines Mannes. Als Euer Vater gegen die Thraker zu Felde zog, ließ auch er eine Brücke über den Hellespont schlagen. Von den Medern gedungen, wurde ein Anschlag auf die Brücke geplant, sie zu zerstören. Es war ein Ionier, der die Aufsicht über den Pontus hatte. Wäre er bestechlich gewesen, wäre mit der Zerstörung der Brücke das sich in Thrakien befindliche Heer von Persien abgeschnitten und mit der Zeit den nicht unterworfenen Stämmen ausgeliefert gewesen. Mein König, man soll die Götter nicht herausfordern und ohne Not kein Wagnis eingehen. Die Blitze treffen immer die höchsten Bäume, mein König. Die Götter dulden nicht, dass Menschen ihnen gleichkommen. Jede Übertreibung der Menschen läuft Gefahr, von den Göttern bestraft zu werden. Sorgt wie Euer Vater für die innere Festigung des Reiches. Dareios hatte viele Reformpläne, versucht, ihnen Gewicht zu verleihen.«

Xerxes war bei den Worten Artabanos' rot vor Wut geworden.

»Bruder meines Vaters, lasst Eure törichten Worte. Was wagst du, deinen König zu belehren, was richtig und falsch ist. Wenn du mir nicht so nahestehen würdest, dein Kopf wäre verwirkt. Doch höre, du Großmütiger, ich habe keine Furcht vor den Griechen und fürchte nicht die Götter. Morgen schon werde ich Boten aussenden, in allen Teilen des Landes, in allen Städten ein Heer auszuheben, eine Flotte zusammenzustellen. Mit diesem Heer und dieser Flotte werde ich Athen bestrafen und Europa erobern. Ich werde ein Reich besitzen, in dem die Sonne nie untergeht. Reiche Länder werden uns gehören. Du aber sprichst voller Angst, Bruder des Dareios.« Nach diesen Worten gab er Zeichen, dass die Versammlung beendet ist.

»Hast du die Worte gehört, Xerxes hat sich entschieden, es gibt Krieg, Anexos.«

»Ja, es gibt Krieg, mein Freund. Schon morgen werde ich abreisen und die Nachricht nach Athen tragen, lebe wohl.«

Damit waren die Weichen gestellt, sie standen auf Krieg. Xerxes ließ drei Jahre aufrüsten. Boten gingen in alle Satrapien, es wurde ein Heer ausgehoben, weit größer als das von Dareios. Xerxes ließ über 700 Schiffe bereitstellen, dazu kamen die Kontingente der Ägypter und Ionier. Mit den Phöniziern schloss er ein Kriegsbündnis. Für die Punier ein Anlass, die unbequeme Handelskonkurrenz der Athener auszuschalten.

*

Zwischenspiel: Die Perser

Kurz traf sich mit Dimitrius Astropolus noch einige Male zu Gesprächen. Sie waren sich bereits vertraut.

»Wer waren die Perser, waren sie ein Volk von Kriegern, Dimitrius?«

»Weißt du, wir haben nur wenige Informationen von den Persern. So wissen wir sehr wenig über sie. Wir wissen nur, dass die indogermanischen Stämme der Perser und Meder im 13. bis zum 10. Jhd. BC in das Hochland von Iran einfielen. Es waren Reiterkrieger und Bauernnomaden. Mit ihrer Reitkunst waren sie den ansässigen Bewohnern weit überlegen. So fiel es ihnen nicht besonders schwer, das Hochland von Iran zu erobern. Mit ihren Herden (Rinder, Schafe und Ziegen) nahmen sie das Land in Besitz. Sie lebten in einer patriarchischen Hierarchie der Priester, Adelskrieger und Bauern. Zunächst siedelten sie im heutigen Südwesten, konnten aber später die provinzialen Grenzen überwinden. Der Name Persien geht auf diese Provinz Persis, mit dem heutigen Persepolis zurück. Sie selbst bezeichnen sich als Iraner, Land der Arier. In der Königinschrift des Dareios bezeichnet sich der Achamenidenkönig Dareios als *ariya*, arisch. Der Name ›Arier‹ wurde von den Nationalsozialisten fälschlich missbraucht und für ihre Rassenideologie zurechtgebogen. Man hatte aus der Bezeichnung der indogermanischen Sprache für sich arisch abgeleitet, um als Herrenrasse zu gelten und die Menschen anderer Rassen zu versklaven. Im fruchtbaren Halbmond erblühten bereits sehr früh Hochkulturen. Darunter das Reich der Sumer, Akkader, gefolgt von Assyrern, bis hin zum Neubabylonischen. Im Norden, dem heutigen Anatolien, erwuchs eine weitere Großmacht, die Hethiter, während am Nil das neue Reich entstand. Mag sein, dass Kyros diese Machtkonstellation in seiner politischen Strategie bedachte. Eine grundlegende Wende im Babylonischen Reich setzte zum Beginn der Achameniden-Dynastie ein. Das Babylonische Reich wurde fast gewaltlos von Kyros erobert. Zu Beginn seiner Regentschaft erließ er ein Edikt, das später seinen Namen trug. Mit Kyros setzte eine Wende in der Politik im Orient ein, waren die Babylonier bestrebt, einen zentralen Einheitsbrei der Kulturen und Sprache zu schaffen, indem sie die eroberten Völker deportierten. Dieses Schicksal traf besonders die Judäer. Nach der Zerstörung ihres Tempels durch Nepukadnezar gerieten die Hebräer in die babylonische Gefangenschaft. Eine völlig entgegengesetzte Strategie verfolgte Kyros. Um es auf einen Nenner zu bringen: Er gab den Völkern ihre Freiheit wieder.«

»Warum, war er ein Prophet?«

»Nein, ich glaube, er war ein weitsichtiger Herrscher. Wollte er ein dauerhaftes Imperium schaffen, musste er für inneren Ausgleich sorgen. Besonders an den Schnittstellen seines Reiches brauchte er Ruhepole. Dies betrifft vor allem Ägypten. Nicht von ungefähr erlaubte er den Judäern die Rückkehr nach Jerusalem. Historisch gesehen waren sie für sein Reich ein verlässlicher Puffer gegenüber dem Pharaonenreich am Nil.«

*

Athens Reaktion
auf die Kriegserklärung

Vor den Toren Athens

Es war kalt geworden, über Nacht hatten Stürme die Ägäis durchwühlt, das Schiff erreichte unter großer Gefahr den Hafen von Athen.

Simodes mahnte den Kapitän zur Eile. Er musste noch heute den Großen Rat aufsuchen. Seine Begleitung murrte. Antigones, der Größere, wandte sich an Simodes: »Die Nachricht wird auch morgen noch rechtzeitig den Rat erreichen. Heute wäre ein Ruhetag von den Strapazen zweckmäßiger.«

»Manches Mal zählen Tage, für mich ist die Angelegenheit mehr als wichtig, sie kann für uns lebenswichtig sein.«

»Es wird ein Unwetter aufziehen, von dem die Athener noch gar nichts ahnen«, erwiderte Antigones.

Simodes durchstreifte die Gassen von Athen, ohne einen Blick für den lebhaften Handel zu haben. Es war das gewohnte hektische Treiben in Häfen und auf Märkten. Am Nachmittag kam er zur Agora, einzelne Gruppen standen umher. »Ach, Simodes«, sprach ihn ein grauer Vollbart an, »komm, lass uns ein Glas Wein trinken, habe dich schon eine Ewigkeit nicht mehr gesehen. Es heißt, du seiest nach Ionien mit Geheimauftrag gekommen.«

»Später, edler Koris, später nehme ich deine Einladung gern an, zumal mich auch der Durst plagt, vielleicht morgen unten im Hafen«, lächelte er, »heute gibt es Wichtigeres.«

Simodes ging weiter, stieg die Stufengalerie zum Sitz des Volksrates hinauf, es herrschte Ruhe. Er begegnete Oredos.

»Wann tagt der Rat?«

»Es ist kaum jemand da, die nächste Zusammenkunft ist am Donnerstag.«

»Es ist dringend, wir müssen unbedingt den Rat für morgen einberufen, ich habe wichtige Nachrichten aus Ionien.«

»Dann geh zum Ältesten, vielleicht kann er dir helfen.«

Nach einer Weile traf er Axiones, den Ratsältesten.

»Das ist ungeheuerlich, das ist schrecklich, es bedeutet Krieg. Was bewegt die Perser, einen Krieg mit uns zu führen? Xerxes, ein Herrscher eines Weltreiches, gegen unsere kleine Polis. Welchen Grund hat Xerxes, haben die Perser, diesen Krieg zu führen?«, murmelte Axiones. »Noch heute müssen alle Ratsmitglieder benachrichtigt werden und für morgen wird in der Agora die Versammlung einberufen. Ihr tätet gut daran, uns zu benachrichtigen. Ich bitte Euch, morgen mit dabei zu sein«, wandte er sich an Simodes. »Und nun geht, Ihr braucht einige Stunden zur Erholung. Es werden harte Zeiten für Athen kommen.«

Die Ratsmitglieder waren vollständig erschienen. Axiones, der Wortführer des Demos, schlug vor, dass zunächst Simodes die Lage in Milet beschreiben solle. Simodes trat vor.

»Bürger Athens, die Städte Ioniens betrachten Athen noch immer als ihre Mutterstadt. Sie fühlen sich noch immer zugehörig zu den gemeinsamen Vorfahren, die Athen und Ionien dereinst verbanden, und trotzen der persischen Knute. Wir Ionier haben nicht viel Wert auf einen gemeinsamen Staat in Asien gelegt. Wir wollen frei in unserer Polis leben. Es ist die harte Hand der Perser, die uns die Luft abschnürt.«

Ein Raunen ging durch die Versammlung. »Wir müssen den Persern für ihre Willkür den Kampf ansagen.« Zwischenrufer lehnten dies ab: »Wir haben jetzt noch an dem letzten Feldzug der Perser zu leiden und können uns keinen Krieg mit ihnen leisten.« Simodes winkte ab. Er sprach leise, es wurde still im Saal.

»Bürger Athens, auch wenn Ihr nicht dazu in der Lage seid, Xerxes hat einen Kriegszug gegen Athen beschlossen, der noch gewaltiger sein wird, als sein Vater Dareios ihn geführt hat.«

»Warum das?«, nahm Eristes das Wort. »Warum sollten uns die Perser angreifen? Glaubt diesem Simodes nicht, er ist ein Aufschneider, er will Zwist zwischen Persern und Griechen säen. Nein, Bürger Athens, glaubt diesem Simodes nichts. Ich bin dafür, dass wir einen Gesandten zu Xerxes schicken.«

Im Saal herrschte Tumult, bis Axiones das Wort ergriff: »Bürger Athens«, schrie er in den Saal, »lasst Simodes ausreden!«

»Ja, er soll ausreden«, ertönten mehrere Stimmen.

Simodes trat vor. »Athener, was ich Euch bisher gesagt habe, ist nicht alles. Seit der Machtübernahme des Xerxes sind auch wieder einige Griechen und Athener in Susa. Es werden Ränke geschmiedet, und zwar nicht nur von Persern. Auch Griechen stehen auf der Seite der Perser. In Susa und Persepolis drängen die Falken immer mehr die Tauben zurück, sie werden von unseren eigenen Aristokraten unterstützt, Gold stinkt nicht. Wir hörten, wie Mardonios, der Neffe des Großkönigs, Xerxes offen unter Druck setzte. Immer wieder versuchte Artabanos, sich dagegen zu wehren. Doch wird er am Hof des Königs nicht ernst genommen. Xerxes hat ihn öffentlich in die Schranken gewiesen.«

»Wir danken dir für deine Nachricht. Jetzt gilt es, uns zu wehren gegen die anstehende Gefahr.«

Es war still geworden, als Simodes seine Rede beendete. Keiner wagte zuerst zu sprechen, tief steckte der Schock dieser Nachricht. Ratlosigkeit breitete sich aus. Viele wussten, dass es Spannungen zwischen Griechen und Persern gab, doch von einem Krieg glaubte man sich weit entfernt, waren doch die Wunden des letzten Krieges noch nicht verheilt. Erst waren es einzelne Stimmen, doch dann wurden die Rufe nach Themistokles immer lauter, bis die Versammlung nur noch einen Mann verlangte. Das Volk rief nach dem Strategen Themistokles.

Baleskiso, der Oberste Rat, bat um Ruhe und Besonnenheit, er verstehe die Aufregung, verstehe auch die Gefahr. Er machte den Vorschlag, die Versammlung aufgrund dieser Schreckensnachricht zu beenden und in 14 Tagen eine Sondervollversammlung des Rates der 500 einzuberufen, zu der auch Themistokles einzuladen sei. Nur er könne die richtigen Schlüsse für Athen zu ziehen.

Volksversammlung – Die Athener Entscheidung

»Es besteht für uns keine Chance, gegen die übermächtige Perser anzugehen, sie werden unsere Schiffe zerstören«, meinte Demistos, ein Reeder von Piräus, zu Dimokles. »Auch du als Kaufmann«, wandte er sich an Xirius, »auch du wirst bald die Wirkung verspüren, wir alle werden hinabgerissen in einen Krieg, in dem wir keine Chance haben.«

Nur durch einen energischen Schlag auf den Gong verstummte das Stimmengewirr im Sitzungssaal. Im Tholon, dem Versammlungsort des Rates der Fünfhundert, herrschte große Aufregung. »Bürger Athens, wir haben uns heute getroffen, um über die von den Persern uns gegenüber ausgesprochene Kriegserklärung zu beraten. Der Rat der Fünfhundert hat nun abzustimmen, welche Schritte wir einleiten, um eine Antwort für die Herausforderung zu finden.«

»Welche Meinung wird sich durchsetzen, Simodes?«, fragte ihn Kapitän Xirius. »Glaubst du, dass man sich heute einig wird?«

»Die Stimmung ist ziemlich gespalten. Viele Bürger wollen erst die Diskussion abwarten, ehe sie sich eine endgültige Meinung bilden«, erwiderte Simodes.

»Viel wird von dem Disput zwischen Themistokles und Ostimos beeinflusst werden.«

Mehrmals musste der Versammlungsleiter die Gemüter beruhigen.

Ostimos trat an das Rednerpult. »Athener Bürger, wir stehen vor einer wichtigen Entscheidung.«

Zwischenrufer forderten ihn auf, zur Sache zu kommen.

»Wir stehen vor einer wichtigen und sehr ernsthaften Entscheidung, von der die Zukunft Athens abhängen wird. Wir müssen uns ernsthaft überlegen, welche Chance Athen hat, einen Krieg gegen Persien zu bestehen. Wir sollten uns vor Augen halten, dass die Perser ein Millionen-Heer aufbieten werden und wir nur 10.000 Hopliten dagegensetzen können. Athener, ich bin dafür, sofort Boten nach Susa auszusenden, um die Kriegsgefahr abzuwenden, die Perser zu beruhigen. Seht nach Norden, nach Thessalien, Thrakien und Makedonien, sie haben zwar ihre Unabhängigkeit verloren, und doch haben sie nach wie vor ihre autonomen Rechte. Sie entrichten ihre Steuer an Susa, entsenden Soldaten, aber alle anderen Angelegenheiten bestimmen sie selbst.«

»Das ist Unterwerfung!«, erboste sich ein Zwischenrufer.

Ostimos erwiderte: »Lieber Unterwerfung als zerstört zu werden.«

»Athen wird sich nie ergeben!«, riefen einige, andere gaben Ostimos recht. Zwei gegensätzliche Meinungen prallten aufeinander.

Im Nu, wie ein Lauffeuer, war der Name Themistokles in aller Munde. Mit ruhigen Schritten ging Themistokles zum Rednerpult. Er spürte das Brodeln im Saal. Er musste die richtigen Worte finden, das Feuer zu löschen und die Meinung in eine andere Richtung zu bringen. Er zögerte, seine Worte kamen langsam aus dem Mund.

»Athener Bürger, es wird egal sein, was wir tun, es wird egal sein, wie wir uns entscheiden, es wird aber nicht egal sein, welche Antwort wir finden. Die Perser haben uns den Krieg erklärt. Xerxes will seinen Ruhm damit begründen, die Schmach seines Vaters Dareios zu tilgen. Sein Krieg hat zwei Ziele. Erstens unseren Sieg bei Marathon mit einer Revanche wieder wettzumachen, zweitens, unsere Kultur, unsere Lebensart zu zerstören. Athener, seht nach Ionien, nach Milet, nach Ephesus, dort beginnt sich der Einfluss der Perser-Willkür bereits auszuwirken. Hunderte gehen weg aus ihrer Vaterstadt, sie entziehen sich der persischen Knute. Ostimos meint, lieber unter Fremdherrschaft leben als Selbstzerstörung. Ostimos, mein lieber Freund, was bewirkt eine Unterwerfung, bewirkt sie nicht auch eine Selbstzerstörung, die Zerstörung unserer Identität?

Ich verstehe Ostimos schon. Er hat weniger Angst vor den Persern, weil er glaubt, dass von seinem großen Grundbesitz genügend für ihn übrig bleibt. Sicherlich wird es ihm nicht schwerfallen, neue Freunde, Perser, kennenzulernen. Nein, was Ostimos rät, ist in erster Linie Eigennutz.«

»Nein, nieder mit den Aristokraten!«, schrie die Menge. »Nieder mit ihnen, jagt sie davon, sollen sie gehen zu ihrer Ziehmutter Persia.«

»Bürger Athens, wir wollen uns nicht gegenseitig bekämpfen, vor uns steht eine schwere Entscheidung, der sich auch die Aristokraten bewusst sein werden.«

»Themistokles hat recht«, ließen Stimmen erkennen, »die Aristokraten hängen ihr Mäntelchen immer in Windrichtung, lieber tot als Sklaven sein!«, schrien einige.

»Bürger Attikas, Athener«, Themistokles sprach jetzt mit lauter Stimme, »was uns Ostimos rät, ist falsch und führt nicht nur uns in die Sklaverei, nein, damit wird Griechenland, ja Europa untergehen. Das wichtigste ist, wir müssen geeignete Mittel finden, um der zweifelsohne Übermacht der Perser etwas entgegenzusetzen. Ich schlage dem Rat der Fünfhundert vor, sofort zu beschließen, dass wir Boten aussenden, nicht nach Susa, sondern zu allen griechischen Staaten. Wir müssen ein Bündnis gegen Persien schließen mit Sparta, Korinth, Ägina u. a. Lasst uns darüber abstimmen und sofort handeln«, schloss Themistokles seine Rede.

*

»Wie entschieden sich die Athener, Dimitrius?« –

»Nun, Themistokles hatte die richtigen Worte gefunden, das Volk von Athen unterstützte seinen Vorschlag, der auch eine Mehrheit bei der Aristokratie fand.«

*

»Bürger Athens«, begann Themistokles, »ihr habt mich gebeten, als Stratege zu wirken. In dieser schicksalhaften Stunde ist mir nicht nach Tyrannei zumute, wie Ostimos hier einwirft. Es geht um Entscheidungsbefugnis, um den Oberbefehl.« Es herrschte

Stille. Dann brach ein einstimmiger Chor an: »Themistokles soll alleiniger Befehlshaber sein.«

»Wenn das Volk dies fordert, so soll es sein.« Der Rat der 500 bestimmte Themistokles zum alleinigen Strategen.

Themistokles ging zum Rednerpult. »Athener, ich danke Euch für das Vertrauen. Bürger Athens, wir stehen alle vor einer lebenswichtigen Entscheidung. Wollen wir unsere Freiheit bewahren?« Ein Orkan setzte bei diesen Worten ein: »Freiheit, es lebe unsere Freiheit!«

»Wollen wir uns vom Gold der Perser unsere Freiheit nehmen lassen, wie es die Aristokraten wünschen?«

»Niemals, niemals!«, erklangen laut Zwischenrufe.

»Athener, wir müssen uns entscheiden. Was ist zu tun, die Gefahr zu bannen?«

»Wir haben unsere Hopliten, sie werden die Perser das Fürchten lehren, wie in Marathon!«

»Ganz so unrecht hast du nicht, Ostimos«, wandte er sich an den Zwischenrufer. »Doch bedenke, diesmal sind wir stärker als vor zehn Jahren.«

»Fragen wir das Orakel in Delphi!«, meldete sich ein Rufer.

»Ja, er hat recht!«, riefen einige Stimmen.

»Wer ist dafür, das Orakel zu befragen? Ich sehe, die Mehrheit ist für die Befragung. Ich schlage vor, wir schicken einen Boten nach Delphi«, sprach Themistokles. »Ihr wisst, welch große Bedeutung das Orakel für uns hat. Durch Zeus' Sohn wurde Delphi der Nabel der Welt. Am Omphalos, unterhalb des Parnass, werden wir von der Pythia hören, was sie uns rät.«

Das Orakel von Delphi

Auf der Agora stimmte die Mehrzahl der Bürger dafür, das Orakel in Delphi zu befragen, was für die Stadt günstig wäre. »Mag die Pythia entscheiden, welchen Weg wir gehen.« Es wurde beschlossen, eine sofortige Abordnung zu schicken und in einer Woche Nachricht zu erhalten.

»Möge Pallas Athene Euch beschützen«, sprach Themistokles. »Die Wege sind gefährlich, Wegelagerer und Piraten bedrohen die Wege entlang der Küste, nehmt den Landweg. Die Perser haben auch bei uns überall Spione. Lasst Euch nirgends aufhalten.«

Der Regen hatte nachgelassen. Die drei Abgesandten ritten am nächsten Tag in aller Frühe los, eine Opfergabe mit sich führend. Sie nahmen den Landweg über Attika, Boötin nach Phoki. Nach drei Tagen erreichten sie das Parnassgebirge. »Möge Apollo uns gewogen sein«, mit diesen Worten ritt Pyros mit seinen Leuten in den heiligen Bezirk von Delphi. Sie waren nicht allein. Zunächst wollten sie sich umschauen, um einen günstigen Anlauf zu erhalten. »Ihr bleibt in der Schenke dort drüben. Ich will versuchen, mit einem Priester der Pythia ins Gespräch zu kommen. Zu niemandem ein Wort, die Wände haben auch hier Ohren und Susa hat überall mit Gold Spione gekauft.«

Der Tag neigte sich dem Ende zu, als Pyros zurückkam. Er hatte ein Lächeln auf seinem Gesicht. »Unser Gold stinkt auch nicht«, meinte er zu seinen beiden Begleitern. »Morgen schon wird mich die Wahrsagerin empfangen. Für heute wollen wir uns belustigen, vielleicht erfahren wir in der Schenke Neuigkeiten.«

Sie suchten ihr Quartier auf, das an der Straße zur Küste lag. »Hierher kommen viele Leute, sperrt eure Ohren auf, Athen wird es uns danken.«

Am nächsten Morgen: »Der Wein muss gepanscht gewesen sein, mein Kopf ist schwerer als ein Fels vom Parnass«, meinte Pyros. »Und doch hat es sich gelohnt, bis spät in die Nacht hab ich mit einem Händler aus Susa gezecht. Von ihm habe ich erfahren, dass die Perser mit den Phöniziern einen Pakt gegen Athen ausgehandelt haben.«

Pyros nahm noch einen kräftigen Schluck Wasser, dann machte er sich auf den Weg ins Heiligtum.

Wie am Abend vorher abgesprochen, erwartete ihn der Priester. Er ließ ihn in einem Nebenraum Platz nehmen. Er solle jetzt nur noch Geduld haben. Der Mann zog sich zurück. Pyros war nicht allein. Mit ihm warteten noch weitere Ratsuchende.

Endlich führte man ihn in einen dunklen Raum. Er war allein, der kleine Raum verbreitete einen unangenehmen Geruch nach Rauch und schwefelartigen Dämpfen. Jetzt sah er ein Loch in einer Wand. »Was führt Euch aus Athen nach Delphi?«, hörte er eine leise Stimme.

»Gib uns deinen Rat, oh Priesterin des Heiligen Apollo. Persien droht uns mit Krieg.« Er hörte leises Husten, dem Gemurmel folgte. Er verstand nur Wortfetzen:

»Groß König, huldigt ihm …« – unverständliche Worte, zusammenhanglose Brocken, die keinen Sinn hatten. Man forderte ihn auf, den Raum zu verlassen.

»Was soll das Gefasel?«, sprach er zu seinen Gefährten. »Soll das heißen, dass wir den Persern huldigen sollen? Niemals, diese Nachricht werden wir nicht nach Athen tragen. Niemals, ich werde nochmals den Priester von gestern aufsuchen, vielleicht reizt ihn diese goldene Marmorfigur. Doch vorher wollen wir eine Spende dem Athener Schatzhaus übergeben. Dann werde ich mein Glück bei dem Priester nochmals versuchen.«

Pyros kam nach einiger Zeit zurück. »Schon heute Abend werde ich nochmals zur Pythia gehen.«

Dem Gesandten Athens gelang es, zur Pythia vorzudringen, doch was er hörte, war mehr als befürchtet, das Orakel war niederschmetternd: »Athener, verlasst eure Stadt und baut eine Mauer aus Holz oder ihr werdet untergehen.«

Vom Parnassgebirge, der Musenstätte, dröhnte das Grollen eines Gewitters, Blitze durchzuckten die Wolken und gaben den steil abfallenden Felsen einen bedrohlichen Anblick. »Zürnen uns die Götter, Pyros?«

»Schon möglich, lasst uns aufbrechen, um Athen die Botschaft des Orakels zu verkünden.«

»Pyros, alles hätte ich mir vorstellen können, aber unsere Stadt verlassen? Nein, die Athener werden niemals ihre Stadt den Feinden preisgeben.«

»Hört auf mit eurem Geschwätz, wir reiten zurück nach Athen, soll das Volk entscheiden.«

»Lass uns nochmals die Pythia befragen, dieses Orakel darf nicht nach Athen gelangen, es wäre unser Untergang.«

»Nein, wir haben das Orakel zweimal befragt und haben jetzt eine eindeutige Antwort erhalten«, widersprach Pyros. »Wir werden noch heute aufbrechen.«

Noch immer klangen die Worte der Pythia in seinen Ohren: »Lasst das ganze Gefilde, dort zwischen Felsen und Schlucht, dem Feind zur Beute. Zeus wird machen eine unüberwindlich hölzerne Mauer. Zieht euch zurück, erwartet den feindlichen Angriff. Göttliches Salamis, hochgepriesen seiest du.«

Die Nachricht löste in Athen Entsetzen aus. »Bürger Athens!« Die Stimme Themistokles' erhob sich wie ein Vogel in die Lüfte, es war still geworden. »Athener, Pyros brachte uns die Antwort aus Delphi. Sie lautet: Verlasst eure Stadt und baut eine hölzerne Mauer. Was will uns das Orakel sagen? Athener, wir werden nie unsere Stadt verlassen, niemals.«

»Die Pythia wird von den Persern bestochen!«, riefen einige Bürger. »Was wollen wir mit einer hölzernen Mauer in unserer Stadt, die Perser werden diese Mauer mit ihrem großen Heer stürmen und niederbrennen.«

»Liebe Athener, ihr habt recht, wenn die Pythia eine solche Mauer meint. Doch ich bin mir sicher, die Götter wollen uns einen Wink geben. Wir werden unsere Stadt nicht gegen den Ansturm der Perser verteidigen können. Doch wir können die Perser besiegen, wenn wir eine Mauer aus Holz errichten. Das Orakel meint mit hölzerner Mauer eine Mauer aus Schiffen. Unsere Rettung wird eine Flotte sein. Wir müssen eine Flotte bauen, Bürger Athens, das ist die Botschaft, die uns die Pythia mitteilen will. Bürger Athens, wir haben eine Silbermine. Ich schlage vor, nutzen wir diesen Schatz zum Bau einer Flotte von 200 Schiffen.«

»Er hat recht, Themistokles hat recht, bauen wir eine Flotte. Wer ist für den Flottenbau? Wer für die Flotte ist, hebe die Hand. Ich sehe, die Mehrheit ist dafür. Schon morgen werde ich den Auftrag zum Bau von 200 Schiffen geben. Bürger Athens, so wie wir eine Flotte benötigen, so sehr benötigen wir die Hilfe aller Griechen. Wir müssen Boten aussenden, um alle Griechen für den Widerstand gegen Persien zu gewinnen.«

*

»Dimitrius, du sagst, dass die Perser ihre Interessen mit einer Gold-Diplomatie auch in Griechenland durchsetzten. Ist es nicht sinnvoller, mit Gold Ziele zu erreichen als Kriege zu führen, zumal in Entfernungen von tausenden Kilometern?«

»Im Grunde hast du recht, doch spielten in dieser Zeit in Persien auch andere Faktoren eine Rolle. In Susa und Persepolis gärte es unter der Decke. Xerxes war im Land nicht gerade beliebt, er galt als Emporkömmling, als Zögling der Königin Mutter Atossa, der Witwe Dareios'. Sie war die wirkliche Herrin des Landes seit dem Tod ihres Mannes. Man spricht davon, dass sie Xerxes wie eine Marionette behandelte. Dareios hatte in seiner Regierungszeit ein weites diplomatisches Netzwerk in Griechenland errichtet. Argos war das Zentrum seiner ›Außenpolitik‹. Mit Gold erkaufte Dareios sich die Zustimmung der Aristokratie. Es stimmt, dass die Aristokraten auch bei uns gegen die Demokratie der Athener waren.«

»Ja, warum? Berichte mir doch Näheres über diesen Demos.«

Der Geist der Demokratie

Es war Kleisthenes. Er erstellte, lange nach dem Sturz der Tyrannis, eine Verfassung zur Grundlage der Staatspolitik Attikas, gleichzeitig organisierte er das Verwaltungssystem Attikas neu. Er schuf zehn Pylen, die zukünftig die Verwaltungsangelegenheiten regeln sollten. Im Zuge der Verfassungsreform ersetzte er den Rat der 400 durch den Rat der 500.

»Durch die neue Staatspolitik wurde der Aristokratie die Macht entzogen. Die neue Macht erhielten vor allem Handwerker, Kaufleute, Schiffsbesitzer und Bauern. Schon Solon hatte eine grundlegende Neuerung eingeführt, nämlich den Schuldenerlass. Das Gesetz regelte, dass in Zukunft nicht mehr Personen haftbar gemacht werden konnten, sondern deren Vermögen. Er schuf die Schuldsklaverei ab. Um zu verhindern, dass ein Tyrann die Macht an sich riss, hat Kleisthenes das Scherbengericht (Ostrakismos) eingeführt, das einmal im Jahr stattfand. Die Vollbürger hatten einmal im Jahr das Recht, die Personen auf eine Scherbe zu schreiben, von denen sie glaubten, dass sich ihre Macht und das Vermögen bedeutend erhöht hatten. Eine Verurteilung war nur möglich, wenn sich mindestens 6.000 Athener am Gericht beteiligten. Die Personen, die am meisten genannt wurden, mussten Athen für 10 Jahre verlassen. Du musst wissen, Kurz, dass vorher die Aristokraten ihre Macht immer mehr ausgedehnt, das Volk immer mehr ausgepresst hatten, bis es zur Eskalation gekommen war, indem das Volk die Macht an sich genommen hatte. Es war ein Glücksfall für die Athener, dass sie Männer wie Solon und Kleisthenes hatten, die eine unblutige Wende durch eine klare Politik einleiteten.«

»Wie haben die Aristokraten reagiert, Dimitrius?«

»Nun, die Mehrzahl hat sich konform verhalten, einige haben sich aufgelehnt und Widerstand gezeigt. Viele sind aus Athen geflüchtet, so auch nach Persien. Dort äußerten sie sich gegenüber dem Adel, dass der Demos von Athen keinen Krieg rechtfertige, den Xerxes führen wolle. Ich meine, dass die Adligen die Schrauben viel zu weit angezogen hatten. Man sollte auch dem Volk Luft zum Atmen geben. Ich kann deshalb nichts Verwerfliches bei den Athenern feststellen. Wenn ich Kaufleute aus Attika treffe, sind es verlässliche Leute, die ihr Geschäft verstehen. Athen, so heißt es, sei erst durch den Demos reich und mächtig geworden – ein Reichtum, den sich das Volk selbst erarbeitet hat. Das verdeutlicht, dass diese Entwicklung in Athen bei den Aristokraten geteilt war. Den Persern jedoch blieb die Timokratia immer ein Dorn im Auge.«

Auf Initiative Athens bildeten einige griechische Staaten Gegenoffensiven, den Bund der Hellenen, unter Führung Spartas. Die Staaten einigten sich, den Plan Themistokles' als Grundlage der Gegenoffensive anzuerkennen. Den Oberbefehl erhielt Sparta, weil es das stärkste Hoplitenheer unterhielt. Die Flotte stand unter der Befehlsgewalt Themistokles'. Der Aufruf Athens gegen Persien blieb nicht ungehört, Athen war gerüstet.

»Keines Mannes Sklaven sind wir, keinem Menschen Untertan«, beflügelte die Athener.

Auf den Spuren des Ares

Der Feldzug gegen Athen

Xerxes hatte ein gewaltiges Heer von 170.000 Kriegern aufgeboten. Hinzu kam eine Elitetruppe von 10.000 Kämpfern, den gefürchteten »Unsterblichen«, dazu eine Flotte von über 700 Schiffen. Es war eine gewaltige Streitmacht, die sich 480 BC auf den Weg machte, Athen zu bestrafen. Xerxes gelangte über die Königsstraße von Susa nach Sardes, in Lydien, eine Strecke von über 2.100 km. In Sardes angekommen verblieb er dort einige Zeit. In dieser Stadt zeigte Xerxes seine Brutalität. Ein Lydier kam mit der Bitte zu ihm und sprach: »Oh Großkönig, hab Mitleid mit einem alten Vater. Vier meiner Söhne gab ich dir, doch meinen Ältesten, den lass mir zu Hause, damit er für mich sorge.« Voller Wut entgegnete ihm Xerxes:

»Was muss ich für schändliche Worte anhören! Du Nichtsnutziger, wie kannst du es wagen, um deine Söhne zu schachern! Mit mir sind alle meine Söhne, keinen ließ ich zu Hause. Du sollst deinen Lohn haben, elender Knecht! Holt den Ältesten sofort zu mir und lasst den Henker rufen!«, befahl er.

Man brachte den ältesten Sohn. Xerxes befahl, diesen zu halbieren und auf jeder Straßenseite eine Hälfte aufzuspießen. Ein Aufschrei des Volkes begleitete diese Hinrichtung, zur Abschreckung für alle Kriegsverweigerer. Beim Verlassen der Stadt verdunkelte sich der Himmel, die Sonne verschwand mitten am Tag. Xerxes befragte seine Hellseher, was dies zu bedeuten hätte. Sie antworteten: »Großer König, die Erscheinung will sagen, dass dir Gott den Untergang der Griechen anzeigt, denn sie beten die Sonne an, während wir den Mond verehren. Die Sonne ist hinab- und der Mond ist aufgetaucht. Du wirst Griechenland und ganz Europa beherrschen.«

Xerxes war sehr erfreut über diese Nachricht. Voller Siegeszuversicht durchquerte er Lydien. Die ionische Küste entlang gelangte Xerxes in die Troaz-Ebene. Am Skamandros erblickte er die Burgruinen des Priamos.

Er stieg mit Artabanos hinauf auf den Pergamon. Seinen Dienern befahl er, über 7.000 Rinder zu opfern.

Die Ilias oder das Trojanische Pferd

»Artabanos, Ihr seid ein Freund der Griechen, sicherlich kennt Ihr die Geschichte Trojas«, sprach Xerxes, »erzählt mir davon. Ich hörte nur einiges über den tapferen Aias und Hektor, den listigen Odysseus.«

»Gern, oh Großkönig«, antwortete Artabanos, »will ich Euch die Geschichte Homers, der Ilias erzählen.

Es vergingen Jahr um Jahr, zwischen Griechen und Trojanern wogte der Krieg hin und her. Nach etwa zehn Jahren war der tapfere König Agamemnon bereit, die Segel zu setzen und die Heimreise anzutreten. Da entschieden die Götter den Krieg. Pallas Athene erschien im Traum dem Odysseus: ›Odysseus, höre, was ich dir sage: Baue ein hölzernes Pferd, lass darin 20 deiner tapferen Krieger sich verbergen. Setzt die Segel zum Aufbruch. Lass das hölzerne Pferd am Strand zurück. Die Trojaner werden bald schon das Pferd als Siegesbeute in ihre Stadt holen. Sie werden feiern und im Rausch jegliche Vorsicht fahren lassen. Um Mitternacht werden sie trunken sein. Dies ist eure Stunde. Deine Männer werden sich mit Seilen aus dem Bauch des Pferdes herablassen, die Wache überwältigen und das Stadttor öffnen. Damit sich die Verheißung der Kassandra-Rufe erfülle, Troja brennt, Troja wird so untergehen. Zu Ende gehen wird die verhängnisvolle Geschichte, die mit Paris und dem Goldenen Apfel der Aphrodite und der Entführung der schönen Königin Helena aus Sparta begann.‹

Der listenreiche Odysseus war voll Siegesrausch trunken. In seinem Übermut stürzte er ein Standbild des Meeresgottes Poseidon vom Sockel in die Tiefe des Meeres. Darüber erboste sich Poseidon, er forderte von Zeus die Bestrafung des Frevlers. Der Göttervater erfüllte dessen Wunsch. Odysseus durfte erst nach über zehn Jahren nach Hause segeln, so lange musste er auf dem Meer umherirren. Erst nach dieser langen Zeit gelangte er nach Ithaka zurück, wo seine Frau sich gegen aufdringliche Freier erwehren musste. Homer erzählt, dass Götter Übermut und Frevel nicht ungestraft lassen, mein König.« Gerührt von den Worten gab er Befehl zum Weitermarsch, hinauf zur Dardanellen-Küste.

In der Nähe der Stadt Abydas befahl der König, eine große Heeresschau durchzuführen, einen Boten schickte er hinunter zum Hafen. Auf einem Hügel, unweit der Küste, beobachtete er von seinem goldenen Thron aus dieses Flottenmanöver. Mit seinem Zepter gab er das Zeichen zum Beginn. »Artabanos, seht, welche Kraft sich vor uns ausbreitet. Unsere Truppen, wie geschickt sie in Schlachtordnung stehen. Tausendfach dem Ares dienend, kennen sie nicht Furcht und Angst. Schaut meine Unsterblichen an. Sind sie nicht zum Fürchten? Und schaut zur Bucht, mein Lieber. Wie geschickt meine Schiffe ihren Gegner angreifen und sie kentern. Mit meiner starken Flotte, gemeinsam mit den Phöniziern, werde ich die Griechen das Fürchten lehren. Und mit meinem Heer, mit meiner Elite, werden wir sie jagen wie die Fasane in meinen Gärten von Persepolis. Doch ich merke, Ihr habt Sorgenfalten auf der Stirn, mein Oheim. Sagt mir, warum seid Ihr so betrübt. Seid Ihr immer noch gegen den Krieg? Doch lasst Eure Sorgen und traurigen Gedanken, bringt Wein. Freut Euch mit mir, Artabanos, bald schon werde ich durch Thrakien und Makedonien ziehen. Die Könige dieser Länder sind mir huld.«

Währenddessen zogen die Schiffe mit ihren weißen Segeln entlang der Bucht hinaus in die offene See. »Seht, welch wunderschöner Anblick. Sie kommen in Dreier-Formationen wie riesige Schwärme in die Dardanellen-Straße hinein. Ach, ich bin so glücklich, morgen werde ich den Befehl zum Brückenbau geben. Ich habe bereits einen Plan mit den Schiffsingenieuren entwickelt. Es wird ein gigantisches Unternehmen. Mit eisernen Ketten will ich Poseidon zwingen. Trinkt mit mir, Artabanos, auf das Wohl und Gelingen, lasst uns das Glas erheben, bald wird mir Athen zu Füßen liegen. Was habt Ihr, wollt Ihr meine gute Laune verderben?«, sprach Xerxes zu Artabanos.

»Nein, mein König, das liegt mir fern.«

»Nun, mein Oheim, Ihr habt mir noch keine Antwort auf meine Frage gegeben, seid Ihr noch immer gegen meinen Feldzug?«

»Großer König, ich will es Euch rundheraus sagen. Ich habe Furcht vor diesem Krieg.«

»Warum seid Ihr so ängstlich? Mein Vater hat viel von Euren gemeinsamen Kämpfen erzählt. Ihr wart ja bereits in Griechenland.«

»Ja, du hast recht, ich habe mit Dareios viele Schlachten erlebt. Gerade weil ich die Griechen in der Schlacht von Marathon erlebt habe und mit welchem Heldenmut sie zu kämpfen verstehen, habe ich Angst, jawohl, ich schäme mich nicht, dir das, Großer König, zu sagen.«

»Was sind Eure Gründe, Artabanos, lasst mich hören.«

»Bevor ich darauf eine Antwort gebe, möchte ich Euch erzählen von einem Traum, der mich gestern aufsuchte und dessen Botschaft mir immer deutlicher vor Augen kommt, je näher wir Griechenlands Küste kommen.«

Der Geist Kyros

»In der Nacht erschien mir der Geist des Kyros. Er sprach zu mir: ›Ich, der Großkönig, habe befohlen, den Völkern meines Reiches ihre Freiheit wiederzugeben. Sie dürfen in die Heimat ihrer Väter zurückkehren. Gleichzeitig befehle ich ihnen, ihre Tempel und Kultstätten wieder aufzubauen. Den Juden gab ich Order, zurück nach Jerusalem zu gehen und ihren Tempel zu Ehren ihres Gottes zu errichten, die Schätze wieder an sich zu nehmen, die ihnen einst Nebukadnezar raubte. In meinem Reich dulde ich nicht, dass Völker versklavt werden.‹ Ich schwieg, bis der Geist wieder begann zu reden. ›Was wird aus meinem Reich? Was macht ihr mit den Völkern? Ihr habt die Ionier an Ketten gelegt. Nun wollt ihr über den Hellespont Athen und Europa in die Knie zwingen. Bei Gott, ihr bringt Unheil über Persien.‹ Gegen Morgen wachte ich schweißgebadet auf. Ich fand zunächst keine Antwort auf die Fragen des Geistes. Doch eure Fragen geben mir die Antwort. Warum bin ich gegen einen Krieg mit Europa? Ich bin noch immer voller Sorgen.«

»Warum, warum seid Ihr so skeptisch, Oheim?«

»Xerxes, Ihr habt drei Feinde, die Euch ständig im Land der Griechen attackieren werden. Ihr seid noch jung und unerfahren, viele Fallen werden Euch in Gefahr bringen.«

»Sprecht, wer sind diese Feinde?«

»Vernehmt also, Großkönig, warum mir diese Zweifel Furcht einflößen. Die Feinde sind: das Land, die See und die Menschen.«

»Was sprecht Ihr da von Feinden. Hab ich nicht ein mächtiges Heer, sodass es mir nicht schwerfallen wird, dieses zu erobern, wie Dareios Lydien in das Reich Persien eingliederte?«

»Großkönig, aus Euch spricht Unbedacht, Ihr werdet durch ein Land ziehen, das Euch feindlich gesinnt ist. Tag für Tag benötigt Euer Heer Nahrung, Wasser und Futter für die Pferde«, antwortete Artabanos. »Habt Ihr vergessen, dass die Könige Thessaliens und Makedoniens tributpflichtig sind?«

»Macht Euch keine Sorgen über die Verpflegung, meine Satrapen werden dies sichern. Die See, sagt Ihr, sei unser Feind. Hat nicht jedes Gewässer eigene Gefahren? Wollt Ihr in Abrede stellen, dass die Ägypter und Phönizier Meister der Meere sind? Also Ihr erzählt Unfug. Und die Menschen, sie werden vor mir fliehen, winseln, wenn ich meine Knute über sie erhebe. Mardonios nannte sie Feiglinge und Hasenfüße, die sich vor jedem Gefecht in ihre Höhlen zurückziehen.«

»Ihr habt über 700 Schiffe, doch werdet Ihr bald merken, dass Ihr keinen Hafen finden werdet, wo Eure Schiffe vor Sturm und Unwetter geschützt sind. Ihr prahlt mit den Phöniziern. Die Punier sind wahre Meister der Meere, sie sind schlitzohrig, gerissene Seefahrer, immer auf ihren Vorteil bedacht, ihnen könnt Ihr nicht vertrauen. Vergesst nicht, Eure ärgsten Feinde sind die Menschen, sie lieben ihre Freiheit«, sagte Artabanos.

»Ihre Freiheit werde ich mit Gold kaufen«, lachte Xerxes.

»Du magst alles vom Tisch wischen, bald schon wirst du sehen, dass meine Prophezeiungen nicht aus der Luft gegriffen sind. Noch etwas, Großkönig, traue den Ioniern nicht über den Weg. Auf sie kannst du nicht zählen beim Kampf gegen Athen, sie werden nicht gegen ihre Verwandten kämpfen.«

»Artabanos, schweige, schweig, wenn dir dein Leben wichtig ist. Höre auf, mir die Ohren vollzugaukeln, mein Entschluss steht fest, ich werde Athen bestrafen für die Schande, die sie Dareios angetan haben. Ich hätte mir gewünscht, dich zu überzeugen von meinem Feldzug, doch bist du stur wie ein alter Esel. So befehle ich dir, Artabanos, kehre zurück nach Susa. Bewache meinen Palast und erzähle deine Märchen den Kindern und Frauen, amüsiere sie mit deinen Geschichten. Noch heute reitest du zurück.«

Artabanos ritt mit einer Begleitung zurück nach Susa. Xerxes war voller Zorn. Er winkte seine Berater zu sich. Er gab ihnen Anweisung, schon am nächsten Morgen mit dem Bau der Brücke zu beginnen. Seinen Oberbefehlshaber der Flotte, Admiral Atadrius, gab er Order, 200 Schiffe bereitzustellen.

*

»Eine Brücke über den Dardanellen-Strom zu bauen, war denn das in der Antike möglich, Dimitrius?«

»Es war ein riskantes Unterfangen und zeugt vom Ehrgeiz des Xerxes. In der Nähe der Stadt Abydas, zwischen der Küste Kleinasiens und der thrakischen Küste Europas, musste eine Breite von 1.600 m überspannt werden. Auf dieser Seebrücke wollte Xerxes sein gewaltiges Heer, samt Reiterei, nach Sestos in Thrakien marschieren lassen. Ein waghalsiges Projekt, Kurz.«

Die Brücke über den Hellespont

»Was habt Ihr Bedenken? Ich wünsche, dass Ihr sofort mit dem Bau der Brücke beginnt, sofort, oder Ihr verliert Euren Kopf, Admiral!«

»Oh Großkönig, die ionischen Seeleute sagen, dass ein Fluch der Götter über dem Hellespont liege. Großkönig, die Griechen raten, bevor Ihr die Brücke baut, ein Opfer für den Gott der Meere, Poseidon, zu erbringen, damit die Götter Euch gewogen sind.«

»Admiral, wollt Ihr mir einen Schrecken einjagen?«

»Nein, mein Gebieter, nur zur Vorsicht mahnen.«

»Damit Ihr seht, dass ich keine Furcht vor den Göttern der Griechen habe, befehle ich, sofort mit dem Bau zu beginnen. Was glaubt Ihr, wie lange ich brauche, mein Heer mit Schiffen über die Meeresenge übersetzen zu lassen? Die Bautrupps sollen mit der Arbeit beginnen. Baut mir eine Brücke aus Schiffen, damit ich mit meinem Heer und meiner Elitetruppe wie auf einer Straße darüber gehen kann. Ihr habt genügend Sklaven, Material und Fachleute. Ihr, Syrakus, bleibt noch hier, alle anderen können gehen. Ich befehle, morgen mit dem Bau zu beginnen. Noch heute Abend möchte ich die Planung sehen, Syrakus, Ihr haftet mir mit Eurem Kopf für die Durchführung des Projekts.« Xerxes zeigte mit der Hand zum Ausgang. Der Bauverantwortliche verließ das Zelt des Königs.

»Großkönig, der Plan sieht vor, eine Straße aus Galeeren zu bauen, wenn Ihr hier auf den Lageplan schaut. Wir queren die Dardanellen-Straße etwa in einer Breite von 1.500 m. Die Schiffe werden zunächst mit zwei Seilen festgezurrt. Mittels Holzplanken, die quer über die Bordwände reichen, wird ein Weg errichtet. Darauf werden eine Erdschicht geschüttet und Rasenflächen aufgelegt. Die Seiten des Weges werden mit Schutzwänden ausgelegt. Dies wird besonders den Pferden Sicherheit beim Übergang auf der schwankenden Brücke geben. Oh Großkönig, wenn Ihr diesem Plan zustimmt, wollen wir noch heute mit den Vorbereitungen beginnen.«

»Der Plan überzeugt mich. Doch sagt, wie wollt Ihr die günstigste Position von Ufer zu Ufer erreichen?«, fragte Xerxes.

»Großkönig, zur Festlegung der Position der Schiffsbrücke werden zunächst 10 Schiffe auslaufen und in Sichtweite von Schiff zu Schiff die kürzeste Position zum gegenüberliegenden Ufer einnehmen und mit Anker ihre Position festmachen. Diese Schiffslinie wird die sichere Position für den Bau Eurer Schiffsbrücke ergeben. Die Sichtweite von Schiff zu Schiff wird ca. 150 m betragen. Großkönig, der Plan sieht weiter vor, das Projekt von zwei Seiten zu beginnen. Vom jeweiligen Ufer aus wird eine Mole aus Stein und Erde errichtet, die ca. 100 m in das Meer ragt. An der Mole verankert, werden Pfosten in den Meeresboden gerammt. Daran werden die Schiffe bordseitig mittels Tauen festgezurrt. Von der Mole aus werden dann Planken in der erforderliche Breite ausgelegt. Die Planken werden durch Stützhölzer abgefangen und mit Eisen festgeschlagen.«

»Euer Plan scheint gut durchdacht, Baumeister. Ich werde dem Oberbefehlshaber der Flotte Order geben, Euch die notwendigen Schiffe zur Verfügung zu stellen, Syrakus.«

»Admiral Atadrius, es ist der Befehl des Großkönigs, das Heer und die Reiterei über eine Brücke zu führen.«

»Warum drängt Xerxes?«

»Er ist hitzig, will mit dem Kopf durch die Wand. Es wäre sicherer, die Mannschaften mit Schiffen überzusetzen.«

»Also gut, soll er seinen Willen haben. Die Griechen erzählen, dass ein Fluch der Götter über dem Hellespont liegt. Xerxes verschmäht, dem Meeresgott ein Opfer zu bringen.«

»Lassen wir das und beginnen mit dem Vorhaben. Haben die Vermesser eine günstige Überquerung gefunden?«

»Ja, die schmalste Stelle am Pontus beträgt 1,3 km. Sirius, du kennst deine Heimatgewässer. Wir müssen etappenweise vorgehen. Xerxes hat dem Bauplan von Syrakus zugestimmt. Du wirst zunächst mit deinen zehn Schiffen die Position zur anderen Uferseite festlegen. Doch zunächst lasse ich die Mole errichten. Wenn die Positionslinie steht, könnt ihr mit zwei Schiffen und 50 Mann hinüberfahren und drüben die Mole ins Meer errichten. Es wird ein gigantisches Vorhaben, was sich Xerxes da vorgenommen hat, mit einer Brücke den Hellespont zu überspannen.«

Die Bautrupps begannen mit dem Bau einer Mole. Angespitzte Baumstämme wurden in die Erde gerammt. Das Wasser am Ufer war flach. Angetrieben von den Aufsehern, rammten Sklaven die Stämme immer weiter ins Meer hinein. An den Seiten wurden Bretter befestigt. Ein riesiges Heer von Sklaven brachte mit Schubkarren Steine und Erde zur Mole. Unter Anweisung der Bauleute wurden Steine aufgesetzt und mit Erde verfüllt. Immer weiter fraß sich der Erddamm in die Dardanellen. Mit Rammböcken wurde die Erde festgestampft, bis eine begehbare Landbrücke entstand.

Am nächsten Morgen fuhren zehn der ionischen Triere gestaffelt in Richtung Westen. Sie gingen in 150 Meter Distanz auf Position.

»Syrakus, ich sehe, ihr kommt gut voran«, sprach Xerxes zu seinem Bauführer. Sie schritten jeden Abend die Baustelle ab. »Wann beginnt ihr mit dem Bau der Brücke?«

»Oh großer Herrscher, die Arbeiten kommen gut voran. Die Leitschiffe sind auf Position vor Anker. Mit Sirius habe ich vereinbart, in drei Tagen mit der Verlegung der ersten Schiffe zu beginnen. Bis dahin werden genügend Seile und Bohlen fertig sein.«

»Nehmt eine Flotte von 140 Galeeren und manövriert sie backbordseitig zur Küste, mit dem Bug nach Norden. Seid vorsichtig, wir haben hier eine sehr gefährliche Strömung.«

»Admiral, ich schlage vor, wir nehmen die Breitseite, da liegen wir auf der sicheren Seite.«

»Also gut, ihr Griechen seid gute Seeleute. Nehmt so viele Schiffe wie nötig, wichtig ist, dass der Großkönig seine Brücke bekommt. Nun zeigt, was Ihr könnt, Sirius.« Bei leichtem Wellengang kreuzten über 100 Galeeren den Hellespont. In Sichtweite rafften sie die Segel, die Ruder wurden eingeholt. Nur langsam schoben sie sich vor, bis sie ihre eingewiesene Position erreichten. Xerxes hatte einen guten Griff getan, die schweren Zweiruderer der Ägypter für dieses Vorhaben auszuwählen.

»He, bringt die Seile an Bord, wir wollen zunächst die Schiffe vertäuen. Sage den Aufsehern, sie sollen die Sklaven über die Bordplanken treiben. Ihr schlagt Eisen in die Bordwände und befestigt die Seile. Lasst die Seile leicht durchhängen, damit die Schiffe ein wenig Spiel haben, Sirius.«

»Geht in Ordnung. Bringt die Seile an Bord, die meine Leute befestigen.« Am Ende des Tages war ein großer Teil der Schiffe miteinander vertäut. Xerxes, der die Arbeit am Ufer beobachtete, war sehr zufrieden. »Ich werde ihren Poseidon auch ohne Opfer niederringen«, meinte er zu seinen Beratern, die bei ihm standen.

Am Abend waren die Schiffe an der Breitseite verankert. »Morgen können die Bauleute mit der Verplankung beginnen, Admiral.« Die gegenseitig vertauten Schiffe schaukelten leicht.

Die Aufseher schlugen mit der Peitsche auf die Rücken der Sklaven. Einem Sklaven war ein Holzstamm vom Rücken gefallen, das Hanfseil rollte den Abhang hinunter. Ein Aufseher zerrte den Sklaven an den Haaren und schlug mit voller Kraft auf seinen Kopf. Blutverschmiert nahm er weitere Stämme auf und trug sie zu den Schiffen. Es herrschte fast Windstille am Hellespont. Sirius, der Zimmermann aus Athen, wischte sich den Schweiß aus dem Gesicht. Die Sonne stach unerbittlich. In einigen Tagen würde Xerxes die Brücke besichtigen, bis dahin musste die Pantonbrücke fertiggestellt sein. Sirius nahm Perekles zur Seite. »Wir müssen noch die Bolzen der Schiffsträger einkeilen. Ich habe die Bolzen an den Bohlen inmitten der Brücke gewechselt, ohne dass es jemand gemerkt hat.«

»Die Perser werden sich wundern«, meinte Perekles und lachte. Eine riesige Armee von Sklaven trug Bohlenbretter hinüber zur Brücke und belegte damit die Laufseile. An den beiden Seiten wurden Bretter befestigt, damit die Zugtiere und Pferde beim Wellengang nicht scheuten. »Los, ihr verdammtes faules Pack!« Die Aufseher waren reine Kettenhunde, sie kannten keine Gnade, Sklaven waren nach ihrer Meinung keine Menschen.

Der Tag kam, an dem die Schiffsbrücke fertig war. Xerxes war bei seiner Inspektion mit Syrakus sehr zufrieden. »Morgen«, so befahl er, »wird die Brücke geweiht! Es soll ein Fest werden zu Ehren des Großkönigs.« Leicht bewegte sich der riesige Koloss auf dem Meer. Wie eine stählerne Schlange bog er sich nach Westen. Er rief seine Schreiber und gab ihnen Befehl, dieses Ereignis aufzuschreiben, es sollte später in seiner Königschronik für die Nachwelt zu lesen stehen, zum Ruhme des Xerxes. Die ersten Sonnenstrahlen glänzten, glutrot stand die Sonne über dem Hellespont. Auf einen Hügel hatten die Diener den Thron Xerxes' gestellt. Musik erklang, vor dem Thron begannen, in farbige Seide leicht gehüllt, Tänzerinnen ihre Darbietung. Sie wiegten ihre Körper im Rhythmus der Takte. Diener brachten Speisen und Getränke. Er ließ Wein für Reiterei und Fußvolk austeilen. Ein Fest wollten sie feiern, ihm zu Ehren, dem Bezwinger des Hellesponts.

»Mardonios, schickt die erste Hundertschaft über die Brücke, heute werdet ihr mit dem riesigen Heer Europa erreichen. Wenn dies der alte Nörgler sehen könnte. Eine Freude durchströmt mein Herz. Lasst uns trinken, auf Persien, auf Xerxes.« Die goldenen Becher glitzerten in der aufgehenden Sonne. Xerxes gab mit seinem Zepter das Zeichen zum Aufbruch des ersten Zuges. Bald schon entschwanden sie im Westen. Zug um Zug betrat die Brücke, sie tauchten weit im Westen hinab. Xerxes erhob sich von seinem Thron und lief hinunter zum Strand. Er hatte seinen Kelch in der Hand. Er rief hinaus ins offene Meer: »Poseidon, ich habe dir Ketten angelegt, ich, der Großkönig, zeige dir meine Stärke!« Bei diesen Worten warf er den Kelch hinaus auf die See. Er winkte Mardonios zu sich. »Warum geht der Marsch über die Brücke so schleppend? Die Aufseher sollen dem Fußvolk Beine machen. In einer Woche muss das gesamte Heer drüben in Europa sein!«

Das Knallen von Peitschen und die Rufe der Aufseher begleiteten die Krieger beim Betreten der Brücke. Sie trieben die Krieger von Schiff zu Schiff. Leicht schaukelte die Brücke. Eine unendliche Schlange zog über den Hellespont. Die ersten Reiter waren schon den Blicken entschwunden.

2. TEIL

Die Wiege Europas

Xerxes stand am Ufer und schaute zufrieden in den Abendhimmel – Europa, Land der Dämmerung, wie die Lydier das Land nannten. Benannt nach der schönen phönizischen Prinzessin Europa. Er kannte die Geschichte, die am Hof in Susa von den Griechen erzählt wurde.

Zeus, der Vater der Götter, verliebte sich in die traumhaft schöne Königstochter. Um sich ihr zu nähern, verwandelte er sich in einen überaus prächtigen Stier. Die Prinzessin war mit ihren Gespielinnen am Strand des Meeres. Sie entdeckte den Stier, ging näher und näher, sie vertraute ihm und berührte leicht sein Gehörn und streichelte ihn zart über den Rücken. Der Stier senkte sein Haupt und kniete nieder auf den weichen Sand. Von Weitem sahen ihre Gefährtinnen dem verlockenden Spiel zu. Berauscht von der Vitalität und Sanftmut des Stiers setzte sich die Königstochter auf den Rücken des Stieres. Das Tier stand auf, lief hinein ins Meer, erhob sich in die Lüfte und entschwand in die einbrechende Dunkelheit gen Westen.

Welch schöne Fracht, dachte Xerxes, hatte sich Zeus aufgeladen, eine gar zu süße Fracht, die nur Göttern zusteht. Er wusste, wie sich die Geschichte weiter spann.

Zeus flog mit seiner »Beute« immer tiefer in das Meer. Auf der Insel Kreta landete er unter immergrünen Platanen auf einer weichen Wiese. Zeus nahm jetzt die Gestalt eines schönen Jünglings an. Umrahmt von Oleander und Jasmin feierte er mit Europa Hochzeit. Die Prinzessin gebar einen Sohn, den sie Minos nannte. Den Urvater der Minoer, dem späteren Herrschergeschlecht Kretas.

Xerxes erinnerte sich, dass vom Namen der phönizischen Königstochter Europa der Name des Kontinents abgeleitet wurde. Ihm gefiel diese nette Geschichte, die ihm seine Mutter Atossa in seiner Kindheit erzählt hatte.

Zeus hatte sich der Königstochter zu erkennen gegeben und ihr versichert, sie zu lieben, seit er sie zum ersten Male, vom Olymp aus, in Phönizien erblickt hatte. Er wollte mit ihr Hochzeit feiern und sie zur Stammmutter eines mächtigen Geschlechts machen. Europa erwiderte seine Gefühle, auch ihr Herz war getroffen von Eros' Pfeil der Liebe. Zeus ging zum Strand, bat Poseidon, er möge ihm senden die schönsten Nymphen, sie sollten aufspielen zur Hochzeit. »Bring mir alle deine Kostbarkeiten zum Mahle«, bat er den Meeresgott. »Und du, Dionysios, seid auch Ihr mein Gast, bringt Wein und all die verführerischen Kostbarkeiten. Oliven und Kräuter, schmückt mein Haus voller Blütenpracht, macht ein Bett aus Rosen und sanftem Tuch.« Beide gingen sie zur Hochzeitsstätte. Zeus ließ seine Braut schmücken mit lichter, sonnendurchwirkter Seide, umwunden von zart leuchtendem Blumengewinde. Aus dem Meer hervor erklang zauberhafte Musik, auf den Wellen spielten Delfine. Nymphen tanzten in den weiß umschäumten Wellen. Von ihren zarten Busen flossen Wassertropfen regenbogenfarbig herab. Das Meer rauschte, das Schilfgras verdeckte die Liegestätte der Liebenden. Nur schwach war ein Stöhnen der Freude zu vernehmen, beide vereint genossen das Liebesspiel. Auf und ab wogte das Gras, verdeckte die Liebenden vor Heras Blick. In der Ferne spielte Pan auf seiner Flöte. Zeus ließ ein Haus von Schilf und Oleander über dem Liebesnest wachsen. Ungestört, beide sich der Freude und Wonne hingebend, verflog die Zeit. Die Sonne versank im Meer, der silberne Mond schaute hindurch, bis am anderen Tag Eos die Liebenden zart berührte. Tage und Nächte vergingen, die Liebenden waren innig verbunden, in Zärtlichkeit und männlicher Kraft. Sie fanden sich immer wieder neu. Wie die Berge versinken und wieder aus dem Meer sich erheben, erbebten ihre Körper, gaben sich hin im Fliehen und Kommen. Hunderte weiße Tauben verdeckten den Himmel, ließen nur wenige Strahlen der Sonne durchscheinen. Eine Liebe, so wie das Meer, aus tiefer Leidenschaft sich immer wieder erneuert, olympische Liebe. Die Nacht sank hernieder, so versanken die Liebenden, umschlungen, in sich den Traum verborgen, kam sanft die Nacht und deckte die Glückseligen mit einem Traum zu, in der Wiege Europas.

Xerxes dachte zurück an die Zeit seiner Jugend. Sein Großvater hatte in ihm die Liebe zu Griechenland erweckt. Er dachte an seinen Feldzug, er hasste Athen und liebte die Kunst, die Architektur, die Literatur der Griechen, ihre Liebeselegie berauschte ihm oft die Sinne. Er erinnerte sich an den ionischen Dichter Mimnermos von Kolophon. Ihm fiel ein kurzes Gedicht von ihm ein:

»Was gilt das Leben, was Heiterkeit ohne die goldne Kypris?

Sterben möchte ich gern, bleiben mir künftig versagt heimliche Liebe und zärtliches Kosen auf wonnigem Lager.

Das ist der höchste Genuss jugendlicher üppiger Kraft, den sich Männer wie Frauen ersehnen.

Naht erst das bittre Alter, das keinen verschont, Elend und Hässlichkeit bringt, dann überwältigen einen die ständig quälenden Sorgen, bringt auch Helios Glanz keine Freude dem Mann,

lästig fällt er der Jugend, die Frauen versagen ihm Achtung.

Derart grausam quält alternde Menschen der Gott.«

*

»So wurde Kreta, die Geburtsstätte Europas, das Land der Dämmerung für uns wiederentdeckt«, sprach Dimitrius.

»Wie verlief die Geschichte Xerxes weiter, hatte er sein Ziel erreicht, nach Europa zu gelangen?«

»Nun, er ging zurück, das Schauspiel vom Thron weiter zu verfolgen. Im Himmel zeigten sich erste Wolken. Wind kam auf. Auf der Brücke zog sein Heer nach Europa. Am späten Nachmittag verdichteten sich die Wolken. Die See erhob sich, mit ihr die Schiffe, ein lautes Knarren setzte ein. Die Bordwände rieben aneinander. Der Wind hatte sich gedreht. Aus schwarzen Wolken zuckten Blitze. Donnergrollen erschallte über dem Hellespont. Es hatte angefangen zu regnen. Der Himmel entlud sich mit Gewalt. Die hölzerne Brücke wurde vom Orkan erfasst. Bedrohlich schaukelnd krächzten die Bohlen. Eine Reiterabteilung ritt auf der Schiffsbrücke der untergehenden Sonne nach. Ein plötzliches Wiehern, ge-

folgt von einem Aufschrei. Schrecken erfasste die Zuschauer an
der Küste. Sie mussten mit ansehen, wie sich Pferde aufbäumten
und über Bord geschleudert wurden. Aus der Tiefe des Meeres-
grundes ertönte schauderhaftes Grollen, begleitet von sich öffnen-
den Wolken ergossen sich eisige Schauer über die Küste, Hagel-
körner verwüsteten die Zelte.«

Der Fluch des Poseidon

Xerxes' Gesicht wurde starr vor Schrecken. Er sah, wie sich seine
Brücke auseinanderbog, dem Orkan nicht mehr standhielt und in
der Mitte auseinanderbrach, hunderte Menschen und Tiere mit
sich in die tiefe Flut des Hellesponts riss. Jetzt erkannte er, dass er
Poseidon gelästert hatte. Er spürte Poseidons Fluch in sich aufsteigen. Er sah in die dunkle Nacht hinaus und ahnte, dass der Orkan
die Brücke zerstört hatte, am Ufer war weit und breit keine Spur
mehr davon zu sehen.

Die Nacht brach herein. Völlig verstört ging er zu seinem Zelt.

»Großkönig, es ist Furchtbares geschehen, die Brücke samt
Schiffe wurden« vom Sturm und Meer völlig zerstört«, berichtete
der Admiral. Xerxes war wie benommen, die Nachricht schmerzte
ihn. Er sah sich gedemütigt. Zorn stieg auf. Er trat aus dem Zelt.
Die Wolken waren verflogen. Unten in der Bucht schwammen ver-
streut Schiffsteile und Blanken. Seine stolze Brücke war versunken
in den tiefen Fluten des Meeres. »Holt mir Syrkassus, den Bauführer, und seinen Baustab!«, befahl er seinen Dienern. »Mardonios,
wir haben eine Niederlage erlitten. Meine Bauaufsicht hat versagt,
sie sollen dafür ihren Lohn erhalten. Lasst die Henker kommen.
Fangt an mit diesem Versager!« Er schlug Syrkassus mit seinem
Zepter auf den Kopf, der getroffen zu Boden sank. Zwei Henkers-
helfer richteten den Bauaufseher auf und legten sein Haupt auf
einen Holzklotz. Mit einem Schlag trennte der Henker dem Ver-
urteilten den Kopf vom Rumpf. An diesem Morgen rollten viele

Köpfe vor dem angetretenen Landheer. Ihre Häupter wurden dem Meer übergeben.

»Bringt mir eine Peitsche und Ketten. Zehn meiner Unsterblichen folgen mir mit Peitschen ausgerüstet hinunter zum Ufer. Werft die Ketten ins Meer. Und du, Poseidon«, rief Xerxes, »du wirst mich nicht daran hindern, nach Europa zu ziehen. Jeder von euch schlage zehnmal auf das widerspenstige Wasser. Gebt mir die Peitsche. Du bekommst deine Strafe, ich peitsche dich aus, du tückisches Meer. Du wirst meinen Weg nicht versperren!«

»Schau, wie wild der Großkönig um sich schlägt, Schaum quillt aus seinem Mund«, meinte Sirius. »Er hat uns nicht geglaubt, dass ein Fluch über dem Hellespont liegt. Die Götter lassen nicht mit sich spaßen, auch ein Großkönig muss dies begreifen.«

»Mardonios, hol mir die anderen Bauführer!«

»Wie Ihr befehlt, oh Großkönig.«

»Errichtet mir so schnell wie möglich eine neue Brücke.«

Zu den Magiern gewandt: »Lasst ein Opfer vorbereiten.«

Eine neue Brücke überspannte den Hellespont. Als das Werk fertig war, schritt Xerxes, begleitet von Priestern, hinunter zur Küste. »Ihr Götter Persiens, beschützt unser Heer und Flotte.« Er nahm die goldene Schale, goss Wein hinein und schüttete den Wein ins Meer. »Beschützt uns, ihr Götter.« Er warf Schale und Mischkrug ins Wasser, nahm sein Schwert und warf es in die Fluten. Danach gab er seinem Heer Befehl zum Überqueren. Er ritt als Letzter in Begleitung von Mardonios hinüber nach Europa.

Ein feindliches Land

Xerxes hatte durch die Katastrophe Zeit verloren. Er befahl seinen Heerführer und Oberbefehlshaber zu sich und gab Order, dass sich Heer und Flotte in zwei Wochen an der Hochburg in Doriskos, Thrakien, einzufinden hätten. Dareios hatte in Doriskos eine Festung errichten lassen sowie eine Besatzung zurückgelassen, auf die jetzt Xerxes zurückgreifen konnte. Dort in der Ebene des Flussdeltas Hebros ließ er eine Zählung des Heeres und der Flotte durchführen.

Erfreut vernahm er, dass sein Heer kaum Verluste zu verzeichnen hatte. 170.000 Krieger, seine Elitetruppe, waren nicht geschwächt in Europa angekommen.

*

»Du sagtest, dass Xerxes ein bunt zusammengewürfeltes Heer nach Europa führte. Wer waren diese Völker, Dimitrius?«

»Neben der Abgabe von Steuern mussten die unterworfenen Völker Truppen bereitstellen, die Küstenbewohner Schiffe zur Verfügung stellen. Über 7.000 Schiffe lagen in der Bucht von Ebron vor Anker. Leichte Triere der ionischen Städte, die schweren Galeeren der Ägypter und die schnellen Schiffe der Phönizier. Weiße Segel schmückten die Bucht, als sie vor den Augen Xerxes' sich auf hoher See präsentierten. Leicht fuhren sie über die stille Ägäis, die Ruderer hatten wenig Arbeit, der Wind legte sich in die Segel und die Schiffe glitten über das silbergrüne Wasser. Möwen flogen unter dem blauen Himmel, begleiteten die Schiffe mit Kreischen, setzten sich auf Masten und Bordwände. Wie gesagt, es war ein bunter Völkerteppich. Aus griechischen Geschichtsquellen wissen wir im Einzelnen, wer an dem Feldzug teilgenommen hatte. So erfahren wir Näheres über Waffen und Kleidung.

Perser, Meder und Baktrier trugen eine Tiara. Nicht zu verwechseln mit der Kopfbedeckung der Päpste. Ursprünglich stammt die Tiara aus Persien, wurde aber später, seit Konstantin, zur päpstlichen Kopfbedeckung erhoben. Es ist ein konischer Kopfschutz aus weichem Leder. Die Krieger trugen Ärmelrock, weite Hosen und waren mit Pfeil und Bogen und kurzen Speeren ausgerüstet sowie einem leichten Schild. Der Helm war aus Eisen, Panzerhemd und Schild schützten die Assyrer im Nahkampf, während sie mit Lanze und Keule den Gegner attackierten (Befehl des Ostaspes).

Eine spitze Kopfbedeckung schützte das skythische Heer der Saken. Mit ihren weiten Hosen, Pfeil und Bogen und ihren Streitäxten waren sie ein gefürchteter Gegner. Ergänzt wurde die bunte Völkerschar durch Inder, bekleidet mit Baumwollkleidern, die Kaspier mit ihren Schafspelzen, Araber, eingehüllt in lange Mäntel – sie alle kämpften mit Pfeil und Bogen, während die schwarzen Äthiopier und Libyer Wurfspieße hatten. Kampfstark waren die Phryger, Armenier, Lyder und Kolcher, Letztere schützten sich mit ihren hölzernen Helmen. Das Heer lagerte mit seinen Zelten im Delta des Flusses Ebron.«

*

Xerxes hatte Mardonios angewiesen, Wein auszuschenken. Glücklich, endlich in Europa angekommen zu sein, gab Xerxes nach der Heereszählung ein Fest. Er ließ Wein an die Truppen verteilen, Tiere schlachten und auf Spießen braten. Musiker und Tänzerinnen unterhielten die Krieger. Das Flussdelta war bunt geschmückt von Zelten und wirkte wie ein bunter Teppich. Frauen in ihren langen Gewändern hockten an Feuerstätten, um sie herum tobten kleine Kinder. Die Männer saßen im Umkreis zusammen, sie rauchten und ließen die Becher herumgehen. Männer drehten Rinder an Spießen, ein Duft von würzigem Braten lag in der Luft. Von der nahen Küste wehte ein schwacher Wind. Nur hier und da standen Wachen, Frauen brachten ihnen Braten und Wasserkrüge, doch hielten sie den Kriegern Mischkrüge entgegen. Es erklangen Lieder, begleitet von Zimbeln und Flöten. Auf Wiesen tanzten junge Frauen in ihren farbigen Gewändern. Vergessen war die Qual der letzten Tage, der Kräfte aufreibende Marsch über den Hellespont. Wie glücklich waren sie, endlich wieder festen Boden unter den Füßen zu haben. Das stundenlange Schaukeln hatte Spuren hinterlassen, alle waren froh, dass dies vorbei war. Mit Wein und Gesang wurden die Sorgen der letzten Tage heruntergespült. Von den Frauen verwöhnt, spürten sie jetzt wieder die

Freude des Lebens. Lanze und Speere, Pfeil und Bogen waren abgelegt, fleischliche Lust wurde mit Wein gekühlt.

Im Innenhof der Burg waren Tische und Bänke aufgestellt. Xerxes hatte die Heerführer und Kapitäne eingeladen, gemeinsam mit seinem Hofstaat ein Fest zu feiern, zu Ehren Marduks. In Weiß gekleidete Priester legten Opfergaben auf den Altar. Geruch von Weihrauch stieg hinauf in die Luft. Nach Ende des Opferzeremoniells begannen Diener mit dem Auftragen von Speisen und Getränken, Musik erklang.

»Großkönig«, wandte sich ein Gesandter zu Xerxes, »dir zu Ehren hat unser König seine besten Tänzerinnen und Sängerinnen gesendet, dir zur Freude und zum Willkommen in Thrakien.« Er klatschte in die Hände. Aus einem Zelt glitten sieben Tänzerinnen hervor, in schillernde Stoffe eingehüllt, an den Händen leuchtende Tücher, bewegten sie ihre Taillen im Rhythmus der Musik, bewegten sich im Kreis, um wieder auseinanderzufliehen. Wie Federn im leichten Wind flogen sie fast dahin, am Thron Xerxes innehaltend, umfassten sie sein Gewand, küssten die Füße. Diener schenkten Wein in die Pokale der Anwesenden. Betörender Duft von Öl und Blumen, die die Tänzerinnen austeilten, schwebte durch den Raum. Xerxes' Gewand war geschmückt mit Rosen und Efeu. Die Flöten verzauberten die Luft. Milde lag über der Burgfeste. Leichter Trommelwirbel erklang, die Tänzerinnen waren ihren Gewändern entglitten. Ein Hauch farbiger Seide bedeckte ihre Blöße, weiße Blusenspitze die Knospen. Trunken voll Freude verfolgten die Gäste die Bewegungen der Tänzerinnen, ihre verführerischen Figuren. Eine Sängerin trat auf, und während die Tänzerinnen sich niederließen, begleiteten Zimbel und Harfe die Sängerin. »Ein Lied von Rufinos, oh Großkönig, hört Ihr.«

Weich erklang die Stimme:

> »Köstlich schmecken die Küsse Europas, auch
> wenn sie nur leichthin
> Über die Lippen mir streift, leise den Mund nur
> berührt.

Aber sie streift nicht bloß leichthin die Lippen,
Sie saugt sich am Munde fest, und vom Herzens-
grund aus zieht sie die Seele herauf.«

Xerxes war sichtlich erfreut, er gab dies dem Gesandten deutlich
zu verstehen.

Wie vom Windhauch erhoben bewegten sich die Tänzerinnen,
Figuren und Sprünge, sanftes Fliehen und Wiederkehr, in ihren
Händen wehte leuchtend rote Seide, gab dem Spiel Freude und
weckte Lust, nicht am Gaumen endend.

Die Sängerin, in farbiger Seide, mit schafthohen Stiefeln bekleidet, trat in die Mitte. »Ein weiteres Lied von Rufinos wird sie dir,
oh Großkönig, vortragen.«

»Augen, so strahlend wie Gold,
kristallen leuchtende Wangen,
Tiefer als Rosen im Rot glühend ihr purpurner
Mund, Blendend wie Marmor der Nacken,
in lockendem Schimmer die Brüste,
Silberne Füße dazu, wie bei Thetis so hell blinken
helle Locken.«

Die Tänzerinnen wiegten erneut ihre schönen Hüften, eine
Grazie löste sich von den übrigen. Eine Panflöte spielte, die Tänzerin bewegte sich zum Thron, wiegte sich im Rhythmus der Musik, löste spielerisch die Verzierung ihres Busen, aus dem die Äpfel
schimmerten und sich im Takt der Musik bewegten. Spirale und
Schlange, fliehend und kommend, waren lockend ihre Bewegungen. Die Arme glitten hinunter, öffneten zarte Bande, sichtbar
wurde ihr moosumrandeter Hügel der Aphrodite.

Leise wurde die Panflöte, hervor klang die Flöte. Die Sängerin
begann ein neues Lied. Ihre Stimme erklang:

»Von Liebe zu den Bergen, den Ebenen Thrakiens
in Freiheit will ich singen,
Dem schönen Land, das du nahmst mit Gewalt.
Schamlos erhebst du deine Hand,

Frechheit, die dreisten Gedanken greifen
nach fremdem Gut.
Wirst in Zukunft nicht mehr liebkosen
der Frauen zarte Brust,
Mit Freude wird dich durchbohren
dies heilige Schwert.
Tod dem Frevler Poseidons Gebot,
dem mutwilligen Schänder.«

Die letzten Worte waren verbunden mit einem Aufschrei. Die Sängerin hatte mit einem Dolch Xerxes niedergestochen. Er lag blutend vor seinem Thron. Seine Leibwache hatte das Mädchen ergriffen und gefesselt. Seine Leibärzte untersuchten Xerxes. Nur eine tiefe Fleischwunde, es bestand keine Lebensgefahr. Man trug Xerxes in sein Zelt.

Die Nachricht vom Attentat hatte sich schnell wie ein Lauffeuer verbreitet. Auch zu der Besatzung der Ionier kam die Nachricht. »Was sind wir für Feiglinge«, sprach Kapitän Sophokles zu seinem Steuermann Ophokles. »So ein Mädchen riskiert ihr Leben für die Freiheit Thrakiens und wir Griechen haben keinen Mut, uns gegen die Perser zu erheben.«

»Was wollt Ihr machen?«

»Ich denke, wir sollten die Sängerin befreien. Noch sind alle im Rausch des Weines, Xerxes schwer verletzt. Ich sah, wie man die Thrakerin in das Verlies der Burg brachte. Lasst uns handeln, vielleicht gelingt es uns, sie auf unser Schiff zu bringen, hier zu verstecken und bei erstbester Gelegenheit werden wir fliehen und nach Ephesus zurückkehren.«

»Habt Ihr einen Plan?«

»Nimm drei deiner zuverlässigsten Männer. Bei Anbruch der Dunkelheit machen wir uns auf den Weg zur Burg. Nehmt einen Schlauch voll Wein mit. Vielleicht hilft uns Dionysios, Ophokles.«

Von den Schiffen tönte Gesang herüber. Auch die Phönizier hatten dem Wein zugesprochen. So glitt die Triere unauffällig durch die Bucht in Richtung Burg. »Drei Männer bleiben an Bord. Ophokles, Ihr nehmt zwei Männer und kommt mit. Habt Ihr die Männersachen mit eingepackt?«

»Schon gut, Kapitän.«

»Dann los, möge uns Poseidon schützen.«

Sie gingen von Bord. Entlang der Straße zur Burg sahen sie Gruppen von Menschen, sie sangen Lieder, aus den Schläuchen tropfte der Wein. Sie liefen an Gebüschen vorbei und hörten das Stöhnen der Liebesleute. Vor ihnen tauchte die Burg schemenhaft auf. »Wir bleiben hier. Ophokles, Ihr versucht, unauffällig zur Burg zu gelangen und erkundet die Wache.«

Nach kurzer Zeit kam er zurück. »Die Luft ist rein, vor der Burg nichts zu sehen. Vor dem Verlies steht nur eine Wache.«

»Gut, gehen wir alle vier hinein. Ich werde vorgehen, Ihr folgt mir unauffällig. Komm, Ophokles, das Spiel beginnt, lassen wir uns von Dionysios führen.«

Sie gelangten in die Burg. Leicht torkelnd erreichten sie den Wachmann. Ophokles nahm den Schlauch und ließ einen roten Strahl in seinen Rachen laufen.

»Woher seid Ihr?«, fragte der Wachmann.

»Wir sind Lydier, wir suchen unseren Kapitän, er war heute Gast auf der Burg, er hat sich wieder mal volllaufen lassen, wir suchen ihn.«

»Hier ist keiner, dort auf der rechten Burgseite sind noch einige Betrunkene. Was habt Ihr im Schlauch? Brauchte etwas zum Aufwärmen.«

»Oh, dieser Trunk wird Euch aufheizen. Nehmt einen Schluck.«

Der Wachmann nahm den Schlauch und setzte ihn an den Mund. Gierig trank er den Rebensaft. Laut rülpsend gab er den Schlauch zurück. »Wahrlich verdammt gut.«

»Na, dann nehmt, jeden Tag habt Ihr nicht das Glück, solch kostbares Gesöff zu trinken.«

Er nahm den Schlauch erneut und trank in tiefen Zügen. Er setzte ab. Schon bald zeigte das Getränk Wirkung, er schlief.

Von der Küste zogen sich Nebelfelder in das Innere der Ebene. Mit einem Seil kletterte ein Matrose zum Fenster des Verlieses. Erleichtert stellte er fest, dass die Eisenstäbe locker saßen.

»Seid Ihr es, Thrakerin?«, flüsterte er hinunter. Keine Antwort.

»Hallo Sängerin!«

Erst jetzt kam Antwort: »Wer seid Ihr?«

»Wir wollen Euch befreien, wir sind Ionier.« Das Fenster war frei. »Ich werf Euch das Seil hinunter, dann könnt Ihr zum Fenster kommen. Ich werde mich dann auch hinunterlassen.« Unten angekommen reichten sie der Sängerin Männerkleider. Der Wachmann begann zu schnarchen, sie legten ihm den Schlauch in die Arme.

»Los, lasst uns schnell verschwinden.« Sie begaben sich hinaus aus dem Burghof und erreichten die Straße zum Hafen, ohne Verdacht zu erregen. Endlich gelangten sie zum Schiff. Der Coup war gelungen.

Xerxes erwachte am anderen Morgen. »Holt mir die Sängerin her!«, befahl er.

»Großkönig, das Mädchen ist verschwunden.«

»Was, verschwunden, die Unsterblichen sind mir verantwortlich. Holt mir die Wache her!«

»Der Mann ist noch besoffen.«

»Dann gebt dem Scharfrichter Arbeit.«

Die Suche nach der Sängerin blieb ergebnislos. Schon nach drei Tagen ließ Xerxes das Heer weiter entlang der Küste Thrakiens ziehen. Die Flotte nahm den Seeweg über das Thrakische Meer Richtung Chalkidiki, die vierarmige Halbinsel. Der König ließ einen Kanal durch die Halbinsel Athos stechen. Nach dem Durchqueren des Kanals fuhr die Flotte entlang der Küste in Richtung der Halbinsel Magnesia. In der Bucht von Malia sollten Heer und Flotte wieder zusammenkommen.

Xerxes ging es wie jedem Herrscher, der auf Eroberungszug in ein anderes Land einfällt. Selbst die Natur hatte sich gegen ihn gestellt. Es kam, wie es Artabanos vorausgesagt hatte. Sein Heer erlitt

Hunger und Durst. Die Flüsse waren vertrocknet. Trotz der Zusagen seiner Satrapen wurde die Versorgung mit Nahrungsmitteln immer schwieriger. Zumal es immer häufiger zu Überfällen auf die Versorgungskarawanen kam. Wagen wurden überfallen und ausgeraubt. So zog das gewaltige Heer durch Makedonien, Thessalien, bis sie den Berg Olymp sahen.

»Sag, Demestros, du bist ein Grieche. Sag mir, haben die Griechen den Mut, sich meinem gewaltigen Heer zum Kampf zu stellen?«, fragte Xerxes seinen Begleiter.

»Soll ich Euch die Wahrheit sagen oder wollt Ihr hören, was Ihr gern hören wollt, Großkönig?«

»Sag mir die Wahrheit, auch dann wirst du nicht in Ungnade fallen.«

»Gut, dann will ich Euch gern meine Meinung sagen. Ihr habt ein gewaltiges Heer, ohne Zweifel, das Furcht auslöst. Doch Eurem Heer fehlt der Geist der Freiheit.«

»Was willst du damit sagen?«

»Euer Heer ist saft- und kraftlos. Eure Krieger kämpfen nicht mit Herz und Seele.«

»Du wirst dies schon rechtzeitig erleben. Erinnere dich an die Überquerung des Hellesponts.«

»Nur mit der Peitsche habt Ihr sie regelrecht getrieben, ganz zu schweigen von den Unsterblichen. Sie sind eher feige, als würden sie ihr Leben für Euch opfern.«

»Halt an, lieber Freund, du sprichst wie mein Oheim Artabanos, einer von der Sorte genügt mir«, lachte Xerxes.

*

»Xerxes zog mit seinem Heer durch Makedonien und Thessalien. Am Olymp, dem Sitz der Götter, ließ er ein Opferfest veranstalten, Demestros hatte ihm geraten, Zeus und den Göttern zu opfern. Das Heer kam dann nach Malia an den Meeresbusen und erreichte einen Engpass zwischen dem Kallidromos-Gebirge und dem Golf von Malia. In diesem etwa acht Meter breiten Pass der Thermopylen kam es zum ersten Zusammenstoß zwischen Persern und Griechen. Dieser Pass war für die Perser sehr wichtig, öffnete er doch damit das Tor nach Attika und somit nach Athen. Gleichzeitig erreichte die Flotte der Perser das Kap von Artemision. Diese beiden Schlachten, Kurz, sollten sehr wichtig für den weiteren Ausgang des Krieges werden.«

*

Die Perser verfolgten die Strategie, das Heer der Griechen mithilfe der Flotte in die Zange zu nehmen. Bei Beginn der Schlacht an den Thermopylen brachte ein Bote Xerxes die Nachricht von der Katastrophe seiner Flotte am Kap von Artemision.

»Zieht euch zurück, sie kommen, Kurs Kap Artemision!«, befahl Themistokles seiner Flotte. »Sie dürfen nicht zum Golf von Malia durchkommen. Wir können sie nur mit List besiegen, Simodes, und uns den Barbaren nicht in offener Schlacht stellen, sie würden uns zermalmen, die schweren Phöniker. Gebt Kurs backbord, Segel raffen, es wird Sturm geben, versucht, an den Klippen entlang zu segeln. Simodes, du führst mit drei Schiffen in die offene See und ich fahre Richtung Aphatea, wir treffen uns nördlich vom Kap und versuchen, die Barbaren in die Brandung zu locken. Los, möge uns Poseidon beistehen.«

Die Perser durchfuhren die Straße von Magnesia und bald schon entdeckten sie die Trieren der Griechen. Chorus, der Kapitän der Phönizier, gab Befehl, eine Staffel der Ionier solle zur offenen Ägäis ausweichen, während er mit zweihundert Galeeren die Griechen in die Zange nehmen und umfassen wollte. »Bleibt ruhig, lasst sie kommen.«

»Kapitän Sophokles, was meint Ihr, nutzen wir unsere Chance? Die Mannschaften unserer Schiffe haben keine Lust, gegen ihre eigenen Landsleute zu kämpfen und für die Phönizier die Kohlen aus dem Feuer zu holen.«

»Bin ganz Eurer Meinung, Ophokles. Es kommt Sturm auf, gleich wird es heftig regnen, von Euböa herüber peitscht der Regen. Ist es nicht ein Zeichen Poseidons, jetzt zu reagieren?«

»Ihr habt recht, die Zeichen stehen gut. Setzt die Segel, wir fahren zunächst mit unseren Schiffen auf die Griechen zu, nutzen wir den Wolkenbruch aus. Wenn Ihr auf Sichtweite heran seid, dann drehen wir nach Osten bei und setzen uns ab. Die Sängerin wird aufatmen, endlich in Sicherheit zu sein. Wäre eine Todsünde, wenn dieses schöne Mädchen in den Hades gehen würde. Sie ist eher für Aphrodite geboren, diese zarten Knospen, der rote Mund.«

»Dir juckt es wohl, was willst du alter Seebär mit dem jungen Ding?«

»Auch ein alter Bär hat so seine Träume.«

»Heb dir deine süßen Träume für später auf, jetzt müssen wir handeln, die Griechen kommen auf uns zu. Nein, es sind keine Triere, seht, eine Galeere verfolgt uns, möglicherweise haben sie unsere Absicht erkannt.«

»Wir müssen sie abschütteln. Lasst die Segel setzen und die Ruder einstellen. Kurs auf die Bucht hinter den Klippen. Sie sollen nur kommen, wir gehen näher an die Küste heran.«

»Der Wind treibt uns zu den Klippen.«

»Keine Angst, wir wollen sie an die Klippen heranlocken. Langsam backbord, sie schießen gerade auf uns los. Was zeigt das Lot? Noch keine Untiefe. Weiter volle Fahrt. Macht das Vordersegel fertig. Noch fünfzig Meter, dann drehen wir hart steuerbord und segeln mit vollem Wind.«

»Sie sind an uns vorbeigeschossen, Kapitän.«

»Wurde auch höchste Zeit. Seht da drüben, die Galeere wurde vom Sturm erfasst und gegen die Klippen geschleudert. Von ihr ist nichts mehr zu sehen. Setzt das Rah-Segel, die Ruderer sollen Vollgas geben, wir nehmen Kurs Süd-Süd-Ost, auf in die Heimat.«

»Ist ja noch mal gut gegangen, bald hätten uns die eigenen Landsleute gerammt.«

»Ja, wir hatten Glück, auch lässt der Sturm von Osten nach, er hat gedreht und weht von Südwest. Die Griechen haben die Verfolgung aufgegeben. Die Phönizier glauben, dass uns die Griechen gekentert haben. Setzt jetzt volle Segel und fahrt hinauf auf die offene See, Richtung Skyros.

Vor Jahren war ich im Hafen von Skyros. Wir kamen von Thessalien und hatten allerlei Tuch geladen. Unterwegs wurden wir von Piraten verfolgt. Mit Glück entkamen wir den Seeräubern und landeten auf der Insel. Die sporadische Insel wird von den Athenern verehrt. Theseus, Sohn des Poseidons, wurde nach seiner Vertreibung aus Athen durch Lykomides auf Skyros von einem Felsen gestürzt, wo er den Tod fand.

Wenn der Sturm nachlässt, werden wir in ein paar Stunden die Insel erreichen und können Proviant und Wasser an Bord nehmen. Dann lasst uns nach Ephesus segeln. Lasst uns vorher ein Dankopfer an Poseidon bringen, dank ihm sind wir nicht zu Fischfutter geworden.«

Die Meeresfalle

»Themistokles«, wandte sich Kadmos an den Oberbefehlshaber der Flotte, »du hast einen guten Riecher, seht, sie haben uns eingekreist, sie gehen in die Falle. Wir müssen uns zurückziehen, bis in die Klippen. Bald wird die Dunkelheit anbrechen. Seht, in Richtung Kap Artemision kommen starke Brecher, es kommt Sturm auf, kein gutes Zeichen für die Galeeren der Barbaren.«

»Dann rafft die Segel, die Ruderer sollen gegenhalten. Nähern wir uns langsam der kleinen Bucht drüben an dem Felsvorsprung. Zieht die Schiffe an Land und vertäut sie. Wir haben nicht viel Zeit. Bis der Orkan losbricht, nehmen wir Kurs auf die Sandbänke zwischen den Klippen. Wir müssen uns verteilen. Kadmos, Ihr gebt Zeichen, dass sich die Schiffe weit auseinander dem Strand nähern. Wir müssen der Gefahr begegnen, dass der Sturm unsere

Flotte ergreift und an die Felsen wirft. Lasst alle Mann von Deck gehen, legt die Triere auf die Seite, zieht die Schiffe an Land.«

*

»Es war sicherlich ein Wettlauf mit dem Tod, Dimitrius. Die Perser im Rücken und der sich anbahnende Sturm.«

»Du hast recht, es war eine Verzweiflungstat. Mag sein, dass die Griechen auf Poseidons Hilfe hofften. Es sind Momente, wo der Mensch nur noch reagieren und ein Stoßgebet zum Himmel senden kann.«

*

»Verflucht, das ging noch mal gut, die Schiffe sind in Sicherheit. Doch seht, Perser und Phönizier sind in einen Hexenkessel geraten.« In den Wellen wurden die Galeeren wie Nussschalen emporgeschleudert. Blitze schlugen in Maste ein. Feuer fraß sich in die Segel, einige Schiffe brannten lichterloh. Im nächsten Augenblick löschte eine haushohe Welle das brennende Schiff und riss es in die Tiefe des Meeres. Als ob die Titanen aus dem Tartarnos herausbrachen, grollte es aus der immer wütender werdenden See. Wie die Gischt eines Ungeheuers bedeckte weißer Schaum die Meeresoberfläche. Aus den schwarzen Wolken entlud sich ein sintflutartiger Regen. Einem Inferno gleich tobte das Meer. Unzählige Maste, Bruchstücke von Schiffen, trieben im Meer. Hin und wieder wurden Leichen nach oben geworfen. Der Orkan hatte den Rest der Schiffe in die Bucht hineingetrieben. Vom Wind erfasst, wurden sie an Felsen geschleudert. Orkan, Bruder des Poseidons, hatte die Schiffe erfasst, sie immer wieder in das Meer oder an Felsklippen geworfen.

»Selten hab ich in der Ägäis solch Unwetter mitten im August erlebt«, sagte Themistokles. »Danken wir Poseidon, er hat uns vor den Barbaren gerettet.«

»Was nützen ihnen solch starke Schiffe ohne schützenden Hafen«, sprach Kadmos. »Ohne den Sturm hätten wir keine Chance gegen die Perser gehabt. Vorerst haben wir ihre Durchfahrt zur Bucht nach Malia verhindert«, erwiderte Themistokles.

Boten brachten am anderen Tag die Nachricht zu Xerxes. Er war zur gleichen Zeit mit dem Heer am Pass der Thermopylen angekommen, wo seit Tagen eine Schlacht tobte. Man berichtete Xerxes von den großen Verlusten durch einen Orkan an der Halbinsel Magnesia und den Kampf bei Kap Artemision.

»Wie viele Schiffe sind zerstört, Admiral Dreturos?«

»Ein Drittel unserer Schiffe liegt auf Grund, die anderen haben wir wieder flottgemacht, im Kampf gegen die Griechen waren es dreißig Schiffe. Mein König, unsere Flotte ist trotz dieser Verluste den Griechen auch weiterhin stark überlegen.«

»Wie viel haben die Griechen?«

»Die Kundschafter berichten von 250 Schiffen, die am Kap Artemision ankern, wobei die Hälfte nach Athen unterwegs sei. Die Griechen haben ihre Flotte nach Attika zum Kap Sunsin zurückgezogen.«

Das Heer lagerte bei der Stadt Trachis. Boten brachten dem König die Nachricht, dass sich das Heer der Griechen etwa 20 Stadien entfernt, oben am Pass der Thermopylen befindet.

»Mein Gebieter, wir haben hier eine Grenze erreicht. Von Norden bis hierher nach Trachis ist das Land in Eurer Gewalt, nach dem Asopos beginnt feindliches Land. Es wäre sinnvoll, den einheimischen Göttern zu opfern.«

»Wartet damit, Demestros.« Xerxes befahl Mardonios: »Lasst Kundschafter aussenden, wie stark ihr Heer ist, und sucht geeignete Führer, die uns den Weg zu den Griechen zeigen. Nun, erzählt, Demestros, was wisst Ihr von den heimischen Göttern?«

»Zwischen dem in der Nähe befindlichen Fluss Phinox und dem Dorf namens Anthele, an dem der Fluss Asopos vorbeifließt, ist ein freies Feld, auf dem ein Tempel der amphyktischen Demeter steht, berichteten Boten. Mein Gebieter, lasst dort zu Ehren der Demeter ein Opfer bringen.«

»Warum sollte ich dies tun? Ich habe unseren Göttern geopfert.«

»Man spricht, König der Könige, wer die heimischen Götter verehrt, dem sind sie nutze.«

»Nun, Grieche, ich will tun, was Ihr ratet.«

Die Boten kamen zurück und meldeten, dass sich in einer Entfernung von 20 Stadien die Griechen am Pass befänden, es seien etwa 7.000 Mann, ein geringer Teil sei schwer bewaffnet. Sie kämmten ihr Haar und hätten Bronzeschilde bei sich.

»Was sagt Ihr dazu, Demestros? Ihr werdet sehen, wenn ich mit meinem Heer anrücke, wie schnell sie in alle Winde davonjagen. Mardonios, lass eine kleine Abteilung von 100 Mann zu dem Pass beordern und ihrem Anführer ausrichten, dass sie sich davonscheren sollen, ich werde in drei Tagen durch den Pass nach Attika ziehen. Lasst ihnen ausrichten, dass wir sie verschonen, wenn sie abziehen.«

Xerxes wandte sich an Demestros: »Ihr seid selbst Grieche, wie feige sind Eure Landsleute, da sie sich wagen, mir ein paar tausend Verrückte entgegenzustellen? Wenn sie nicht fort sind, werde ich sie wie vom Wind davontreiben, der Pass wird freigefegt sein. Ich will Euren Rat befolgen. Los, lasst Opfertiere schlachten und teilt Wein aus.«

»Soll das schon eine Siegesfeier sein, mein König?«

»Ja, Ihr habt recht, es ist eine Siegesfeier.« Xerxes lachte. »Eure Griechen werden wie die Hasen davonlaufen, vor Schreck, wenn sie mein Heer zu Gesicht bekommen.«

»Sagtet Ihr nicht, dass einige bronzene Schilder tragen?«

»Ja, es sollen einige sein. Sie trugen eiserne Helme und Schilder, die sie in der Sonne polierten, dass es wie Sonnengewitter erschien.«

»Mein König, es sind Spartiaten, unverwechselbar Spartiaten-Hopliten aus Sparta.«

»Ihr redet wie in Ehrfurcht von dieser Handvoll Griechen.«

»Großkönig, Ihr scheint nicht begreifen zu wollen, es sind Spartaner. Sie nennen sich Nachfahren des Herakles, die Herakliten.«

»Ja, ich kenne sie, eure Götter, mein Großvater verehrte sie. Von

Kyros erfuhr ich, dass es ein Sohn des Zeus gewesen sei. Irgendwie musste er 12 Arbeiten ausführen. Erzählt mir, Demestros, welche Heldentaten er vollbrachte, damit ich mich noch ein wenig amüsieren kann, bevor wir die Aufmüpfigen vom Pass davonjagen lassen«, lachte Xerxes.

»So will ich Euch die Heldentaten berichten, um Euch zu verdeutlichen, mit wem Ihr kämpfen wollt.«

Geschichte des Herakles

Herakles, der sterbliche Sohn des Zeus und der schönen Alkmene, Gattin des Amphitryon, König von Mykene, verdiente sich durch seine Heldentaten die Unsterblichkeit. Er war der überragende Held, der den Tod besiegte, seinem Ideal entsprechend sich selbst überwand, die Fesseln der Sklaverei abstreifte und göttliche Freiheit erlangte. Somit machte Herakles, durch die Erfüllung der 12 Arbeiten, die olympische Weltordnung bereits auf Erden geltend. Dabei hatte es der Sohn des Zeus nicht leicht im Leben. Wie eine Furie lauerte Hera, die eifersüchtige Gattin des Zeus', wie sie dem Knaben Schaden zufügen könnte. Herakles war zehn Monate alt, Alkmene badete ihre Söhne Iphikles und Herakles, säugte sie und legte sie nieder zum Schlaf. In der Nacht schickte die listige Hera zwei giftige Schlangen in die Höhle der beiden Knaben, sie sollten den kleinen Helden töten. Iphikles fing an zu weinen, davon erwachte Herakles. Er packte die Schlangen und erwürgte sie. Als Alkmene und Amphitryon die Lagerstätte der beiden Knaben betraten, streckte Herakles ihnen die toten Schlangen entgegen. Viele Attacken musste der kleine Held ertragen, doch Zeus wachte über seinen irdischen Spross. So wuchs der Held in Mykene auf. Es vergingen die Jahre, er wuchs zum Jüngling heran. Eines Tages saß er an einer Wegegablung und sinnierte, welchen Lebensweg er einschlagen solle. In diesem Augenblick kamen zwei schöne Frauen auf ihn zu.

»Was seid Ihr so unschlüssig, edler Held, welchen Weg Ihr gehen sollt?«, sprach die erste Dame, die ein prächtiges Kleid trug. »Gehe mit mir, so werde ich dich über die angenehmsten Wege des Lebens führen, dir alle Freuden der Erde bieten, Last und Sorgen fernhalten.«

»Wer seid Ihr?«, sprach verwundert Herakles zu dieser reizvollen Dame.

»Nennt mich die Glückselige«, antwortete sie, »meine Feinde nennen mich ›das Laster‹.« Sie blickte ihn begehrlich an. »Komm mit mir«, lockte sie verführerisch.

In diesem Moment trat die andere Frau, bekleidet mit einem schlichten Kleid, zu den beiden heran. Sie sprach: »Herakles, du musst wissen, die Götter haben vor den Preis den Schweiß gesetzt. Ich kann dir keine Traumbilder vorgaukeln, sondern dir sagen, dass du nur nach Kampf und Mühen ein hohes Ziel erreichst. Folge dem Edlen, so wirst du durch Arbeit und Schweiß Ruhm, Ehre und geistige Freiheit erlangen.«

»Haltet an«, sprach Herakles zu der Dame, die sich wieder entfernte. »Bitte sagt mir Euren Namen.«

»Ich bin die Tugend«, antwortete sie und wollte enteilen.

Da nahm sie Herakles ohne Zögern an die Hand und ging mit ihr. Er ging zum Hofe des Königs von Theben, freiwillig befreite er das Land von der Tyrannei des Nachbarkönigs. Zum Dank dafür gab ihm König Kreon seine Tochter Megara zur Frau.

Jedoch Hera, die Listige, sann aufs Neue, wie sie dem Helden das Eheglück zerstören könnte. Sie gab dem Held, als Kräuterweib verkleidet, einen Trunk, der ihn wahnsinnig machen sollte. Kaum hatte er sich den Trunk eingeflößt, verfiel er in wilder Raserei. Er hielt seine Frau und Kinder für Riesen, nahm seinen Pfeil und Bogen, legte an und tötete sie. Diese Freveltat, gebot ihm das Orakel von Delphi, werde erst gesühnt werden, wenn er dem König Eurystheus von Mykene 12 Jahre diene und 10 Arbeiten, die ihm der König auftrage, erfülle. Hermes schenkte Herakles ein reich verziertes Schwert, einen kraftvollen Bogen bekam er von Apollo,

Hephaistos schmiedete ihm einen Panzer und Pallas Athene übergab ihm einen Peplos. Im Wald von Nemea schnitt sich der Held eine gewaltige Keule.

Das Orakel der Pythia von Delphi tat ihm kund: »Gehe nach Tyrins, dort beziehe Wohnung. Dann mach dich auf nach Mykene und diene König Eurystheus. Führe 10 Arbeiten aus und die Götter werden dir Unsterblichkeit zuteil werden lassen.«

Herakles tat, wie ihm das apollonische Orakel kundtat.

»Oh, du göttlicher Spross, welch Glück, dich an meinem Hof zu begrüßen«, heuchelte Eurystheus spöttisch. »Die Götter haben mich beauftragt, dich zu prüfen, so wollen wir beginnen. Du bist gut ausgerüstet, nun, wir wollen es versuchen. Im Nord-Osten in Nemea haust ein schrecklicher Löwe, er reißt Schafe und hat so manchen Hirten auf dem Gewissen. Geh hin und schaff mir das Fell der Bestie herbei.«

In den Wäldern Nemeas angekommen suchte Herakles die Fährte des Löwen auf, bis er ihn eines Tages im Grasland entdeckte. Er schoss einen Pfeil ab, doch der Pfeil prallte ab, das Tier blieb unverletzt. Da nahm Herakles einen Olivenstock und schnitzte sich eine kräftige Keule. Der Löwe hatte sich in eine Höhle zurückgezogen, die zwei Öffnungen hatte. Herakles stopfte Werk und Äste hinein, entfachte Feuer und ließ Rauch in die Höhle ziehen, ging zum anderen Eingang und wartete. Der Rauch vertrieb den Löwen, er wollte hinaus, Herakles packte und erwürgte ihn, zog das Fell des Tieres ab und ging nach Mykene.

Eurystheus erschrak ob der Kraft des Helden und verbot Herakles, noch einmal in die Stadt zu gehen. Es genüge, wenn er vor dem Stadttor die Beweise vorzeige.

»Nimm das Löwenfell, diese Aufgabe hast du vollbracht, nun gehe hin zum Sumpfsee Lerna und töte die dort hausende Hydra.«

Herakles fuhr mit einem Streitwagen zu den Sumpfen und spürte die neunköpfige Schlange auf. Er hieb ihr nach langem Kampf die Köpfe ab, jedoch hatte das Reptil einen unsterblichen Kopf. Herakles hieb auch diesen Kopf ab, schüttete Erde darüber und tötete das Tier, dann tauchte er seine Pfeilspitzen hinein, sodass sie giftig wurden. In Mykene angekommen zeigte er dem König die abgeschlagenen Köpfe, dass er die Gegend von der Hydra erlöst habe. Ohne Dank schickte ihn der König zur nächsten Aufgabe. Diesmal bestand diese darin, die kerynitische Hindin zu jagen. Die heilige Hirschkuh stand unter dem Schutz der Artemis.

Nach langer Jagd gelang es Herakles, das Tier auf dem Berg Artemision einzufangen und mit einem Pfeilschuss zu betäuben. Mit Erlaubnis der Jagdgöttin konnte er die Hindin auf den Schultern nach Mykene bringen.

»Du hetzt durch mein Land, kaum dass es dir gelingt, ein Tier zu erlegen, doch diesmal wirst du kaum Erfolg haben«, meinte spöttisch Eurystheus. »Deine nächste Aufgabe wird sein, mir den erymanthischen Eber lebendig nach Mykene zu bringen.«

Im Schutz der Dunkelheit erreichte der Held das Erymanthische Gebirge in Arkadien. Dort traf er Pholos, einen Zentauren. Mit ihm teilte er Fleisch und Brot. Wein konnte der Zentaur seinem Gast nicht vorsetzen, da es ein gemeinsames Fass war, das nur angezapft werden durfte, wenn alle beisammen waren. Herakles überredete ihn, sodass er das Fass schließlich öffnete. Der Geruch des Weines lockte die Zentauren der Umgebung an. Sie kamen in Scharen, um den Eindringling zu vertreiben. Herakles tötete einige und vertrieb sie, darunter Nessos. In dieser Gegend wohnte Cheiron, der Zentaur war Erzieher des Helden Achilles. Im Kampf gegen die Zentauren wurde auch der gerechte Cheiron von einem Pfeil Herakles getroffen und starb. Durch den Lärm aufgescheucht, kam der Eber aus dem Dickicht. Herakles trieb das Tier in den Schnee der Berge, bis es ermüdete. Der Held fesselte das Ungeheuer und trug es nach Mykene. Von seinen hohen Mauern aus sah Eurystheus den Held nahen. Vor lauter Angst kroch der König in ein ehernes Fass und ließ Herakles vor der Burg ausrichten, unverzüglich wieder zu verschwinden und die neue Aufgabe zu erfüllen.

»Geh hin zu Augeias, dem Sohn Helios', König von Elis, und entferne an einem Tag den Mist aus dem Rinderstall, er hat Hunderte von Rindern.«

»Sagt Eurem König«, sprach Herakles, »ich habe Apollo geschworen, das Orakel von Delphi zu erfüllen, all die Arbeit zu verrichten, die du dir ausdenkst, großmäuliger König, so werde ich diese Arbeit erledigen.« Sprach's und machte sich auf den Weg nach Elis.

Schon von Weitem war der Geruch des riesigen Stalls spürbar. Schwarze Wolken von Fliegen verrieten ihm den Weg zum Stall. Nachdem Herakles am Hofe des Königs Augeias angelangt war, sprach er zu ihm. »Ich will dir helfen, diesen riesigen Misthaufen zu entfernen. Dafür gibst du mir den zehnten Teil deiner riesigen Herde.«

»Alles was Ihr braucht, nehmt, nur schafft mir den Gestank weg«, antwortete der König. »Die Menschen verspotten mich, Gäste bleiben meinem Hof fern.«

»Da wäre noch etwas, Augeias, bei meiner Arbeit brauche ich völlige Freiheit, schafft die Rinder auf Eure Weiden«, erwiderte Herakles.

»Es sei Euch alles gewährt, aber beginnt.« Mit diesen Worten entfernte sich der König. Herakles zerlegte den Rinderstall und entfernte die Bauteile. Dann ritt er hinauf in die Berge. Mit Axt und Schaufel grub er ein neues Flussbett bis zum Stall, legte einen Graben rings um das Gebäude und führte das Flussbett hinaus auf die abfallende Ebene. Vor dem Stall errichtete er im Flussbett eine Schleuse mit steuerbarer Sperre. Dann ging er hinauf zu den Quellgebieten und leitete den AlPheios und Peneios in das neue Flussbett. Er wartete, bis sich das Wasser im neuen Flussbett füllte und einen hohen Pegelstand aufwies, dann zog er den Schützen und mit voller Wucht schoss das Wasser hinab und spülte die riesigen Misthaufen aus dem Stall hinaus in die Ebene. Somit wurde der Stall blitzblank und die Ebene mit wertvollem Mist bedeckt.

Noch bevor Herakles zurückkehrte, hatte sich die Nachricht

seiner Heldentat in Mykene wie ein Lauffeuer verbreitet. Diesmal sollst du mir nicht so billig davonkommen, die nächste Aufgabe wirst du kaum überleben, dachte der König von Mykene bei sich. Er ließ Herakles vor das Tor der Löwen treten.

»Höre, Sohn des Zeus, die nächste Aufgabe wird schwer genug sein, Kraft allein wird dir nicht reichen.«

»Redet nicht um den heißen Brei, König Eurystheus, sagt, was ich tun soll«, sprach der Held. »Nennt mir die nächste Arbeit.«

»Geht nach Arkadien, dort in den Sümpfen hausen gefräßige Vögel, mit ehernem Schnabel und Krallen, vernichtet sie, wenn Ihr könnt«, sprach der König.

»Wie Ihr befehlt«, antwortete Herakles.

Noch am Abend nahm er den Weg in die stymphalischen Sümpfe. Am Morgen ging er hinein in das Gewässer. Mit ehernen Ketten schlug er gewaltigen Lärm, die Vögel flatterten erschrocken auf, er warf ein Netz über die Ungeheuer und fing sie ein. Mit den giftigen Pfeilen tötete er sie. Er schnitt den Vögeln Krallen und Schnäbel ab, steckte sie in einen Sack und kehrte zurück nach Mykene.

Schon von Weitem erspähten ihn die Wachen von der Burg Mykene und berichteten es ihrem König.

»Er möge in den Hades gehen«, sprach der König zu seiner Wache. »Sagt ihm, nicht länger soll er hier verweilen. Sogleich gehe er nach Kreta, von dort hole er mir den kretischen Stier des Minos. Hat er diese Arbeit getan, so gehe er nach Thrakien und bringe mir das menschenfressende Pferd des Königs Diomedes.« Im Stillen dachte er, Herakles für immer loszuwerden.

Herakles nahm, ohne zu zögern, die Arbeit in Angriff. Wie Eurystheus befohlen hatte, brachte er den Stier aus Kreta und das menschenfressende Pferd nach Mykene.

Nachdem Herakles wieder nach Mykene zurückgekehrt war und vor das Tor des Löwen trat, hatte Eurystheus einen Traum, in dem ein Geist zu ihm sprach: »Bisher hast du Mut und Tapferkeit von Herakles erprobt, all diese Aufgaben haben den Helden noch stärker gemacht, er ist gewachsen. Wähle die nächsten Aufgaben mit List und Tücke. Befehle dem Sohn des Zeus, den Gürtel der schönen Hippolyte zu rauben, der Königin der streitbaren Amazonen. Diese Aufgabe wird er nur schwer erfüllen können. Bete zu Eros, er möge seine Pfeile aussenden.«

Der König erwachte am frühen Morgen. Er befahl seinen Dienern, einen Boten zu Herakles zu senden, dass er hingehe, den Gürtel der Amazonen-Königin zu holen, den er seiner Tochter Admete versprach.

In der Tat, vor Herakles stand eine schwere Aufgabe. Vom Löwentor der stolzen Burg ging der Held hinunter in die Argosebene, in östliche Richtung, bis er den Golf von Argos erreichte. Im Hafen von Nauplia nahm er ein Schiff und heuerte eine Besatzung für die Fahrt zum Pontus Exodus an. Nachdem er Poseidon ein Opfer erbracht hatte, stach er mit seinen Gefährten in See. Das Schiff durchpflügte das Ägäische Meer, Poseidon ließ ihn ruhig ziehen. Der Wind straffte die Segel, so gelangte er schon bald in den Hellespont. In der Troias-Ebene warfen sie in der Bucht von Lampsakos Anker, um Nahrungsmittel und Wasser an Bord zu nehmen. Nachdem sie genügend geladen hatten, ließ der Held den Anker holen und Kurs nach Norden nehmen. Ein günstiger Nordost-Wind spannte die Segel, das Schiff glitt schnell durch das Marmarameer. Am Abend erreichten sie die Meeresenge von Bithynien. Abermals ließ Herakles Anker werfen, um die Nacht nicht im offenen Meer zu verbringen. Am anderen Morgen ließ Helios den Sonnenwagen aufsteigen. Eine leichte Brise wehte vom Norden her. Das Schiff nahm Kurs nach Westen, entlang der Küste Paphlagoniens. Bei Tag eilte das Schiff, getrieben von günstigen Winden, über das Schwarze Meer. Sie fuhren, solange die Sonne am Himmel stand, gen Osten. Sie mussten auf Abstand zum Ufer achten. Die Küste fiel steil ab und Berge ragten hinauf bis zu den Wolken. Noch bevor die Sonne im Meer versank, befahl Herakles, eine günstige Ankerstelle anzusegeln. Während der Nächte schlugen sie ihr Lager an den Ufern auf. Am anderen Morgen zeigte sich das Meer glatt wie ein Spiegel. Kein Lüftchen regte sich, Helios zog seinen Wagen unerbittlich über das Himmelstor. Ihre Strahlen brannten wie Feuer. Herakles lagerte mit seinen Gefährten unter einem riesigen Felsvorsprung. Weit und breit kein Baum noch Gestrüpp. Kein Vogel war zu sehen, das Land lag wie verdorrt am Meer. »Bleibt am Schiff«, sprach Herakles zu seiner Mannschaft. »Ich will ein Stück hinaufsteigen auf das Plateau. Vielleicht sehe ich irgendein Lebewesen«, erklärte er und kletterte nach oben. So weit er auch schaute, sah er nur Steinwüste. Er lief durch ausgetrocknetes Land. Fast wäre er in der Hitze taumelnd über einen Baumstumpf gestolpert. Beim Näherkommen entdeckte er eine Höhle. Seine Augen waren durch die Sonne wie geblendet. Er lief hinein, nach einigen Schritten weitete sich die Höhle. An der rechten Seite erblickte er einen weiteren Eingang, er trat hinein. Darin sah er einen alten Mann mit einem silbrigen Bart sitzen. Herakles trat zu dem Greis.

»Was führt Euch zu mir, Herakles?«

Der Held erschrak. »Wie, kennt Ihr mich?«

»Ich habe Euch schon erwartet.«

»Wer seid Ihr?« Herakles war überrascht.

»Ich bin Nestos, der Seher. Ich weiß, du willst in das Land der Amazonen.«

»Ja, Ihr habt recht, Eurystheus verlangt nach dem edelsteinbelegten Gürtel der Königin Hippolyte. Sagt mir, Nestos, wo finde ich das Land der Amazonen?«

»Wenn ihr drei Tage nach Osten segelt, erblickt ihr ein nach Norden fallendes Gebirge, den Pontus. Ihr fahrt dann weiter in östlicher Richtung, bis ihr ein Flussdelta seht, es ist die Iris. Unweit der Mündung liegt die Thermodon, die Stadt der Amazonen.«

»Danke, Nestos.«

»Schon gut, Sohn des Zeus. Noch etwas möchte ich dir mitteilen«, sprach der Greis. »Sei vor Hera auf der Hut, sie versucht dir zu schaden. Traue keinem über den Weg, es könnte Hera sein. Herakles, nun geht, möge Zeus euch beschützen.«

Herakles verließ die Höhle und ging zurück zu den Gefährten. Gegen Mittag fuhren sie weiter in Richtung Osten. Der Wind blähte die Segel, dass sie über das ruhige Gewässer dahinfuhren. Gegen Abend erreichten sie eine flache Bucht, die sich in die steile Küste ausdehnte. Unweit der Küste lag eine kleine Siedlung. Herakles schickte zwei Mann aus, nach Proviant Ausschau zu halten. Sie kamen zurück und berichteten, dass man sie zum Mahl eingeladen hatte. Erfreut folgten die Männer der Einladung. Zwei der Gefährten blieben zurück am Schiff. Die anderen machten sich auf den Weg. Sie wurden herzlich begrüßt. Im Schatten eines Wäldchens brannte ein Feuer, darüber grillte Fleisch. Ein Fass Wein wurde herangerollt. Die Becher voller Wein machten die Runde. Es roch verlockend nach gebratenem Fleisch.

»Wer seid Ihr?«, wandte sich ein Mann, der sich Zykopanes nannte, an sie. »Wer seid Ihr und wohin des Weges?«

Herakles erzählte ihnen, dass sie Griechen seien und auf dem Weg zu den Amazonen wären.

»Na, dann stärkt Euch, Ihr habt noch eine lange Reise vor Euch. Kommt, esst, knusprig gebratene Stücke.«

Begierig griffen die Gefährten zu, sie hatten schon lange kein frisches Fleisch mehr verzehrt. Plötzlich stutzte einer der Männer, er schaute zu Herakles und stand auf, Herakles folgte ihm. Hinter einem Baum blieben sie stehen.

»Weißt du, was wir hier essen?«, wandte sich sein Begleiter an Herakles. »Es ist Menschenfleisch, wir sind bei Kannibalen, sie haben uns in eine Falle gelockt. Ich vermute, sie werden uns nicht ziehen lassen.«

»Gut, dann machen wir gute Miene zum bösen Spiel«, antwortete Herakles. »Trinken wir die Becher aus und tun, als ob wir aufbrechen wollen, mal sehen, wie sie reagieren. Du gehst mit der Mannschaft zurück zum Schiff. Ich werde schon mit ihnen fertig werden«, lächelte der Held. Er riss einen Baum aus und entfernte Äste und Wurzeln. Geschultert mit dem Stamm gingen sie zurück zum Lagerplatz und setzten sich ans Feuer. Zykopanes ließ ihre Trinkgefäße füllen.

»Danke für Eure Gastfreundschaft, lasst uns die Becher erheben und auf Euer Wohl trinken.« Die Gefährten standen auf, dankten nochmals und wollten gehen.

»Halt, bleibt doch noch eine Weile, Euer Schiff wird auf Euch warten«, sprach Zykopanes zu ihnen. Er gab seinen Männern ein Zeichen. Diese standen plötzlich hinter den Männern, in ihren Händen blitzten Messer. Auf ein Zeichen Herakles' hin entfernten sich seine Gefährten. Herakles stand allein, umringt von feindlich gesinnten Kannibalen. Er hob seinen Knüppel, drehte sich urplötzlich im Kreis und erschlug die Angreifenden, die anderen gerieten in Panik und flüchteten in den Wald.

»Los, auf zum Schiff, sie werden uns verfolgen. Ich gebe euch Deckung, macht das Schiff klar zum Auslaufen!«, rief der Held zu seinen Männern. Herakles hatte richtig vermutet, mit Pfeil und Bogen kamen sie aus dem Dickicht heraus. Herakles nahm seinen Bogen, die giftigen Pfeile zeigten Wirkung. Mehrere Feinde stürzten tödlich getroffen zu Boden. Die anderen Angreifer flohen zurück in den Wald. Herakles erreichte den Ankerplatz. Glücklich, der Falle entronnen zu sein, setzten sie Segel und fuhren weg von diesem fürchterlichen Ort.

»Hätte nicht viel gefehlt und sie hätten uns zum Abendessen verspeist«, meinte lachend Herakles. »Darauf lasst uns trinken.« Sie füllten ihre Trinkschläuche und priesen Poseidon und Dionysios der glücklichen Rettung.

Doch das Glück sollte ihnen nicht hold sein. Gegen Abend kam Sturm auf, das Schiff schaukelte wie eine Nussschale im aufbrausenden Meer. Bedrohlich hingen schwarze Wolken am Himmel. Ein Unwetter brach herein. Schweres Donnergrollen folgte den grellen Blitzen. Sie rafften die Segel, hohe Wellen trieben das Schiff zu den Felsenklippen hin. Sie glaubten, das Ende sei nah, ein Blitz fuhr hinab zum Mast, der sofort lichterloh wie eine Fackel im schwarzen Meer brannte.

»Haltet euch fest!«, rief ihnen Herakles zu. »Wir müssen dorthin in die Bucht.« Herakles nahm den abgebrannten Mast und ruderte das Schiff zur Bucht. Sie zogen das Schiff an Land und vertäuten es.

»Bleibt hier am Schiff«, gebot Herakles seiner Besatzung. »Drüben im Wald stehen einige schlanke Tannen, vielleicht finde ich einen Stamm, der für einen Mast taugt.« Sprach's und lief hin zum Wald.

Angelockt vom Braten, den seine Gefährten am Grillspieß brieten, kam Herakles zurück, auf der Schulter eine gerade gewachsene Tanne. Nach dem üppigen Mahl machte sich der Held daran, einen Mast zu fertigen. Der Abend brach herein, da hatte das Schiff einen neuen prächtigen Mast, der stolz in den blauen Himmel ragte. Der Tag war noch jung, da brachen sie auf, das rote Segel flatterte im Wind. Eine leichte Brise wehte und das Boot glitt schnell über das stille Meer. Eine Weile wurden sie von Delfinen begleitet, die seitlich mit Sprüngen aus dem Wasser hechteten und in der Luft wahre Purzelbäume schlugen. Bald schon entdeckten sie ein steil abfallendes, nach Osten hin sich erstreckendes Gebirge.

»Das muss der Pontus sein, von dem der Alte sprach.«

»Ja, du hast recht, wir sind kurz vor dem Ziel. Wir wollen heute Abend in der Nähe vor Anker gehen und morgen zum Mündungsgewässer des Iris fahren.«

Sie zogen das Boot auf die Sandbank des schmalen Ufers, steil ragten Felsen weit in den Himmel hinein. Unweit von ihrem Lagerplatz öffnete sich die Felswand und gab den Blick frei in ein trockenes Flussbett. Zwei Männer machten sich daran, für die Abendspeise zu sorgen. Mit Pfeil und Bogen ausgerüstet liefen sie das Flussbett entlang, in der Hoffnung, im angrenzenden Wald Wildbret zu erlegen. Bald schon knisterte ein Feuer, Herakles sah zu seinen Gefährten hinüber. »Lasst ihn gut durchbraten und spart nicht mit Wein, das edle Tier zu begießen, Artemis sei Dank.« Knusprig braun, voller Saft drehte sich das zarte Fleisch. »Holt Wein, lasst uns heute feiern, was morgen ist, das wissen nur die Götter.«

Einer der Männer spielte die Kithara, lustig sangen die Männer bis tief in die Nacht. Noch ehe die Sonne völlig aus dem Meer hervorstieg, gab Herakles Befehl, die Anker zu lichten und Kurs Ost, entlang des Pontos-Gebirges zu nehmen. Bis zum Mittag kamen sie gut voran, getrieben von einer heftigen Brise immer auf Sichtweite der Küste, die einer Barriere gleich nach Norden schroff ins Meer fiel. Die Felsen bildeten eine schwer überwindbare natürliche Wand. Gegen Mittag drehte der Wind und blies jetzt stark von Nordost, die Ruderer hatten Mühe, das Schiff auf Kurs zu halten. Der Wind hatte sich zu einem Orkan verwandelt. Herakles ließ die Segel raffen. Sie kamen nur sehr langsam vorwärts. An Land zu gehen, war aussichtslos, das Schiff lag hart gegen die Strömung. Gewaltige Brecher drückten den Segler immer mehr in das Barriereriff. Tosend brüllte die See, aus der Tiefe grollten die Wellen. Die Männer hatten Mühe, sich an Mast oder Reling zu klammern. Eine haushohe Welle riss einen Teil der Besatzung von Bord, sie verschwanden in dem dunklen Schlund des Meeres. Ihre Schreie gingen im Brüllen des Orkans unter. Immer stärker drückte die Strömung das Schiff gegen das Riff. Wie von Zauberhand schleuderte eine gewaltige Welle die Nussschale gegen den steil aufragenden Felsen. Das Krachen des auseinanderbrechenden Schiffes ging im Toben des Sturmes und des Aufpralls der wuchtigen Wellen unter. Die Mannschaft versank in den Fluten.

»Wer seid Ihr?« Herakles hörte neben sich eine Stimme. Er wachte auf, ringsum rauschte Schilf. Er lag nackt in einer Schilflichtung. ›War dies das Werk der Hera?‹, dachte er. ›Meine Gefährten liegen unten im Reich Poseidons, noch gestern waren sie vergnügt und heute sind sie Fischfutter‹, durchfuhr es ihn. Erst jetzt wurde ihm gewahr, dass vor ihm eine entblößte Frau stand.

»Gehören Euch Bogen und Pfeile? Ich fand sie am Strand, hierher komme ich, wenn ich allein schwimmen will.« Sie gab ihm die Jagdgeräte. »Kein Mensch vermag Euren Bogen zu spannen.« Sie schaute ihn an. »Ihr habt einen kräftigen Begleiter«, sprach sie weiter.

»Nein, meine Begleiter sind längst im Hades.«

»Nein, ich meine anderes.« Er lag entblößt im Sand, seine Hose lag oben auf dem Schilf. »Woher kommt Ihr?«, fragte sie.

»Wir sind aus Mykene gekommen und wollen ins Reich der Amazonen.«

»Da seid Ihr am Ziel«, antwortete sie. »Ihr seid ein starker Jüngling, habt starke männliche Waffen.« Sie ging zu ihrem Pferd, das unweit stand, öffnete die Satteltasche und nahm eine bauchige Flasche heraus. »Da, nehmt, Ihr seid völlig unterkühlt. Das wird Eure Lebensgeister wecken.«

Herakles nahm einen kräftigen Zug aus der Flasche. Er spürte, wie das Getränk wie Feuer in seinem Inneren brannte und seine Lebensgeister wachrief. »Euer Getränk vermag Tote aufzuwecken.«

»Nun will ich Euch noch weitere Gastgeschenke machen.« Sie legte sich neben Herakles. »Ihr werdet über mein Tun verwundert sein, aber bei uns ist es üblich, einmal im Jahr mit einem Mann zu schlafen, damit wir Kinder bekommen.«

»Nicht übel«, meinte Herakles, »habt Ihr keine Männer?«

»Nein, doch lasst uns später darüber sprechen. Euer Körper braucht dringend Wärme und die kann ich Euch gern geben.« Sie fuhr ihm streichelnd über seine Brust, ihre Lippen fanden seine Lippen. Ihre Hand glitt hinunter zu seinem Begleiter, der sich jetzt stark aufrichtete.

»Ihr mögt seltsame Bräuche pflegen, doch meinem Gefährten scheint's zu gefallen, er steht der Gastfreundschaft nicht im Wege.« Herakles umarmte sie zärtlich. »Doch sagt, Ihr habt nur eine Brust?«

»Ja, wie Ihr seht, doch darüber reden können wir später. Genießen wir die Früchte der Aphrodite, sie wird, wie man sich bei uns erzählt, auch bei den Griechen verehrt.«

»Da habt Ihr gewiss recht.« Er streichelte ihre feste Brust. Zart rosa blühte die Knospe. Zärtlich berührten sie sich im Spiel der Freude und Wonne. Das Schilfgras rauschte und verdeckte das leise Stöhnen, vermischte sich mit dem Wind, der mild über den Strand wehte, er strich über die Liebenden mit zartem Hauch, kühlte ihre Haut, die ineinander sich verwebte. Wellen des Glücks und der Lust durchströmten die sich Vereinten. Über ihnen zogen weiße Wolken, schützten vor den grellen Sonnenstrahlen. Eine Rohrdommel hatte sich verflogen und landete unmittelbar bei den Liebenden. Neugierig hob sie ihren Kopf und sah das Beben der Leiber. Vom lauten Stöhnen flog sie erschrocken davon.

Herakles ging hinunter zum Strand, um sich in den Wellen abzukühlen. Er kam zurück, sie lag auf weichem Gras. Die Augen geschlossen, schien sie zu schlafen. Freude lag in ihrem feinen Gesicht. Neben ihr lag ein funkelnder Gürtel. Er beugte sich über sie und küsste zärtlich ihren Mund.

Sie öffnete ihre Augen. »Ich danke dir.« Zärtlich streichelte sie seine Brust. Sie lagen auf dem Rücken. »Du sagtest, du seiest auf dem Weg zu den Amazonen.«

»Ja, ich bin auf dem Weg zu Hippolyte, der Königin der Amazonen.«

Sie lachte: »Zu wem willst du, zur Amazonen-Königin Hippolyte?«

»Warum lachst du?«

»Nun, du bist schon längst bei ihr.«

»Dann bist du …?«

»Ja, ich bin Hippolyte. Doch sage mir, was willst du von mir?«

Herakles erzählte von seinem Fluch, dem Orakel der Pythia. »Eurystheus forderte mich auf, zehn Arbeiten auszuführen. Den Gürtel der Hippolyte zu holen, ist die neunte Arbeit.«

»Du bist ein aufrichtiger, liebender Mann, hattest Gelegenheit gehabt. Die linke Brust stört beim Bogenschießen, deshalb wird bei den Mädchen im frühen Alter die linke Brust entfernt.«

»Dafür ist dein rechter Apfel umso köstlicher«, sprach Herakles und streichelte zärtlich über ihre Knospe. Er nahm sie in seine Arme, sie sanken auf das weiche Gras. Kraniche zogen über den blauen Himmel, es begann zu dunkeln.

»Komm, wir wollen in die Stadt gehen. Themiskyra ist eine wunderschöne Stadt, ich will sie dir zeigen.« Sie pfiff, ein brauner Hengst kam heran. Gemeinsam ritten sie zur Stadt. »Dort drüben ragt der Pontus aus der Ebene von Themiskyra, von seinen Bergen entspringt der Iris. An seinen Ufern wurde Themiskyra errichtet, sie ist eine uralte Stadt.«

Über eine Brücke gelangten sie ins Zentrum der Stadt. Auf einer Anhöhe stand ein reich verziertes Gebäude, mit Szenen von Amazonen im Kampf. »Das ist mein Palast. Komm, ich will ihn dir zeigen.«

Hippolyte wurde von ihrer Dienerschaft begrüßt. Sie kamen in einen großen Saal. »Hier empfange ich Besucher, hier treffe ich mich mit meinen Beratern, es ist der Thronsaal. Doch komm, lass uns in meine Privaträume gehen.«

Sie gingen zum linken Flügel. Amazonen-Krieger, bewaffnet mit Pfeil und Bogen, hielten vor der Eingangstür Wache. Sie betraten einen reich verzierten Raum, ausgestattet mit Sitzgruppen und Tischen.

Eine Dienerin kam herein. »Königin, was befehlt Ihr?«

»Bring Essen und Wein.«

Und zu Herakles gewandt: »Dort drüben ist das Bad, wenn du willst, kannst du dich erfrischen.«

Gern nahm Herakles das Angebot an. Man brachte ein frisches Gewand für den Gast. »Greif zu, du musst ja halb verhungert sein.«

»Hab Dank, Königin, für die Bewirtung. Doch hab ich mehr Durst als Hunger, nach dieser Notlandung. Doch sage, warum hinken all die Männer, die ich hier in der Stadt erblickte?«, interessierte Herakles.

»Unsere Bräuche sind uralt, wir verehren Mutter Gaia. Wir leben ohne Männer.«

»Warum wollt ihr keine Männer?«, wollte Herakles wissen.

»Es ist schon lange Zeit her, da lebten wir mit Männern gemeinsam. Unsere Vorfahren erzählen sich folgende Geschichte: Einmal kamen fremde Männer zu uns an den Pontos. Wir lebten in einer Sippe, bei der die Grand-Matter das Oberhaupt in der Familie darstellte. Diese Männer brachten eine andere Kultur mit. Ihren Gott nannten sie Apollo. Sie waren beritten, trugen Streitaxt und Schild. In ihrer Sippe herrschte der Mann. Die Männer unseres Clans wollten es den Fremden nachtun und bestimmten fortan das Leben. Die Männer weigerten sich, auf die Jagd zu gehen, sie lehnten Arbeit ab. Ihr Zeitvertreib war das Bett oder sie tranken gegorene Stutenmilch. Oft trafen sie sich, formten Gefäße aus Ton und verzierten sie mit Schnurabdrücken. Eines Tages taten sich die Frauen zusammen und vertrieben die Männer aus ihren Familien. Sie verteidigten ihre Freiheit. Seither leben wir ohne Männer. Um unsere Fortpflanzung zu sichern, laden wir einmal im Jahr zu einem Frühlingsfest ein. Dann sucht sich jede Frau einen Mann, mit dem sie schläft. Nur Mädchen dürfen nach der Geburt weiterleben. Jungen werden getötet oder im Säuglingsalter verkrüppelt, sie sind unsere Diener. Die Mädchen wachsen in der Gemeinschaft auf.«

Ihr Gespräch wurde jäh unterbrochen. Kriegerinnen stürzten herein, sie umringten Herakles und legten ihre Bogen auf ihn an. »Was soll das? Legt die Bogen weg!«, forderte Königin Hippolyte.

Die Kriegerinnen weigerten sich, die Anführerin trat zur Königin und sprach: »Wir wissen nicht, wer dieser Mann ist, aber wir wissen, was er will. Königin, er will Euch entführen, Euren Zauber-Gürtel rauben.«

»Wer hat euch dies gesagt?«

»Wir trafen eine Frau vor der Stadt, sie warnte uns, die Königin sei in Gefahr. Jetzt sehen wir dich mit einem Fremden. Sein Vorhaben wird nicht gelingen!«

Sie zielte, Herakles wich dem Pfeil aus, nahm blitzschnell seinen Bogen und ging hinter einer Säule in Deckung. Als er in den Nebenraum flüchtete, streifte ihn ein Pfeil. Er sah, wie die Verfolgerinnen immer näher kamen.

»Hört auf mit dem Kampf!«, schrie Hippolyte. Ein Pfeil traf Herakles in der Schulter, er zog diesen unter Schmerzen heraus. Da hörte er in der Nähe Schritte, er legte an. Ein tödlicher Schrei, da sah er, wie Hippolyte getroffen von seinem Pfeil niedersank. Er stürzte zum Fenster, sprang hinunter, nahm ein gesatteltes Pferd und ritt schnell davon. Bald schon erreichte der Verwundete das Schilfufer. Die Verfolger nahten, er war in das seichte Wasser am Schilfrand eingetaucht. Die Verfolger zogen sich zurück. In der hereinbrechenden Nacht gelang es ihm, unerkannt zum Hafen zu schleichen. Er entdeckte ein aus Kolchos kommendes griechisches Schiff, man nahm ihn an Bord. Den Gürtel der Hippolyte als Liebespfand bei sich tragend, gelangte er nach Troja. Im Hafen der Stadt des Priamos fand er ein Schiff, das ihn nach Nauplia brachte.

Eurystheus wollte dem Helden nicht begegnen, er forderte, den Gürtel vor dem Tor zu übergeben. Schnell wollte er ihn wieder loswerden. Nun schickte der König von Mykene den Helden, die Rinder Geryons zu holen. Der Riese hatte drei Leiber und hauste auf der Insel Erythea. Der Hirte Eurytion und sein Hund Orthos hüteten die purpurnen Rinder des Riesen.

Eine abenteuerliche Reise stand dem Sohn des Zeus bevor. Zunächst gelangte er nach Lybien, besiegte den Riesen Antanias und zog weiter nach Westen. An der Grenze von Europa und Afrika errichtete er zwei Säulen, an der Straße von Gibraltar, die später seinen Namen trugen, die Säulen des Herakles. So kam er zur Insel Erythea. In der Nacht wurde er vom zweiköpfigen Orthos angefallen, er erschlug ihn mit seiner Keule. Den herbeieilenden Hirten streckte er mit einem Pfeilschuss nieder. Ständig von Hera bedroht, gelang es ihm, die Rinder nach Mykene zu treiben. Damit hatte der Held die Aufgaben erfüllt.

Doch Eurystheus forderte zwei weitere Arbeiten. Er schickte ihn, die Äpfel der Hesperiden zu holen. Diese Äpfel hatte einst Gaia dem Hochzeitspaar Zeus und Hera geschenkt. Zeus hatte den vier Hesperiden diesen Garten anvertraut. Bewacht wurde der Garten von einem hundertköpfigen Drachen.

Zunächst stand Herakles vor einem Rätsel, wo der Garten sich befinden sollte. Er schlug den Weg nach Osten ein und kam an den Kaukasus. Dort befreite er Prometheus von den Qualen eines grausamen Adlers, der ihm alle 100 Jahre die Leber fraß. Zeus hatte den aufmüpfigen Titanen an den Kaukasus anketten lassen. Von Prometheus erfuhr er den Weg zu den Gärten der goldenen Äpfel.

»Geh nicht selbst in den Garten, lass den Riesen Atlas die Äpfel rauben.«

Herakles nahm dankend den Rat an. Er fand den Riesen Atlas im Lande der Hyperboreer und bat ihn, die Äpfel zu holen. Atlas war froh, endlich die schwere Last des Himmels abzugeben. Herakles schulterte das Himmelsgewölbe, währenddessen der Titan in den Garten lief, um die Äpfel zu stehlen. Er kam zurück, doch weigerte er sich, das Gewölbe wieder zu schultern. Herakles bat den Riesen, wenigstens so lange den Himmel zu tragen, bis er ein Kissen geflochten hätte, das er auf seine Schulter legen wollte. Der Riese war so naiv und nahm das Himmelsgewölbe wieder auf. Herakles nahm die goldenen Äpfel und trollte sich davon. In Mykene übergab er die Äpfel dem König.

Eurystheus kochte vor Wut. Was sollte er sich noch einfallen lassen, um Herakles zu vernichten? Da erschien ihm Hera im Traum: »Lass ihn hinunter in den Hades ziehen, lass ihn den Cerberus aus der Unterwelt holen.«

Frohlockend, Herakles endlich loszuwerden, forderte er ihn auf, den Höllenhund nach Mykene zu holen.

Nach vielen Gefahren und der Hilfe Plutos, dem Gott der Unterwelt, gelang es Herakles, das Ungeheuer auf die Erde zu bringen und Eurystheus zu zeigen. Danach brachte er das Ungetüm wieder in die Unterwelt zurück. Damit war der Dienst bei Eurystheus beendet.

Jetzt musste auch Hera ihren Hass begraben. Nach dem Tod des Helden wurde er in den Olymp aufgenommen. Hera gab ihm zur Versöhnung ihre Tochter Hebe, die Göttin der ewigen Jugend, zur Frau.

*

»Xerxes, nun kennst du die Geschichte der mutigen Vorfahren der Spartaner. Sie kämpften für ihre Freiheit, wie vorher Herakles nichts scheute, seine Freiheit wiederzuerlangen.«

Schlacht an den Thermopylen und ihre Folgen

Ein Reiter kam heran an das Zelt des Königs. »Mein König, Kundschafter sind von den heißen Quellen zurückgekehrt. Sie berichten, dass sich die Griechen dort oben verschanzen, sie konnten wegen des Geländes nicht das ganze Lager einsehen. Was sie aber sahen, war sehr eigenartig. Einige hunderte Bewaffnete turnten am Boden oder machten Übungen, wie Laufen und Springen, andere wieder kämmten sich das Haar.«

Xerxes geriet ins Lachen. »Was sind das für Wirrköpfe, Demestros?«

»Mein König, das, was dir deine Kundschafter berichten, ist wahr. Es sind Spartaner, die sich so auf den Angriff vorbereiten. Es ist bei uns Sitte, sich vor dem Kampf durch Lockerungsübungen warm zu machen, zu reinigen und das Haar zu kämmen. All das sind Zeichen, dass die dort oben am Pass nicht aufgeben, dir den Kampf ansagen und Kapitulation nicht annehmen werden.«

In diesem Moment betrat ein Bote das Zelt. Aus seinem Mund sickerte Blut, er konnte nicht reden. Die Spartaner hatten ihm die Zunge abgeschnitten und ihn zurückgeschickt. Er gab Xerxes ein Tuch. Darauf waren griechische Worte geschrieben. Xerxes gab das Tuch Demestros. »Lies!«, forderte er ihn auf.

»Großkönig, diese Worte lauten: *Komm-Nimm*. Dies ist die Art der Spartaner, wie du siehst, mein erhabener König, sie verhöhnen dich.«

»Was soll das bedeuten?«, fragte der König.

»Das ist ihre lakonische Art. Sie wollen dir damit sagen, dass du mit deinem Heer kommen kannst, die Waffen werden dir antworten.«

»Du hast recht gesprochen, doch sage mir, was begründet ihre Hartnäckigkeit?«, wollte Xerxes wissen.

»Sie nennen sich Herakliden und leben nach dem Gesetz, dem Gesetz des Lykurg. In Sparta ist das Gesetz des Lykurgos oberstes Prinzip und wird von allen Bürgern gefürchtet. Es ist für sie eine Schande, bei einer Niederlage das Schlachtfeld lebendig zu verlassen. Der Tod ist eine Ehre, aufzusteigen im Ruhm der Freiheit.«

»Ihr Griechen seid Träumer und Wirrköpfe, mein Freund. Ich wette um ein Talent, dass ich sie mit tausend Kriegern davontreiben werde.«

»Mein König, es verstößt gegen die Gastfreundschaft, mit dir eine Wette einzugehen, doch solltest du nicht so siegessicher sein. Du kennst sie nicht«, entgegnete Demestros.

»Mardonios«, wandte sich Xerxes an seinen Oberbefehlshaber, »schickt morgen ein paar hundert ägyptische Bogenschützen zu den Thermopylen, um den Spuk zu beenden.«

Die Feuchtigkeit der Nacht war verflogen. Xerxes ließ sich zu einem Hügel tragen und den Thron aufstellen, von dem Aussichtspunkt konnte er den Pass übersehen. Jetzt war der richtige Moment, dachte Xerxes. Mit einem Handzeichen gab er dem Befehlshaber das Zeichen zum Angriff. In Marschkolonne zogen die Ägypter zum Berggipfel, sie erreichten die Engstelle. Etwa 100 Meter vor ihnen blockierte eine Schilderwand der Hopliten den Durchgang. Der Himmel verdunkelte sich, tausende Pfeile schwirrten durch die dröhnende Luft. Sie prallten ab auf den ehernen Schildern der in breiter Phalanx stehenden Griechen. Xerxes' schwer bewaffnete Ägypter gingen jetzt zum Angriff Mann gegen Mann über. Getrieben von den Peitschen der Anführer, strömten sie nach vorn. Viele seiner Krieger liefen direkt hinein in die aufgerichteten Speere der Hopliten. Gedrängt durch die Wucht der Nachfolgenden wurden ihre Leiber aufgeschlitzt. Blutbäche liefen hinab und färbten die Gewässer des Golfs von Mali. Getroffen stürzten sie tief hinunter ins Meer. Die Nachrückenden stolperten über Leichen, im Gewühl wurden eigene Leute zu Tode getrampelt. Xerxes schätzte die Gegner, es waren nicht mehr als 300 Krieger, die er von seinem Thron ausmachte, die Griechen standen dicht an dicht zusammengedrängt. Mit ihren langen Speeren hielten sie die Angreifer auf Distanz. Xerxes' Gesicht war versteinert. Die erste Angriffswelle wurde von den Spartanern zurückgeschlagen.

»Mardonios, schicke die Meder in die Schlacht!«, befahl voller Wut der Großkönig. Mehrere tausend Meder und Babylonier rückten nach vorn. Die Spartaner gingen ihnen mit ihren nach vorn gerichteten Speeren bis auf Tuchfühlung entgegen. Plötzlich machten sie kehrt. Xerxes war verwirrt, als er das sah. Er schrie voller Wut, sprang mehrmals von seinem Thron auf. Weißen Schaum im Mund, musste er mit ansehen, wie geschickt die Spartaner sich der Übermacht wehrten. Er sah: Im Laufschritt marschierten die Griechen zurück, die Meder rückten schnell nach vorn. Urplötzlich blieben die Spartaner stehen und zogen ihre Speere nach vorn. Mit voller Wucht wurden die Verfolger abgepasst. Leichen über Leichen türmten sich auf. Eine neue Angriffswelle marschierte auf. Schwer bewaffnete Perser stolperten über die toten Meder. Mit Peitschenhieben wurden sie nach vorn getrieben, sie prallten in die starre Wand der Hopliten. Tausende Tote versperrten den schmalen Pass. Gegen Abend gab Xerxes den Befehl, die Leichen zu bergen und zurück zum Basislager zu gehen. Die Griechen hatten den ersten Tag siegreich, ohne größere Verluste beendet.

Die Sonne brach durch die Felsen, grell lag der Pass in der frühen Morgenstunde. Schritte zerbissen die Stille, mehrere tausend Perser, bewaffnet mit Schwert und Speer, rückten hinein in die Enge der Thermopylen, eine Wand von blendenden Schildern vor sich. Mit großer Wucht prallten sie aufeinander. Blutrot schimmerten die Felsen, vermischt mit tausendfachem Tod. Reihe um Reihe rückte vor zur Schilder-Wand. Im Rhythmus einer homogenen Kampfmaschine durchbohrten die Hopliten die Leiber der Perser. Schnell wuchs der Leichenberg, bald schon versperrte der menschliche Wall dem Perser-Heer den Weg, der schmale Pass war verstopft von menschlichen Körpern. Und nun leuchtete auch Xerxes die Wahrheit ein und er sprach zu Demestros: »Menschen hab ich genug, aber zu wenig Männer wie diese da drüben.« Er befahl, das Schlachtfeld zu räumen. Sein Heer, so wandte er sich an Mardonios, Schande über Schande, sei eine einzige Katastrophe, tausende Krieger seien machtlos gegen eine Handvoll Spartaner. »Ihr Weicheier und Waschlappen«, schrie er, »die Furien sollen euch holen! Mardonios, noch heute muss der Pass geräumt sein!«, befahl Xerxes und ließ sich zu seinem Zelt führen.

Sogleich ordnete Mardonios den Einsatz schwerer Waffen an. »Bringt die Katapultmaschine in Stellung, damit werden wir eine Bresche schlagen.«

Die Sklaven zogen das Gerät in Stellung, die Spartiaten warfen ihre Speere und töteten die Besatzung. Es gelang, das Gerät zu laden. Das Geschoss prallte an dem ehernen Schutzwall ohne Wirkung ab. Auch die nächsten Geschosse blieben ohne Erfolg. Mardonios ließ das Gerät fortbringen. Am späten Nachmittag setzte er Nahkämpfer ein. Sie rückten massiv vor, doch auch ihnen gelang es nicht, den Pass zu durchbrechen. Die Sonne neigte sich hinter den Bergen, Dämmerung setzte ein. Das Feld wurde geräumt, man begann, die Toten aus dem Schlachtfeld zu bergen. Wie auch am Vortage blieben die Spartiaten Sieger. Xerxes war außer sich vor Wut, als er die Meldung vom Versagen der Angriffe erfuhr.

Nach den schweren Verlusten breitete sich Unmut im Heer der Perser aus. Am Morgen des dritten Tages befahl er Hydarnos, die Unsterblichen in den Kampf zu schicken. Sie sollten schnell mit den Griechen fertig werden, doch auch sie bissen sich die Zähne aus. Mit Ihren kurzen Speeren waren sie nicht in der Lage, zum Nahkampf überzugehen. Die langen Speere der Spartiaten zeigten bald Wirkung. Der Block der Hopliten um ihren König Leonidas stand wie ein Felsen. Sollte sein Feldzug an diesen paar Verwegenen Herakliden scheitern? Nein, es wäre eine Schande für Persien.

Umringt von seinen Heerführern geriet Xerxes in Wut.

»Wie können wir diesen Pass durchbrechen?« Seine Frage blieb ohne Antwort, Schweigen herrschte im Beratungszelt. Ein Diener trat herein. »Großer König, hier ist jemand, der will Euch sprechen, es ist ein Malier.«

»Lasst ihn herein.«

Der Mann trat in das Zelt.

»Wer seid Ihr?«

»Ich heiße Ephilates, wohne in einer benachbarten Siedlung.«

»Was wollt Ihr?«, fragte Xerxes gereizt.

»Euch helfen. Was bekomme ich, wenn ich Euch einen Weg zeige, den Pass zu umgehen und Ihr den Spartiaten in den Rücken fallen könnt?«

»Klingt sehr gut. Hydarnos, nimm ein paar von deinen Leuten und lasst euch den Weg zeigen.« Er warf Ephilates einen Beutel Goldstücke hin.

»Guter Rat, Ihr erhaltet noch weiteren Lohn, wenn wir den Durchbruch geschafft haben.«

Der Angesprochene verließ mit Ephilates das Zelt. »Mardonios, Ihr schickt zwei Eurer Männer hinterher. Wenn dieser Mann von Nutzen war, schneidet ihm die Zunge heraus, damit er nie wieder im Leben Verrat üben kann«, befahl leise Xerxes.

Die Falle schnappte mit dem Eintreffen Hydarnos zu. Xerxes sah, wie die Griechen die Breite des Weges an den Befestigungsmauern eingenommen hatten, um sich der Übermacht seines Heeres, voran den Ägyptern, zu erwehren. Er sah, wie ihre Speere zerbrachen, sie ihre Schwerter zogen und Mann gegen Mann kämpften. Der Kampf wogte hin und her. Sie wehrten sich mit letzter Kraft. Hatte Demestros übertrieben, als er von den besten Kriegern sprach? Hier sah er sie. Ihm wurde bewusst, dass er viele Menschen hatte, doch Männer wie diese nur wenige. Signale vom Berg ertönten, Hydarnos war mit seinen Unsterblichen eingetroffen, sie kamen im Block auf der anderen Seite anmarschiert. Er sah, wie die Griechen urplötzlich kehrt machten, ihre Stellung verließen und in Deckung ihrer Schilde zurück zur engsten Stelle des Passes liefen, ihre Speere waren abgebrochen. Er sah, wie sie sich Rücken an Rücken verschanzten, sie hatten die Schwerter gezogen und verteidigten sich todesmutig. Tausende Pfeile regneten vom Himmel, die Griechen wurden von dem Pfeilregen überschüttet.

Nun mussten sie sich den Angriffen auf beiden Seiten des Passes erwehren.

Xerxes wusste, dass er heute hier siegen würde, aber ihm wurde in diesem Augenblick klar, dass vor ihm eine Schlacht tobte, in deren Mitte sich verzweifelt rote Helme bewegten, deren Zahl immer mehr abnahm. Seine Unsterblichen befanden sich im Rausch eines nahen Sieges. Der Kampf verschmolz Angreifer und Verteidiger zu einem wälzenden Koloss, Eisen gegen Eisen, aufgerissene Leiber, aus denen die Eingeweide flossen, blutverschmierte Köpfe, von den Rümpfen getrennt, Tote, denen Gliedmaßen fehlten, überschütteten den Weg. Er sah einen von Rausch ergriffenen Kampf, die Mauer fiel vom ungeheuren Ansturm tausender Krieger. Einem Meer gleich wogte der Kampf, einer Brandung gleich griff Welle auf Welle gegen die eingekeilten Griechen nieder. Der Wald dröhnte vom Lärm der Schlacht, die Schatten der Kämpfer verflogen in der Mittagsglut. Es war ein kleines Häuflein, das sich wehrte. Er sah, wie die Griechen um einen Toten rangen, den seine Krieger fortzerren wollten. Viermal entrissen sie seinen Kriegern die Beute, holten ihn zurück, begannen eine Mauer um ihn zu bilden. Doch immer mehr brach der Widerstand, bis auch der letzte Mann in sich zusammensank und ins Meer der Toten glitt.

Die Sonne stand am Mittagshimmel, als der letzte Widerstand brach. Xerxes ließ sich aufs Schachtfeld tragen, tausende Leichen lagen auf dem Pass, sie hatten sich bis zuletzt gewehrt, hatten viele seiner besten Kämpfer mit in den Tod gerissen. Seine Krieger brachten einen Toten, sie zeigten auf seinen leblosen Körper. Leonidas, sein Widersacher, lag tot vor ihm, sein Gesicht wirkte noch in diesem Zustand trotzig, als wolle er sich auch jetzt nicht ergeben. Xerxes nahm seinen Helm.

Mardonios trat zu Xerxes. »Erhabener König, zwei Eurer Brüder sind unter den Toten.« Xerxes' Gesicht wurde blass, er sah zu Leonidas, dessen Ausdruck noch immer Furcht auslöste.

»Enthauptet ihn!«, befahl Xerxes seiner Leibwache. »Nach Susa will ich diese Trophäe tragen.« Es war eine Handvoll Hellenen, die ihm, dem König aller Könige, dem Herrscher eines Weltreiches, das von Indien bis zum Hellespont reichte, einen ungeheuren Kampf geliefert hatten. Ein Schauer lief über seinen Rücken. Was würde ihn noch erwarten in diesem unfreundlichen Land, von dem Demestros gesprochen hatte, es wären die besten Krieger der Welt? Er hatte ein Millionen-Heer, er hatte erleben müssen, dass eine kleine Schar stärker war als seine riesige Armee. Er begriff, welchen Sieg er errungen hatte. Es war ein Sieg, der auf Verrat beruhte, gelockt vom Gold eines Habgierigen. Er überlegte, der Verräter würde seine gebührende Belohnung erhalten. In Xerxes rangen Respekt und Hochachtung vor dem Gegner, dem König Leonidas und seinen 300 Kriegern. Xerxes dachte an die Worte seines Oheims: »Ihr werdet ein ganzes Land gegen Euch haben.«

*

»Wie wirkte sich die Schlacht auf die weitere Strategie der Perser aus, Dimitrius?«

»Nun, die Schlacht an den Thermopylen blieb für die Perser nicht ohne Folgen, sie hatten drei wichtige Tage verloren. Und was noch wichtiger war, das persische Heer spürte, dass sie es mit einem ernsthaften Gegner zu tun hatten. Dennoch war Xerxes überzeugt, die Athener zu besiegen.«

»Hatte er nicht auch am Kap Artemision eine empfindliche Schlappe erlitten, Dimitrius?«

»Die aber nicht weiter von Bedeutung war, er verlor etwa 250 Schiffe durch den Sturm, doch noch hatte er eine Flotte von über 7.000 Schiffen. Seine Strategie war, die Griechen in die Zange zu nehmen. Das Heer marschierte jetzt gezielt nach Athen, während die Flotte entlang der Küste Attikas Kurs auf Piräus nahm.«

»Wie reagierten die Griechen auf die Übermacht?«

»Sie waren sich bewusst, dass sie nur mit List siegen konnten, gleich dem Odysseus im Krieg gegen Troja, wo ein hölzernes Pferd zum Sieg gereichte. In der Entscheidungsschlacht war es ebenfalls eine List, verkündet vom Orakel von Delphi. Es war die geniale Strategie des Themistokles, der Athen opferte und seine Flotte setzte.«

*

Die Triere fuhren jetzt langsam auf die Perser zu. Kurz bevor sie die ersten Perserschiffe erreichten, gab es Zeichen zur Schlachtordnung zur Kreisformation. In Viererblöcken zogen die Griechen die Schnäbel gegen die Feinde in der Mitte. Die Schiffe hingen jetzt heckseitig zusammen. Das zweite Zeichen kam, die Mannschaft enterte die dreißig feindlichen Schiffe, die sie von der Flotte getrennt hatten, und metzelte alles nieder. Dabei nahmen sie Phialon gefangen. Die Perser waren noch verwirrt, da durchbrachen die Griechen durch schnelle Manöver die Reihen der Perserschiffe, nahmen ein paar feindliche Schiffe in ihre Mitte und setzten diese in Brand durch flüssigen Asphalt. Im Nu standen die Schiffe in Feuer. Mit ihren Feuerpfeilen schossen sie in die Segel der Feindschiffe und Rudergänge, die Perser gerieten in Panik. Als der dritte Befehl kam, wurde brennender Asphalt auf die Perser geschleudert. Wie brennende Fackeln lagen die schweren Schiffe der Perser auf dem Wasser. Die Perser waren geschockt und mit dem Löschen der brennenden Schiffe beschäftigt, sie gaben die Verfolgung auf.

So entkamen die Griechen nach Artemision ohne weiteren Schaden, berichtete am anderen Morgen Themistokles.

»Wie viele Perser-Schiffe habt ihr gekapert?«

»Es waren etwa dreißig. Unsere Katapulte haben die Segel und Rudergänge der meisten Schiffe getroffen, die Feinde gerieten in Panik. Mit uns geflohen sind drei Schiffe mit ionischer Besatzung und Karern. Sie erklärten, schon lange auf eine Gelegenheit gewartet zu haben, um zu fliehen, man habe sie unter Zwang nach Griechenland befohlen.«

»Lasst sie in Artemision gut bewirten, ich möchte sie heute Nachmittag sprechen.«

»Ihr bereitet alles für ein Dankopfer zu Ehren des Poseidon vor und lasst 80 Schafe und Ziegen opfern und die Mannschaft mit viel Wein bewirten.« Themistokles winkte Kapitän Simodes zu sich.

»Nur durch kleine Nadelstiche können wir die Perser zur Weißglut bringen und zu unüberlegten Handlungen«, ergänzte lachend Simodes. Er goss Wein ein. »Du weißt, dass wir gegen die Perser fast keine Chance haben.« Kapitän Simodes nahm einen großen Schluck Wein. »Und doch bist du von einem Sieg überzeugt.«

Themistokles lachte, wischte sich die Barthaare aus dem Gesicht und erwiderte: »Ehrlich gesagt weiß ich nicht, wie das jemals ausgehen wird. Nur das eine stimmt, mich treibt etwas, was ich nicht erklären kann, alter Freund, was mir aber Kraft gibt, so zu handeln.«

»Themistokles, dein Plan scheint aufzugehen. Gerade kam ein Bote, er brachte uns die Information, dass sich Ionier mit 20 Schiffen gegen die Ägypter richteten und unsere Triere gegen sie beim Kampf unterstützten und den Feind vollständig aufrieben.«

»Lasst ihren Anführer kommen, er soll reichlich belohnt werden. Lasst in das Lager der Perser die Nachricht übermitteln, dass sie über 30 ihrer Schiffe verloren haben, sie sollen demoralisiert werden.«

Athen vom Angstfieber gepackt

»Die Stadt ist wie gelähmt«, meinte Simodes, als er zusammen mit Kapitän Salirus zum Hafen ging. »Es wird so werden wie bei uns in Ephesus. Als wir uns damals gegen die von den Persern eingesetzten Satrapen auflehnten, wurden wir von Dareios niedergeschlagen. Athen konnte uns nicht helfen, wir mussten die Knute der Fremdherrschaft über uns ergehen lassen. Viele, vor allem die Jugend, verlassen unsere Städte. In Ephesus und Milet verfallen immer mehr Handwerk und Gewerbe, einst blühender Handel kommt zum Erliegen, dabei sind es erst ein paar Jahre, seit die

Perser uns der Selbstständigkeit beraubt haben. Ich weiß nicht, was werden soll. Auch Athen, ganz Attika ist zu winzig, um gegen den übermächtigen Gegner zu bestehen.« Verzweiflung stand in seinem Gesicht.

In einem Halbkreis hatten sich die Griechen vor dem Hafen in Piräus formiert. Themistokles gab den Einsatzbefehl. Je näher die schweren Kampfschiffe der Perser kamen, je weiter zogen sich die leichten Triere in östliche Richtung zurück, bis sie den Saronischen Golf erreichten. Die Perser sahen sich bereits als Sieger einer leichten Beute, beobachteten, wie die Griechen sich rasch immer weiter in die Bucht zurückzogen, immer auf Tuchfühlung. Man gab die Anweisung, jetzt zu rammen. Doch im gleichen Augenblick lösten sich die leichten Schiffe der Griechen voneinander und fuhren aus der Bucht hinaus. Es war Wind aufgekommen und der trieb jetzt die schweren Schiffe der Perser gegeneinander. Xerxes schwoll an vor Wut. Er tobte und befahl seinen Flottenführer zu sich.

Die Entscheidung –
Schlacht bei Salamis

Seeschlacht bei Salamis, 480 v. Chr.

Jetzt kam leichter Wind auf. Die Triere zogen sich aus dem Halbkreis reißverschlussartig in die Enge des Sardonischen Golfs zurück, blitzartig entschwanden sie den gewaltigen Kriegsschiffen. Themistokles sah, wie die Perser in die Falle fuhren. Die Perser fuhren hinein in den Golf. Ihre großen Schiffe kamen bedrohlich näher, man war sich bei den Persern sicher, die leichten Schiffe der Griechen bei erster Gelegenheit aufzuspießen. Es war nur eine Frage der Zeit, bis man die paar Griechenschiffe versenkt hatte.

Themistokles hatte seine Leute zur Agora geschickt, er ließ das Gerücht verbreiten, dass die Perser die Stadt einnehmen werden, Athen sich ergeben werde und die Macht der Herrschaft Xerxes anerkennen wolle.

»Perikles, nimm ein paar Männer und gehe zum Heerlager der Perser, nehmt Wein mit. Lasst eure Freude über die Perser verkünden. Gebt den Soldaten Wein und verwickelt sie in Gespräche. Lasst verkünden, dass die Griechen fliehen werden und Xerxes unverzüglich den Golf von Salamis abriegeln müsse.«

Die Griechen taten wie befohlen, begaben sich nach Piräus und schlichen sich zum Lager des Xerxes.

Schon bald herrschte Aufregung bei den Persern. Die Kunde kam auch Xerxes zu Ohren. Er rief seine Befehlshaber zu sich, er hatte keine Eile. Sein Heer sollte ein paar Tage den nahen Sieg über die Griechen feiern. Er ließ Wein ausschenken und hundert Tiere schlachten.

In der Zwischenzeit gab Themistokles den Befehl, dass etwa 300 Triere kriegsbereit sein, die Mannschaften an Deck gehen und auf sein Kommando warten sollten.

Die Griechen nutzten die Dunkelheit der Nacht, aus dem Hafen von Piräus zu fahren und in den Golf vor Ägina auf Anker zu gehen. Der Plan sah vor, vor den Persern zu kreuzen und sie in den Golf von Salamis zu locken.

Xerxes hatte seinen Thron auf den gegenüberliegenden Hügel bringen lassen, er wollte das beginnende Schauspiel verfolgen und selbst den Flottenkampf befehlen. Er rief die Schreiber zu sich, sie sollten alle seine Anweisungen notieren und der Nachwelt erhalten. Der vor ihm liegende Sieg würde ihn für immer berühmt machen, er würde in die Geschichte eingehen als unbezwungener Heerführer und Kriegsherr.

Er gab mit dem Zepter das Zeichen zum Angriff. Es war kurz nach Mittag, die Sonne stand direkt über der Bucht. Die Flotte lag vor dem Hafen von Piräus. Die schweren Galeeren der Perser waren deutlich in der Überzahl. Es schien ein ungleicher Kampf zu werden. Xerxes gab dem Oberbefehlshaber der Flotte den Befehl, die Griechen anzugreifen. Auf hoher See würden seine Kriegsschiffe die leichten Schiffe zermalmen. Die Schiffe der Perser versuchten, die Griechen zu umfassen. Die leichten Trieren zogen sich zurück, langsam näherten sie sich der Bucht von Salamis. Es war ein Katz-und-Maus-Spiel, das sich vor den Augen Xerxes' abspielte. Xerxes lachte, als er sah, wie die Griechen wieder vor der Bucht kreuzten und hineinfuhren. Er hielt seinen goldenen Becher mit Wein. Schon begannen die schweren Galeeren, die feindlichen Schiffe zu rammen. Was war das? Xerxes rieb sich die Augen. Wollten die Griechen fliehen? Er winkte dem Oberbefehlshaber zu: verfolgen und vernichten. Die Triere fuhren in die Bucht von Salamis, verfolgt von den persischen Kriegsschiffen. Etwa in der Mitte der Bucht wendeten die Trieren blitzschnell und gingen auf Angriff, sie fuhren hart backbord und warfen ihre Enterhaken.

Schwer bewaffnet drangen sie auf die Galeeren. Xerxes sah hinüber zur Bucht. Seine Schiffe waren manövrierunfähig. Wie Hornissen stürzten die Griechen auf die Perser, die sich im Gewirr gegenseitig blockierten.

Xerxes befahl, dass die Kapitäne die Schiffe aus der Bucht herausführen sollten. Er sah voller Verzweiflung, dass der größte Teil seiner Flotte aufgerieben wurde. Angesichts der Niederlage in der Bucht von Salamis gab er den Befehl zum Rückzug seiner übrigen Flotte. Xerxes zeigte nach Osten.

Der Traum der Königinmutter Atossa hatte sich erfüllt. Ihr Sohn Xerxes kam nach Susa zurück, geschlagen, in Lumpen gehüllt.

*

»Damit endet die Geschichte von den Persern, sie verbrannten sich zum zweiten Mal ihre Finger. Es war für uns Griechen eine Schicksalsschlacht, die Schlacht bei Salamis. Griechenland und somit das Abendland blieben verschont davor, in die Krallen des Perserlöwen zu geraten«, schloss Dimitrius.

Er goss Wein nach. Kurz hatte sich erhoben, sein Glas in der Hand, trat er zu Dimitrius. »Lass uns trinken auf Hellas, die Freiheitsliebe der Griechen, ihren Mut und ihre Lebensfreude. Maßvoll sein, Dimitrius, bei deiner Erzählung vom Perserkönig Xerxes, in den Mund gelegt, hast du mir verdeutlicht, wie wichtig und lebensnotwendig Freiheit ist, aber auch unser Handeln. Mir ging bei deiner Erzählung ein Licht auf, was im Leben wichtig ist: die Freiheit jedes Menschen. Ich möchte mich sehr herzlich für die Gastfreundschaft bedanken und mich schon jetzt verabschieden.«

»Lass nur, Kurz, du warst ein guter Gast. Mein Haus steht dir immer offen. Hier, nimm meine Visitenkarte. Wenn sich Carla meldet, sage ihr viele Grüße. Man findet mich irgendwo auf dem Peloponnes.«

»Dimitrius, du hast mir Mut gemacht und meine Neugierde für Griechenland erweckt. Nun will ich Hellas entdecken.«

»Carla sagte mir, du willst länger in Griechenland bleiben. Hast du konkrete Pläne?«

»Ja, schon, vielleicht nehme ich eine Wohnung hier auf der Insel«, antwortete Kurz. »Zunächst möchte ich Griechenland näher kennenlernen. Die Schrift kann ich lesen, doch zum Verstehen brauche ich noch viel Zeit.«

»Die Zeit wird kommen. Ich mache dir einen Vorschlag. Kennst du Nauplia? Nein? Nauplia ist eine Stadt am Golf von Argos. Dort in der Nähe habe ich ein Haus. Es ist gerade eine Wohnung frei, wenn du willst, kannst du sie mieten.«

»Vielen Dank für das tolle Angebot, Dimitrius.«

»Schon gut, Kurz, ich habe in dieser Woche noch einige Termine in der Uni. Am Freitag bin ich wieder zurück. Hole deine Sachen, wenn du willst, vom Hotel zu mir, dann bringe ich sie am Wochenende nach Nauplia.«

Mit der Fähre fuhr Kurz zurück nach Athen und ging ins Hotel. Man gab ihm einen Umschlag. Carla hatte eine Nachricht gesendet, in den nächsten Wochen könne sie nicht von Zürich weg. Er steckte den Zettel ein. Ihm blieben noch ein paar Tage in Athen. Am Freitag packte er seinen Koffer, bezahlte seine Rechnung und fuhr nach Piräus. Die Fähre brachte ihn nach Ägina. Es war Mittag, noch zu früh, um zu Dimitrius zu gehen, überlegte er. Er ging in eine kleine Taverne und bestellte einen Kaffee. Der Gedanke, nach Nauplia zu gehen, gefiel ihm sehr. Irgendwann musste er sich so oder so entscheiden, wie sein Leben weitergehen sollte. Ihm fiel das Drama »Warten auf Godot« von Samuel Beckett ein, die Worte Wladimirs:

»Was sollen wir machen?«

Estragon: »Nichts.« Ein Drama der Sinnlosigkeit des Lebens. Nein, sagte er zu sich, das kann es nicht sein. Los geht's, Kurz. Er zahlte und fuhr mit dem Taxi zu Dimitrius.

»Setz dich, willst du ein Glas Wein?« Dimitrius füllte zwei Gläser. »Schön, dass du gekommen bist. Ich werde dir die Wohnung vermieten«, sprach Dimitrius. »Es gibt nur eine kleine Zeitverschiebung. Ich wurde gebeten, in Kalambaka einige Ausgrabungen zu beurteilen. Hast du von den Meteora-Klöstern gehört, Kurz? Nein, dann komm mit, so lernst du ein ganz anderes Griechenland kennen als das antike. Ich will dich damit nicht drängen. Entweder du bleibst hier oder fährst mit mir zu den Klöstern. Nächste Woche bringe ich dich dann nach Nauplia.«

Die Fähre brachte sie nach Athen. Mit dem Auto fuhren sie in nördlicher Richtung, streiften historische Orte oder querten berühmte Landschaften, sahen die Ebene von Theben, in der das Landheer der Perser unter der Führung Mardonios bei Platäa von den Griechen unter ihrem Feldheer Pausanias geschlagen worden war. »Den Persern verging ein für alle Mal der Appetit auf Griechenland«, meinte etwas spöttisch Dimitrius. »Komm, lass uns weiterfahren, wir haben noch einen langen Weg vor uns.« Bald schon erreichten sie Malia. Sie stiegen aus, blickten hinauf zu den Thermopylen. Doch war vom Meer nichts mehr zu sehen, die Landschaft war versandet, die See hatte sich im Laufe der Jahrhunderte zurückgezogen.

An der Straße sahen sie die Bronze-Statue von König Leonidas. Eine athletische Figur, in der rechten Hand einen Speer bereit zum Wurf. Darüber die lakonischen Worte »Komm-Nimm«.

Eine Inschrift erinnert an den Heldenmut 300 Spartaner: »Wanderer, kommst du nach Sparta, verkünde dorten, du habest uns hier erschlagen liegen gesehen, wie das Gesetz es befahl.« Diese Verse von Herodot zeigen die Vaterlandsliebe und den Drang, die Freiheit über den Tod hinaus zu bewahren.

In Larisa bogen sie ab in östlicher Richtung des Pindos-Gebirges. Bald schon zeigten erste Hinweisschilder in Trikala den Weg zu den Meteora-Klöstern. Sie machten in einem kleinen Dorf nach Trikala in einem kleinen Café Rast.

»Bald haben wir Kampala erreicht, du wirst eigenartige Klöster sehen.« Dimitrius hatte Kaffee bestellt, sie tranken einen typischen griechischen Kaffee mit viel Zucker, aber schwarz. »Du musst wissen«, begann Dimitrius, »die Meteora-Klöster bedeuten für uns Griechen sehr viel, sie sind ein Heiligtum.«

»Warum sind sie so wichtig für euch?«

»Eine gute Frage, warum. Es waren nicht nur die Perser, die unser Land erobern wollten. Im 15. Jahrhundert kam Griechenland unter die Osmanische Herrschaft. Die ersten Klöster wurden bereits in der byzantinischen Zeit von Eremiten gebaut. Hoch oben auf Felsen, oft nur erreichbar mit Seil oder Strickleitern, in unwirtlicher Lage ähneln sie Adlerhorsten. Als die Türken in unser Land einbrachen, zogen sich viele Geistliche in die Berge zurück. Es ist heute unser Heiliges Land.«

»Warum heilig, Dimitrius?«

»Es ist ein Ort, wo sich der Hauch der Vergangenheit mit dem Atem der Gegenwart vermischt. Ein Ort des Glaubens und unseres nationalen Erbes. Am nordwestlichen Rand Thessaliens, zwischen Pindos und Antihassia-Gebirge, umschlungen von dem Fluss Pinios, erheben sich schweigsame und hochragende steinerne Riesen, jäh unterbrechend die malerische Ebene Thessaliens. Ein steinerner Wald, Zufluchtsort für Verfolgte. Es sind einzigartige Bauwerke. Am Fuße der Felsen breitet sich die Stadt Kalambaka aus. Dort treffe ich meinen Freund Sofianos, er spricht gut Deutsch. Sein Vater war im KZ in Dachau. Er ist ein vortrefflicher Erzähler. Wir werden in seinem Haus für ein paar Tage übernachten.«

Sie fuhren weiter und sahen bald die ersten Meteora-Klöster in den blauen Himmel ragen. »Als die Türken unser Land besetzten, gingen ihre Herrscher mit äußerster Brutalität gegen unser Volk und unseren christlichen Glauben vor, mit dem Ziel der Islamisierung Europas. Besonders unter Ali Pascha spürte unser Volk die Knute der Unterdrückung.«

Meteora-Kloster

Der Wind wirbelte Staubwolken auf, ein Reiter näherte sich dem Dorf, ritt zum Dorfplatz, band sein Pferd fest und lief in das weiße Gebäude, wo bereits Männer auf ihn warteten. »Sie kommen, eine ganze Reiterei nähert sich unserem Dorf. Uns bleibt wenig Zeit zur Flucht. Die Alten und Kinder würden bald von den Türken aufgegriffen werden. Verstecken wir sie in unserer Kirche, es ist ein geschützter, heiliger Ort, in den niemand mit Gewalt eindringen darf.«

»Du hast recht, Nikodemos, auch die Moslems kennen dies Gesetz des Zufluchtsorts.« Man rief die Menschen zusammen und geleitete sie zum Gotteshaus. Alte und Gebrechliche liefen in die Kirche, einige führten Wasser und Brot in Körben mit. Säuglinge schrien an der Brust ihrer Mütter, losgerissen von ihrer Stillzeit. Auf Tragen brachte man Gebrechliche in die Kirche. Das Dorf war wie leergefegt. Die jüngeren Männer und Frauen waren auf der Flucht in die Berge Thessaliens. Schwert schwingend ritten die Türken hinein in das Dorf, von der Anhöhe konnten die Flüchtigen sehen, wie die Moslems ihr Dorf niederbrannten. In der Hoffnung, die Kirche bliebe verschont, kletterten sie weiter hinauf zu den Felsen, bis sie das Kloster auf steilen Felsen erreichten. Die Nacht brach herein. In der Hoffnung auf ein gutes Ende schliefen sie auf dem rettenden Felsen. Die Sonne weckte sie bereits früh am Morgen. Weit und breit sahen sie keine Reiter. Nur Rauchwolken von ihren brennenden Häusern. Sie sahen ihr Dorf, die zerstörten Häuser und konnten es nicht glauben, auch die Kirche war niedergebrannt. Sie eilten zu der Ruine, Schrecken erfasste sie beim Nähertreten. Verkohlte Körper, schwarze Klumpen, was einst ihre Kinder waren. Zusammengeklebt lagen Gruppen menschlicher Wesen vor ihnen. Entsetzen breitete sich aus. Die Hoffnung, Lebende zu bergen, zerrann. Welch tierische Wesen vermochten im Namen Allahs so grausam zu handeln? Das Dorf war erfüllt vom Heulen der Klageweiber. Man begrub die verkohlten Leiber in einem Gemeinschaftsgrab. Über vier Jahrhunderte herrschte die Willkür der Osmanen. Erbarmungslos verfolgten die Osmanen die Andersgläubigen. Jeder Christ war vogelfrei. Die Menschen flüchteten in die Klöster Meteoras. Dort in den unwirtlichen Bergen waren sie sicher vor Verfolgung. Die Klöster wurden zum Hort ihres Glaubens und ihrer nationalen Kultur, der Sprachen und Tradition.

»Besonders Mönche wurden regelrecht gejagt. Eine grausame Geschichte aus dem 18. Jahrhundert verdeutlicht die Wut fanatischer Moslems gegenüber Christen«, begann Dimitrius. »In einem der Klöster fand man eine Aufzeichnung, die das brutale Vorgehen der Moslems gegenüber den Christen zeigt.«

*

Herbstwind strich über die Ebene. Eichen und Birken begannen bereits ihre Blätter stark zu färben. Ein Trupp osmanischer Reiter war auf dem Weg nach Trikala. An einem Bachufer erblickten sie einen Mönch, sitzend in seiner langen Kutte. Sie überwältigten ihn, zerrten ihn auf ein Pack-Pferd und ritten in die Stadt. Der Mufti befahl, ihn zunächst in ein finsteres Verlies zu werfen. Der Mönch bekam täglich nur Wasser und Brot. Man wollte ihn loswerden, da sich in der Stadt Unwillen gegen die Behandlung des Mönches breit machte. »Lasst ihn frei, wenn er den rechten Glauben annimmt!«, befahl der Geistliche des Moslem-Rates. Man half nach. Der Mönch wurde in ein Gefängnis am Rande der Stadt verlegt. In der Folterkammer wollte man ihn zur Umkehr zwingen. Wochenlange Folter des Mönches war vergebens. Zunächst trieb man ihm spitze Holzstäbchen zwischen seine Fingernägel. Die Hände quollen an und begannen zu eitern. Sie pressten mit einem Eisenring seinen Kopf zusammen, streckten seinen Körper. Der Mönch weigerte sich, von seinem Glauben abzukehren. So befahl der Mufti, den Mönch mit 50 Peitschenhieben zu bestrafen und seinen von blutigen Streifen zermarterten Körper mitten in der Stadt mit dem Kopf nach unten aufzuhängen. Die Menschen gerieten in Aufruhr. Eine Befreiung des Mönches war ziemlich ausweglos, er wurde von türkischen Soldaten bewacht. Die Besatzung erhielt den Befehl nach Malia, um eine Revolte niederzuschlagen. Man ließ nur eine kleine Schar zurück. Da brach ein Aufstand los.

In der Nacht wurden die Osmanen mit Äxten und Keulen erschlagen, der Mönch losgebunden. Man brachte ihn ins Kloster Agias Triados, das direkt oberhalb der Stadt Kalambaka liegt. Pasche Ali rächte sich bitterlich. Er kam mit einer Abteilung Elite-Kriegern, seinen Spezialeinheiten für Sondereinsätze. Sie brannten die Dörfer in der Umgebung nieder. Frauen wurden vergewaltigt und als Geiseln verschleppt. Zur Abschreckung trieben sie die Männer in eine Felsenschlucht und schossen alle nieder. Die alten Männer mussten sie begraben.

Freiheitskampf im Ostblock

»Weißt du, Dimitrius, das Schicksal jedes unterdrückten Volkes hat ähnliche Leidenswege. Hitler hatte Deutschland in einen furchtbaren ideologischen Krieg geführt. Nach Ende der braunen Barbarei geriet ein Teil Deutschlands unter die Knute der sowjetischen Besatzung. Stalin errichtete ein brutales Unterdrückungssystem der Unfreiheit. Mit ihm begann eine Russifizierung Osteuropas.«

»Sind da nicht unschwer Parallelitäten beider Okkupanten erkennbar, Kurz?«

»Durchaus, Stalins Politik der Weltherrschaft war verbunden mit Gleichschaltung, der kommunistischen Ideologie. ›Willst du nicht mein Bruder sein, schlag ich dir den Schädel ein‹ war die Devise. Er fand schnell hörige Satrapen, die ihm unterwürfig zu Diensten standen. Nach Stalins Tod regte sich Widerstand. In den Morgenstunden des 17. Juni 1953 traten Arbeiter im gesamten Gebiet der DDR in einen Aufstand, um gegen die Willkür der SED zu protestieren. Sowjetische Panzer walzten in Berlin und Leipzig den Aufstand nieder. Jahre später, am 23. Oktober 1956, erhob sich das ungarische Volk gegen die kommunistische Diktatur. Darunter einige Spieler der ungarischen Nationalelf, dem weltbesten Team. Spieler wie Nandor Hidekuti, Ferenc Puskas waren für uns fußballbegeisterte Buben Idole, die im Duell 1954 in Bern der deutschen Elf von Trainer Sepp Herberger unterlagen. Das Wunder von Bern, die weltbeste Elf wurde im Finale besiegt. Viele diese Spieler mussten aus ihrem Heimatland im Herbst 1954 fliehen, sie wurden als Konterrevolutionäre in der Presse der DDR beschimpft. Ungarns Freiheitskampf wurde durch den Einmarsch der Sowjetarmee gewaltsam beendet. Ein Ereignis aus diesen Tagen blieb mir im Gedächtnis.«

*

Es war im November, nasskalt, Schneeflocken wirbelten in den frühen Morgenstunden auf unserem Weg zur Schule. In der ersten Stunde schrieben wir ein Diktat. Da öffnete sich die Tür zu unserem Klassenzimmer. Der Direktor kam herein. Unser Deutschlehrer ging mit ihm hinaus. Nach einer Weile kam er wieder. »Das Diktat wird unterbrochen, alle versammeln sich mit Pionierkleidung auf dem Schulhof!«, wies er uns an. Wir waren natürlich sehr aufgeregt. Was war los? Draußen in der Kälte traten die Schüler in einheitlicher Pionierkleidung und blauen oder roten Halstüchern an. Die Fahne der Jungen Pioniere wurde gehisst. Der Direktor trat nach vorn.

»Genossen, liebe Pioniere, heute ist etwas Furchtbares geschehen. Ein Schüler unter uns hat in gröbster Art und Weise unser Brudervolk, die ruhmreiche Sowjetunion beschimpft. In einem Gedicht hat er das Vorgehen der Roten Armee in Budapest in den Schmutz getreten.«

Wir waren alle irgendwie erschüttert. Wer sollte es sein? Der Direktor forderte einen 12-jährigen Jungen auf, nach vorn zu kommen. »Dieser Junge hat die Ehre unserer Pionierorganisation schwer verletzt«, fuhr er fort. »Daher wird er mit dem heutigen Tag aus der Pionierorganisation ausgeschlossen.«

Der Pionierleiter trat vor. Auf den Wink des Schulleiters nahm er dem Schüler das Halstuch ab. Nach dieser vollzogenen Degradierung wurden wir gebeten, wieder in unsere Klassenzimmer zurückzukehren. Es war lange ein aktuelles Dorfgespräch. In Blitzeseile sprach es sich herum, dass der Junge in seinem Gedicht den Einmarsch russischer Panzer in Budapest angeprangert hatte.

*

»Auch wir sahen im griechischen Fernsehen die russischen Panzer in Budapest, doch richtig verstanden haben wir sie als Jugendliche auch nicht, Kurz.«

»Es gärte, trotz Repressalien und Bespitzelung im Ostblock. Der Drang zur Freiheit brach immer wieder durch.

12 Jahre später begannen die Menschen, sich erneut zu wehren. Zeit des Prager Frühlings, Hoffnung brach an.«

»Wie konnten die Menschen dies aushalten?«, unterbrach Dimitrius.

»Als die Grenzen noch offen waren, flüchteten Millionen Menschen über die grüne Grenze oder Berlin. Doch dann schlugen die Kommunisten zu. Am 13. August 1961 errichtete das SED-Regime die Mauer in Berlin. Sie sperrten ihr Volk regelrecht ein und stempelten sie zu Sklaven eines Systems. Gleich den Nazis errichteten sie ein dichtes Netz von Spitzeln und Denunzianten. Bald schon regte sich Widerstand, Berlin, Budapest, die Menschen rebellierten gegen die Willkür und Unterdrückung. Freiheit, der Ruf wurde immer lauter, der Staat hatte nur eine einzige Antwort: Mauer und Stacheldraht. Bis sich 1968 in Prag eine neue Hoffnung am Horizont der Freiheit zeigte: der Prager Frühling.«

»Davon haben wir hier in Griechenland wenig erfahren, erzähle.«

*

Es war Mitte 1968, die Menschen in der DDR bekamen mit, dass sich in der CSSR etwas regte, sich eine Entwicklung auftat gegen die Unterdrückung, die Bevormundung und Willkür. Es gab

Meldungen über eine Konterrevolution und es waren neue Töne zu hören wie Demokratie, Presse- und Meinungsfreiheit. In der Luft hing ein Gespenst, das Hoffnung verkündete, das Schweigen der Menschen zu durchbrechen. Ich sog die Meldungen wie ein Schwamm auf. Plötzlich hatte alles wieder einen Sinn, Hoffnung keimte auf. Ich fuhr Mitte August nach Prag. Mit einem langen Pfeifton legte sich der schier endlose Zug in die Kurve, ein Pfeifton, noch einmal ein langer Ton. Die Elb-Landschaft huschte wie ein Schatten an meinem Fenster vorbei.

Ich erschrak, als die Abteiltür jäh aufgerissen wurde. »Bitte die Fahrkarten.« Der Schaffner nahm mein Ticket. »Wir werden etwa eine halbe Stunde verspätet in Prag ankommen«, meinte er zu mir und gab die Fahrkarte zurück. Ab Pirna war ich allein im Abteil. Ich döste vor mich hin. Das gleichmäßige Schlagen der Schienenstränge hatte meine Gedanken eingeschläfert. Ich erwachte, als in Ústí nad Labem Passagiere zustiegen. Zwei Personen traten in mein Abteil, ich registrierte dies im Unterbewusstsein. Eine Dame mit rotem Hut setzte sich mir gegenüber. Nach einer Weile hörte ich Wortfetzen, tschechisch, ich verstand kein Wort. Körpersprache ist oft mehr als deutlich. Ich vernahm, wie ihr Begleiter die Augen schloss, er döste vor sich hin, während die Dame mir hin und wieder Blicke zuwarf. Sie hatte neugierige, lebhafte Augen, ein schönes Gesicht, aus dem leicht rot bemalte Lippen besonders hervorstachen von der Blässe ihrer Wangen. Eine schöne Frau, Mitte dreißig, dachte ich. Ihr Hals war von einem rötlich schimmernden Seidentuch umhüllt. Ich schloss die Augen, um ihr Lächeln in mir aufzunehmen. Vom Bordfunk ertönte eine Stimme, ich entnahm so viel, dass der Zug in einer halben Stunde in Prag ankommt. Kurz vor Prag füllte sich der Zug, er quoll über. Die Leute drängten ins Abteil, die Luft wurde stickig, Schweißgeruch verbreitete sich.

Prag – die goldene Stadt an der schönen Moldau. Es war der 20. August 1968, 11 Uhr. In Trauben verließen die Leute den Bahnhof. Ich ließ mich von dem Menschenstrom mittragen.

Auf dem Wenzelsplatz angekommen, sah ich eine riesige Menschenmenge. An den aufgestellten Tischen standen viele Leute. So recht und schlecht fragte ich mich durch. Hunderte Menschen waren gekommen, um ihre Solidarität mit der jetzigen Regierung zu bekunden. Über allen vernahm ich die Namen Dubcek, Havel, Kohout. Auf den Tischen fand ich auch deutschsprachige Zeitungen.

Flugblätter, Faltblätter, Plakate an Häusern und Säulen wirkten wie Farbtupfer einer Umbruchzeit. Laufen macht durstig, den lockenden Werbungen der Cafés folgend, setzte ich mich an einen Tisch der Außenanlage, direkt am Wenzelsplatz. Mit dem Eindruck einer Filminszenierung lief vor mir die Wirklichkeit ab, gepaart mit dem geistigen Auge eines Betrachters. Ein älterer Mann setzte sich zu mir an den Tisch. Wir kamen ins Gespräch.

»Ich sprechen klein wenig deutsch«, klärte er mich auf.

»Ich bin das erste Mal in Prag«, antwortete ich. »Ich bin sehr beeindruckt von eurem Mut. Die DDR-Regierung bezeichnet euch als Konterrevolutionäre und Helfer des amerikanischen Imperialismus.«

»Wissen Sie«, erklärte er, »das sind leere Worthülsen. Wir sind weder Konterrevolutionäre noch Agenten für die Amerikaner. Wir sind Tschechen, die ihr Leben selbst gestalten wollen. Nichts weiter als Freiheit wollen wir. Seht das ›Manifest der 2.000 Worte‹.« Er holte ein Heft hervor und zeigte es mir. »Damit wollen wir einen ›Sozialismus mit humanem Gesicht‹ einleiten.«

»Wie soll das gehen?«, frage ich etwas skeptisch. »Sind wir nicht alle gefangen im Lager des Kommunismus, geführt von der ruhmreichen Sowjetunion? Hat nicht schon Ungarn 1956 versucht, einen eigenen Weg zu gehen?« Es sollte ironisch klingen, doch erstarben mir die Worte, da ich fühlte, das, was die Tschechen für sich in Anspruch nehmen, ist das Normalste der Welt. Sie wollen frei sein, sich entfalten können und nicht mehr einer Partei-Ideologie unterworfen sein. Ich bestellte zwei Bier, wir prosteten uns zu. Bier ist ein gutes Schmiermittel für Gespräche, spürte ich in diesem Moment. Ein Gespräch, das mir die Augen öffnete. »Ich will Ihnen nicht meine Meinung aufzwingen«, begann er, »sondern nur verdeutlichen, dass wir, ihr in der DDR und wir in der CSSR, immer wieder von denselben Leuten des Apparatschnik belogen werden. Es ist eine Lüge zu behaupten, in der CSSR wüte eine Konterrevolution. Was wir wollen, ist ganz einfach: in Frieden und Freiheit leben, nicht mehr und nicht weniger, Liebe erfahren und Liebe geben, für unsere Familie sorgen, Freude an unseren Kindern haben. Dazu gehören: Meinungs- und Versammlungs- und Glaubens-Freiheit, wie das tägliche Brot, denn der Mensch lebt nicht von Brot allein ... Es war Stalin, der uns in ein großes Völkergefängnis sperrte. Gulag – dein Geist umspannt das Reich des Kommunismus vom Pazifik bis zur Elbe.«

Noch lange klangen mir die Worte von Janusek in den Ohren. Ich schlenderte über den Wenzelsplatz, blieb an diesem oder jenem Tisch stehen, besah Zeitschriften, Flugblätter, Broschüren, nahm einige Exemplare und verbarg sie in meinem Rucksack. In meinem Hotel, das in der Nähe der Schweizer Botschaft lag, blätterte ich in den mitgebrachten Publikationen. Genau das ist es, es sind die Forderungen von Menschen, die nicht mehr länger von einer Partei bevormundet werden wollen. Pressefreiheit, Versammlungsfreiheit und Mehrparteiensystem bildeten die Ecksteine des Manifests der 2.000 Worte. Tschechen, ich wünsche euch damit viel Erfolg, ging es mir durch den Kopf.

Am Nachmittag besuchte ich die Laterna Magica. Der Sprache nicht mächtig, verstand ich aber doch die Satire der Bilder. Der kleine Dubcek kitzelt den großen russischen Bären. Es war eine spritzige Satire, die unter die Haut ging. Doch kamen Fragen auf: Wie lange werden die Russen das aufmüpfige Spiel der Tschechen mitmachen? Wie lange wird vor allem die SED dem liberalen Treiben an der Moldau tatenlos zusehen? Befürchten sie doch, dass diese Reformwelle irgendwie in die DDR überschwappt. Doch war ich an diesem Tag getragen auf der Woge der Hoffnung, dass sich ein Land aus eigenem Antrieb der Tyrannei erwehrt. Ziellos schlenderte ich durch die Straßen Prags. Meine Füße trugen mich zur Karlsbrücke, hinüber zum Hradschin, der stolzen Burg Prags. Bilder der Vergangenheit gingen mir durch den Kopf. Kaiser Karl der VI. aus dem Haus Luxemburg lebte von 1316 – 1378, hatte hier an der Moldau seinen Regierungssitz. Er galt als weiser Herrscher, dies drückt sich darin aus, dass er am 7. April 1348 hier an der Moldau die erste Universität nördlich der Alpen gegründet hat. Damit wollte er den Mangel einer fehlenden Höheren Schule beseitigen. Etwa 1380 studierten hier schon über 1.000 Absolventen aus aller Herren Länder an der Karlsuniversität. Im Zentrum der Ausbildung stand die Theologie. In seiner Regierungszeit wuchs die Stadt zur Drehscheibe des Ost-West-Handels und Kulturaustausches.

*

Umbruch zur Neuzeit:

Renaissance – Humanismus –
Reformation – Aufklärung

Blätter wirbeln durch die Straßen, ich laufe hinein in den Altstadt-
Ring Prags, vor mir das Denkmal des Johann Hus. Heftiger Wind
wehte herauf von der Moldau. Der Sturm erinnerte mich an die
Zeit, als Jan Hus mit seinen Thesen für heftigen Wirbel in Mittel-
europa gesorgt und ein neues Zeitalter eingeleitet hatte. Der Übergang vom Mittelalter zur Neuzeit. An der Prager Universität lehrte
Hus Theologie und Philosophie. Immer mehr zog er den Unwillen
des Papstes und der Bischöfe auf sich, indem er den Glauben vom
starren päpstlichen Dogma befreite:
»Nicht der Papst, nicht die Bischöfe, sondern die Bibel allein ist
höchste Autorität des Glaubens«, verkündete er. Diese Worte waren Fanal einer geistigen Befreiung und Reform der Kirche. Zornig
wetterte Hus gegen Ablasshandel und Kreuzzüge, er verdammte
sie als Verweltlichung der Kirche. Doch die Geister, die er rief, blieben im Volk nicht ungehört. Jan Hus wurde vom Papst mit einem
Bannfluch belegt, ihm wurde das geistige Wirken an der Prager
Universität untersagt. Fortan zog er als Wanderprediger durch das
Land. Immer heftiger zog er in seinen Predigten gegen die Macht-
stellung der Kirche her. Im Land begann es zu gären, seine Anhän-
gerschar für die Reform der Kirche wuchs von Tag zu Tag. In Rom
sah man nur eine Möglichkeit, gegen diesen Rebellen vorzugehen:
Bannfluch und Verdammung. Jan Hus ließ sich nicht verbiegen,
blieb trotz heftiger Drohungen standhaft und widerrief seine Lehren nicht. Während des Konzils in Konstanz am 6. Juli 1415 erlitt
der 46-Jährige den Märtyrertod auf dem Scheiterhaufen.
   Beim Betrachten des Denkmals stiegen meine Gedanken auf,
Gedanken, die bei den Märtyrern verweilten. Deren Körper versanken in den Flammen. Aus deren Asche stieg ein neuer Geist der

Antike empor. Die Renaissance läutete – geprägt von Humanismus, Reformation und Aufklärung – die Neuzeit ein, indem sich der Geist von den dogmatischen Fesseln des Machtstrebens befreite. Das Wort der Freiheit brach heraus aus der fesselnden Schale einer dogmatisch gewordenen päpstlichen Kirche. Das Evangelium kehrte zurück und öffnete sich für den einfachen Menschen.

*

Weit sichtbar ragt die Altstadt mit der Burg Hradschin hoch über die Ufer der Moldau. Es ist das größte geschlossene Burgareal der Welt. Darin findet sich der Sitz des Präsidenten der CSSR. Hoch droben flackert an diesem sonnigen Tag die Trikolore der Republik. Im Haus Nr. 22 lebte Franz Kafka, ein deutschsprachiger Schriftsteller aus jüdischer Kaufmannsfamilie. Die Karlsbrücke verbindet den Hradschin mit der Altstadt – eine monumentale Steinbrücke, 16 Bogen stemmen die Länge von 516 m, geschmückt mit 30 heiligen Statuen. Die bekannteste ist die des Märtyrers Johannes von Nepomuk. Im Jahre 1393 wurde er von der Karlsbrücke in die Fluten der Moldau gestoßen und ertränkt. Sein Leib soll von fünf Flammen umsäumt gewesen sein. Bestattet wurde er im Veitsdom zu Prag. Papst Benedikt der XIII. sprach ihn 1729 heilig.

Das goldene Prag lag mir an diesem späten Nachmittag zu Füßen. Hier in dieser Stadt ist der Sänger mit der goldenen Stimme, Karel Gott, zu Hause. Seine Hits »Biene Maja« und »Mamuschka« eroberten die Welt. Ein Spaziergang durch die Straßen Prags bedeutet zu wandeln durch historische Epochen Europas: Der Prager Fenstersturz löste den 30-jährigen Krieg aus. Die Okkupation Prags 1936 bereitete den Zweiten Weltkrieg vor. Aber es gibt auch die andere Seite Prags: die Stadt der Dichter und Künstler. Prag, eine tschechische Stadt mit deutscher Sprache. So lebten in den zwanziger Jahren ein Reihe namhafter Künstler hier in der Stadt an der Moldau: Max Brod, Felix Weltsch, Rainer Maria Rilke, Franz Werfel. Die goldenen Jahre Prags endeten mit dem Einmarsch der

Deutschen 1936. Voller Eindrücke vom Hügel der Altstadt begab ich mich zurück zum Wenzelsplatz. Eine 750 m lange und 60 m breite Kultur-Oase, die Pulsader der Stadt Prag. Stolz zeigt sich Fürst Wenzel in Bronze gegossen. In einem kleinen Restaurant am Wenzelsplatz eingekehrt, genoss ich Freiheit und kulinarische Spezialitäten der Moldaustadt.

In meinem eher schlicht zu nennenden Hotel fand ich endlich Ruhe von dem Tagesgeschehen. Selten sind Träume so intensiv wie in Städten, in denen man im Inneren aufgewühlt ist. Die Seele beginnt mit der Reproduktion des Erlebten, verarbeitet die riesige angestaute Flut von Eindrücken. Bilder zogen mich in ihren Bann. War es Wirklichkeit oder eine Vernetzung von Wirklichkeit und Suggestionen? Ich schlief mit diesen Szenen ein. Doch sie gärten in meiner Seele und kristallisierten sich in den Träumen. Ich sah mich durch die Stadt gehen, in der Bar mit einigen Leuten debattieren, sah die freudige Stimmung auf den Straßen und Plätzen, die Hoffnung im Herzen der Menschen nach Freiheit, hörte die Stimme immer wiederkehren, sie rief durch die Bar: »Wenn nur die Amerikaner kommen würden, dann brauchten wir nicht mehr die Russen fürchten!« Es war so still, die Menschen in der Bar nickten beifällig. Es beflügelte meine Fantasie. Bilder stiegen in mir auf. Die Amerikaner fuhren mit ihren Jeeps über den Wenzelsplatz. Die Regierung in Prag hatte Washington um Hilfe gebeten, sie folgten der Bitte eines souveränen Staates, der sich in seiner Existenz und Souveränität von außen bedroht sah. Menschen mit fröhlichen Gesichtern zogen auf dem Wenzelsplatz vorbei. Sie riefen: »Friends, Friends, Friends, Welcome!« Ich hörte, wie ältere Menschen von einer zweiten Befreiung sprachen, Tränen in ihren Augen. Frieden, Frieden im Herzen, spürte ich. Eine Stimmung, die in mir Einzug hielt. Ich schlief traumlos weiter, bis sich neue Bilder auftaten, die mich beunruhigten: Der Himmel war blutrot, Flammen stiegen am Hradschin empor, die Trikolore brannte, Schüsse fielen. Ich lag schweißgebadet im Bett. Was bedeuteten diese Kassandra-Bilder, das brennende Prag?

War es Traum oder Suggestion? Ich hörte Laute, Brummen von tieffliegenden Flugzeugen. Ich wachte auf. Das Fenster stand offen. Ich schaute hinunter auf die Straße. Unten liefen Menschen umher, aufgeregt schauten sie nach oben, in den von Wolken überzogenen Himmel. Da entdeckte ich im Nachthimmel eine große Maschine vom Typ An-10, die tief über die Dächer Prags flog. Was war los? Ich schaltete das Radio ein, hörte eine Stimme:

»In der Nacht zum 21. August 1968 hat der Warschauer Pakt die Grenzen der CSSR überschritten, um der Regierung des Landes zu Hilfe zu eilen. Mit dieser Aktion soll die Konterrevolution niedergeschlagen werden.«

Sind die wahnsinnig, von einer Konterrevolution zu sprechen? Die Menschen wünschten nichts weiter, als in Freiheit und Frieden zu leben. Es war 2.00 Uhr morgens. Ich war hellwach. Immer häufiger war das Dröhnen von schweren Militärtransportern zu hören. An Schlafen war nicht mehr zu denken. Völlig aufgewühlt zog ich mich an. Vorbei an der Rezeption. »What is this?« Ich vernahm lediglich ein Schulterzucken.

Ich sah nur noch Entsetzen und Ratlosigkeit in der Stadt an der Moldau, lief über den Wenzelsplatz, sah Menschentrauben, die über Reformen diskutierten, das System lebensfreundlicher machen wollten. In der deutschsprachigen Prager Zeitung konnte ich lesen, was die Menschen hier an der Moldau bewegte: das Gleiche wie die Bevölkerung zwischen Erzgebirge und Ostsee, ein Leben ohne Willkür und Unterdrückung. Ich wurde immer skeptischer, war mehr auf Distanz als auf Sympathie eingestellt. Ich geriet in Zweifel, ob die Rufer einer Konterrevolution recht hatten. Auf den Straßen Prags hatten sich Hunderte von Menschen versammelt, in der Hoffnung auf einen Neubeginn, auf einen Kommunismus mit menschlichem Antlitz, hörte ich immer wieder. Junge und Alte, Frauen und Männer waren sich einig, so wie bisher konnten sie nicht mehr leben. Sie brauchten die Freiheit, wie die Luft zum Leben, las ich auf Spruchbändern. Ich ging in eine Kneipe und bestellte ein Budweiser Bier. Ein älterer Mann sprach mich in

Deutsch an. »Gut, dass ihr hier seid und miterlebt, was wir wollen. Eure Regierung will euch belügen, wenn sie behauptet, das bei uns sei eine Konterrevolution. Für die Menschen heißt das, sie brauchen Luft zum atmen. Um zu atmen, brauchen wir Presse- und Meinungsfreiheit.«

Ich erwiderte: »Es gibt doch auch unterschiedliche Zeitungen, Journale usw.«

Er entgegnete, dass sie von einer Meinung der Parteiführung geprägt seien und immer nur eine Meinung vertreten würden. Wer immer nur eine Meinung zuließe, der provoziere, dass die Wahrheit daran ersticke. »Weißt du«, sprach er weiter, »wenn in deiner Familie nur immer eine Meinung vorherrscht, wird die Familie entweder stumm oder auseinandergebrochen werden. Durch Dubcek lernen die Menschen wieder sprechen.«

Im Radio hörte ich in den Nachrichten von Radio DDR: »In Prag herrscht seit Tagen eine Konterrevolution.«

Ja, es herrschte Aufregung in Prag. Überall, ob auf dem Hradschin, der Karlsbrücke oder in der Innenstadt, sah man Menschentrauben, sah man die vielen Tische, sah man tausende Leute, die sich in die Listen eintrugen, um ihre Zustimmung für Presse- und Meinungsfreiheit anzuzeigen. Viel später begriff ich, welch große Chance die Machthaber in Moskau und Berlin verspielten: das Recht auf eigene Meinung und Freiheit des Wortes. Was ist der Mensch wert in einem System, das das Recht des Anderen mit Füßen tritt? Ich sah die Lüge, die in meinem Land herrschte – die Lüge, Menschen, die eine eigene Meinung hatten, sofort als Konterrevolutionäre zu bezeichnen. Und ich erlebte in Prag einen inneren Bruch.

Ich lief auf die Straße. Auf dem Wenzelsplatz hatten sich Hunderte von Menschen versammelt. Ich hörte immer wieder die gleichen Worte: »Die Russen sind gekommen.«

Eine Bar hatte geöffnet, ich trank einen Espresso, die Nacht war frisch. War es ein Spuk oder der Einzug eines Infernos? Von draußen kamen Geräusche, Rasseln von Kettenfahrzeugen. Ich sah auf meine Uhr, es war 4.30 Uhr. Ich ging vor die Tür. Was ich da sah, war kein Traum, es war bittere Wahrheit. Vor mir fuhr eine Panzerkolonne. Dieselgestank breitete sich aus, nahm einem fast den Atem. Obenauf Panzersoldaten in ihren olivgrünen Uniformen, die MP schussbereit, füllten sie die nächtliche Szene. Panzer vom Typ T-55 umsäumten den Wenzelsplatz. Ein unheimliches Bild, was sich da am Morgen des 21. August auf dem Wenzelsplatz bot.

»Warum tun sie uns das an?« Worte, die mir ein älterer Mann in Deutsch übersetzte, sich seiner Tränen nicht schämend. »Die Geschichte wiederholt sich.« In seiner Stimme lagen Wut und Empörung. »Erst waren es die deutschen Faschisten, die unser Land 1936 besetzten, und nun sind die Russen gekommen, um unser Land erneut zu besetzen.«

Er hatte seine Hand zur Faust geballt und drohend erhoben. Die Menschen waren an diesem frühen Morgen geschockt. Geschockt von dieser Brutalität und der Ohnmacht. Der Wenzelsplatz, Symbol der Freiheit, wurde zum Platz der Unterdrückung, umringt von den Panzern der Russen. In diese Zeit der Verbitterung hinein fuhren LKWs, junge Männer und Frauen, bunte Fähnchen schwenkend, vor der Frontscheibe wehte die Trikolore, fuhren entlang des Wenzelsplatzes. Sie liefen in Scharen zu den Panzern. »Drushba, Drushba!« rufend, näherten sie sich den bewaffneten Soldaten, die völlig verwirrt und hilflos wirkten. »Drushba, Liubu.« Mädchen schmückten die Kanonenrohre der Panzer. Die Soldaten artikulierten mit Schulterzucken, ausdruckslose, müde Gesichter. Eine Frau übersetzte mir die Worte, die ich hörte: »Warum seid ihr hierhergekommen, wo kommt ihr her? Wir sind Freunde, geht wieder nach Hause.« In kurzer Zeit färbte sich das Bild vom tristen Olivgrau der Uniformen und Panzer in ein buntes, farbenfrohes Bild. Die Gesichter der Menschen waren wieder entspannt.

Es war ein seltsames Bild, bizarr und doch voller Hoffnung. Die russischen Soldaten wankten wie Schilfrohr im Wind. Ihre Gesichter schienen zu fragen: Wo sind die Konterrevolutionäre? In diesen hoffnungsvollen Taumel hinein fiel ein Schuss. Totenstille. Wo noch vor Sekunden Fröhlichkeit herrschte, erstarb das Leben. Die Panzer rollten, sie hatten plötzlich ihre Kanonen auf die Menschen gerichtet. Schritt um Schritt näherten sie sich den wie erstarrt wirkenden Menschen. Da löste sich eine Frau aus dem hundertfachen Meer, die Trikolore schwenkend, näherte sie sich den anrückenden Panzern. In einer weißen Bluse, mit rostfarbenem Kragen, stand sie direkt vor den anrollenden Panzern. »Das ist doch, das ist doch die junge Frau, der ich im Zug begegnet bin«, dachte ich. Sie wirkte in diesem Augenblick wie Jeanne d'Arc. Da peitschte ein Schuss, gellender Schrei. Rot färbte sich die schneeweiße Bluse. »Jeanne, Jeanne!«, wollte ich rufen. Mir erstarben die Worte. Panzer überrollten den leblosen Körper, entheiligt, entheiligt von Menschenfeinden. Ein Aufschrei löste den Schock auf. Die Menschen flohen, flohen vor der Allmacht der Panzer und schwerbewaffneten Soldateska. Eine Gruppe junger Männer löste sich von den Fliehenden, übergoss die tödlichen Panzer mit Benzin. Den Drachen gleich spien die Panzer Feuer aus Kanonenschlund, Tanks explodierten, Steine flogen, Widerstand formierte sich gegen die ungleiche Bedrohung.

»Russen, nach Hause, Russen, nach Hause, geht nach Hause, ihr seid unsere Feinde!«

Da näherten sich Mannschaftswagen und Jeeps, die Soldaten sprangen heraus und gingen mit entsicherten MPs auf die Menschen zu. LKWs wurden umgestürzt, sekundenschnell Barrikaden errichtet. Mit Steinen und Stöcken bewaffnet versuchte sich ein Widerstand. Doch die drohende Gefahr wuchs und wuchs zu einem Feindesheer, das alles in seiner Brutalität zermalmte und zertrat. Der Moloch der Gewalt zertrat die zarte Blume der Freiheit unter seinen Panzerketten.

*

»Bist du in Prag geblieben, als die Russen den Tod brachten?«

»Nein, Dimitrius. Auf dem Wenzelsplatz war das Leben ausgestorben. Totenstille breitete sich aus. Fort, nur fort von diesem schrecklichen Ort des Todes. Ich hatte nur einen Gedanken: fort aus dieser Stadt, in die sibirische Kälte Einzug gehalten hatte und alles Leben unter sich begrub. Im Zug erinnerte ich mich wieder. Grauenhafte Bilder fraßen sich ein in mein Bewusstsein. Ich sah den Menschenfeind, den Dämon der Hölle, der auf die Erde gekommen und an diesem späten Nachmittag in Prag die menschliche Seele verschlang.«

»Du zeichnest ein schreckliches Bild. Wie kann man dies ertragen?«

»Es reicht keine Farbe aus, diesen Zustand, diese Gräuel von Prag zu beschreiben, noch reichen Worte, dies auszudrücken. Ohnmacht und Wut, diese kommen der Situation näher. Was mich innerlich zutiefst empörte, war die Tatsache, dass Deutschland zum zweiten Mal als Aggressor und Okkupant auftrat. Ich schämte mich, Deutscher zu sein, auch im D-Zug Prag – Berlin. Vor lauter Scham hätte ich mich am liebsten in ein Mäuseloch verkrochen, als irgendjemanden anzusprechen oder nur anzusehen. Endlich konnte ich dieser Atmosphäre beim Verlassen des Zugs in Leipzig entfliehen. In Halle angekommen irrte ich zunächst ziellos umher. In einem Restaurant bestellte ich ein Bier. Es dauerte, bis ich wieder bei mir war.«

»Zurück in der DDR, was machtest du nach diesem Tiefschlag in Prag?«

»Nun, man ist zunächst sprachlos und in sich gefangen. Da hörte ich, dass am Wochenende auf dem Ernst-Thälmann-Platz eine Protest-Kundgebung gegen den Einmarsch des Warschauer Pakts in Prag stattfand.«

*

Hunderte Menschen bezeugten ihre Sympathie mit den Tschechen. Tische waren aufgestellt, auf denen Unterschriftslisten ausgelegt waren, auf denen die Teilnehmer mit ihrer Unterschrift gegen diese Völkerrechtsverletzung ihren Protest ausdrücken konnten. Die Unterschriftslisten sollten der KSZE-Konferenz zugesendet werden. Plötzlich fuhren Hundertschaften der Polizei auf. Mit Gummiknüppeln wurden die Menschen vertrieben. Wer Gegenwehr leistete, wurde in die Mannschaftswagen gepfercht. Der Wagen fuhr zum Polizeipräsidium, auch ich war unter ihnen. Dort wurden wir in die Kellerräume getrieben. Es vergingen Stunden, bis ein Polizeioffizier kam und die Personalien aufnahm. Die Pässe wurden in Beschlag genommen. Wir saßen in einem finsteren Raum. Es wurde Abend. Keine Reaktion, wir hörten nur von Ferne, wie Türen auf- und zugingen, bis auch dieses Geräusch verebbte. Die Nacht brach an. Einige waren eingeschlafen oder dösten vor sich hin. Ich weiß nicht mehr, wie spät es war. Es muss mitten in der Nacht gewesen sein, als sich plötzlich die Tür öffnete.

»Kurz, raustreten, kommen Sie mit!«

Schlaftrunken folgte ich der Aufforderung des Polizisten. Man schob mich in einen Raum. In der Mitte stand ein Tisch mit Stühlen.

»Setzen Sie sich!«, wurde ich aufgefordert. Zwei Polizisten saßen mir gegenüber. »Warum waren Sie in Prag?«, wurde ich gefragt.

»Wie kommen Sie darauf, dass ich in Prag war?«, entgegnete ich.

»Woher haben Sie die Zeitschriften und Faltblätter?«, kam die nächste Frage.

»Ich habe keine Zeitschriften bei mir.«

»Und die Faltblätter, die man bei Ihrer Festnahme fand?«

»Die lagen überall umher.«

»Was wollten Sie auf dem Thälmann-Platz?«

»Was viele Menschen machen, einfach nur bummeln, in einer Bar ein Bier trinken, und wenn es gut geht, ein Mädchen anlachen«, antwortete ich.

»Kennen Sie den auf dem Bild?« Der Polizist zeigte mir ein Bild, auf dem Menschen abgelichtet waren auf dem Wenzelsplatz. Mich durchfuhr ein Schreck: War die Stasi auch in der CSSR tätig und löste jetzt eine Razzia aus? Nur ruhig bleiben, sie müssen erst mal ihre Anschuldigung beweisen.

»Gute Fotomontage«, antwortete ich, selbst erschrocken über meinen Mut.

»Ihnen wird Ihre Überheblichkeit noch vergehen! Führen Sie den Kurz wieder in die Zelle.«

Man brachte mich wieder zurück, ich war allein. Scheinbar waren die Anderen auch beim Verhör. Ich legte mich auf eine Bank und schlief ein. Der Tag verging, nichts tat sich. Allein in der Zelle. Was wollen die von mir? Fragen, die mich jetzt beschäftigten. War ich in die Mühle der Stasi geraten? Die Nacht brach wieder an. Schlaf hatte mich übermannt.

»Aufstehen, stehen Sie auf und folgen Sie!«

Ich nahm meine Jacke, mich fröstelte. Wieder wurde ich in den Raum geführt. Wieder saß ich den Polizisten gegenüber.

»Was wollten Sie in Prag?«

Das gleiche Verhör begann. Ich blieb stumm. Sie stellten den Schweinwerfer auf mich ein. Grelles Licht, mir schmerzten die Augen. Ich nahm meine Hände schützend vors Gesicht. Sie rissen mir die Arme auf den Rücken. Ein Polizist nahm meinen Kopf und presste ihn nach oben. »Was wollten Sie in Prag?«

»Was wollen Sie von mir? Sie haben kein Recht, mich zu verhören. Ich bin Bürger der DDR und antworte nur im Beisein eines Anwalts.«

»Was wollen Sie, einen Anwalt?« Er riss mir den Kopf nach hinten. »Wissen Sie, was wir mit solchen Subjekten wie Ihnen machen? Wir werden sie erdrücken, sie erdrücken wie Insekten. Sie sind ein giftiges Insekt, das wir ausrotten werden!« Das Licht brannte in meinen Augen. Da erhielt ich einen Schlag ins Gesicht. Ich spürte, wie Blut mir über das Gesicht rann. Meine Kräfte verließen mich, ich sank auf den Stuhl zurück. Ein Wasserfall prallte auf mich nieder. Mit eiskaltem Wasser geschockt, war ich aus der Ohnmacht erwacht.

»Was wollten Sie in Prag?«

Meine Gedanken waren wie gelähmt. »Dubcek«, murmelte ich, dann fiel ich wieder in eine Ohnmacht.

Die Offiziere hatten den Scheinwerfer wieder auf mein Gesicht gerichtet. Ich murmelte nur noch, nicht mehr in der Lage, die Gedanken im Griff zu halten.

»Was ist mit Dubcek?«, flüsterte der Polizist mir ins Ohr.

»Dubcek«, hörte ich mich noch sagen, dann fiel ich wieder in Ohnmacht.

»Das reicht«, hörte ich den Anderen noch sagen. »Führt ihn ab.«

Ich spürte einen Tritt ins Gesäß und wurde in meine Zelle zurückgebracht. Am nächsten Tag wurde ich wieder abgeholt. Diesmal ging es in einen anderen Raum. Man bat mich, Platz zu nehmen. »Ihren Namen!«

»Kurz.«

»Geboren, wohnhaft, Familienstand?«

Was soll diese Fragerei?, durchfuhr es mich.

»Wir haben zur Klärung eines Sachverhalts Sie hier bei uns befragt. Sie können wieder nach Hause gehen. Unterschreiben Sie bitten diese Erklärung.«

Ich las die Erklärung einer Befragung zur Sache, Bestätigung einer gewaltfreien Aussage. Ich unterschrieb. Nur hier heraus aus dieser Teufelsmühle. Nach drei Tagen verließ ich das Gebäude des Polizeipräsidiums.

*

»Schrecklich, was du da erzählst.«

»Ja, du hast recht. Schrecklich, die Ohnmacht gegenüber der nackten Gewalt.«

*

Ich ging nach Hause, nur ein Ziel: schlafen. Ich wollte die Sache so schnell wie möglich vergessen. Doch es sollte anders kommen. Nach drei Wochen erhielt ich eine gerichtliche Aufforderung, am 12. Oktober 1968, 10 Uhr, auf dem Zivilgericht zu erscheinen. Bei Zuwiderhandlung erfolge die polizeiliche Inverwahrnahme.

Der Gerichtstermin kam. Ich wurde gebeten, im Gerichtssaal auf der Anklagebank Platz zu nehmen. Der Richter las die Anklageschrift vor. Dann erfolgte die Urteilsverkündung: »Der Angeklagte K. wird beschuldigt, an subversiven Handlungen gegen die sozialistische Grundordnung der DDR beteiligt gewesen zu sein. Ihm wird ferner vorgeworfen, Hetzzeitschriften verbreitet zu haben, in der die Konterrevolution in der CSSR unterstützt wurde. Der Angeklagte wird zu einem halben Jahr Gefängnis verurteilt. Die Strafe wird auf Bewährung ausgesetzt.« Das Gericht schloss mit der Schlussbemerkung: »Im Namen des Volkes.«

*

»Du warst ein gebranntes Kind des Systems«, unterbrach Dimitrius.

»Ja, ich war ein gebranntes Kind. Hatte mit 24 Jahren das Kain-Mal eines Staatsfeindes auf der Stirn.«

»Furchtbar, man will es nicht glauben.«

»Nein, man kann es nicht glauben, in welcher Rechtlosigkeit man in der DDR leben musste, schlimmer als zu Zeiten der Inquisition. Irgendeine Schuldzuweisung, und die drehen dir einen Strick.«

»Welche Konsequenzen ergaben sich für dich?«

»Es war ein Prozess, all die inneren Eindrücke zu verarbeiten und Alternativen zu suchen. Die Niederschlagung des Prager Frühlings, die grundlose, politisch motivierte Verurteilung. Die erste Reaktion war klar: weg aus der DDR.«

»Wohin fliehen, welche Zielvorstellungen hattest du?«

»Ich sah einen Hoffnungsschimmer, als Arbeitskräfte aus Ungarn ins Land kamen. Ich freundete mich mit einem Ungarn an. Er lud mich ein, ihn in Budapest zu besuchen. ›Ist dies meine

Chance?‹, fragte ich mich. Ich begann meine Flucht vorzubereiten, nahm mit Verwandten in der BRD Kontakt auf. Bald schon hatte ich all meine Bücher hinübergeschickt und Rückinformation erhalten, alles sei okay. Es war genau ein Jahr später, August 1969, im Zug in Richtung Budapest. Mir wurde mulmig zumute, uniformierte Passkontrolle im Zug nach Dresden. Dann war sie da, die gefürchtete Pass- und Zollkontrolle, die oft mit Schikane verbunden war. Manch ein Reisender musste seinen Koffer vollständig auspacken. Mir fiel ein wahrer Stein vom Herzen, als die Abteiltür wieder geschlossen wurde und ich noch immer meinen Personalausweis hatte. Drei Wochen Urlaub in Ungarn sollten reichen, das Wagnis erfolgreich anzugehen. Voraussetzung einer individuellen Reise nach Ungarn war eine Einladung. Diese hatte ich von meinem ungarischen Kollegen Istvan aus Budapest bekommen.

In Budapest empfing mich die Familie von Istvan sehr herzlich. Budapest – eine Perle an der Donau. Ungarn sind sehr gastfreundlich, dies spürte ich vom ersten Tag an. Herzlich willkommen mit selbst gebranntem Pflaumenschnaps. Nicht nur für das leibliche Wohl sorgten sie, sie zeigten voller Stolz ihre schöne Stadt. Die Berge von Buda mit dem Königsschloss und der Krönungskirche Stefans, des ersten Königs der Magyaren. Berge, umrankt von Wein- und Obstgärten. Pest, die Altstadt an der Donau, weit sichtbar das Parlament. Ein stolzes Volk, das vor 1.000 Jahren das Karpatenbecken eroberte. Meine Kenntnisse von diesem Volk begrenzten sich bis dahin auf die Puszta, Marikas Tänze, den Fußball, Hittekudie oder Puskas, die legendären Fußballidole, von denen man in der Kindheit träumte. Was die Menschen prägt, kommt vor allem in den Dichtungen zum Ausdruck von Petefö, dem glühenden Patrioten, Freiheit, sein Symbol.

Dies beflügelte mich, meinen Weg konsequent zu gehen, den Weg in die Freiheit. Wie er im Detail sein würde, ergab sich nach reichlicher Überlegung. Der Weg nach Osten, Richtung Österreich, war zu gefährlich. An der Schnittstelle der Systeme ist diese Grenze, so dachte ich, viel stärker bewacht als die Grenze nach Süden, dem neutralen Jugoslawien. So nahm ich Kurs auf Szeged, die Stadt an der Theiss. Begünstigt dadurch, dass ich eine Einladung nach Hodmarsevasehely in der Tasche hatte. So fuhr ich per Bahn in den Süden und besuchte meinen Freund Kosma. Mein Vorhaben verschwieg ich aber jedem. Einen Tag später fuhr ich mit dem Bus nach Szeged. Eine Backofen-Hitze erwartete mich. Am nächsten Tag begann ich die Lage zu sondieren und mietete ein Fahrrad. So war es leichter, das nähere Umland, die Theiss näher ins Visier zu nehmen, machte mir eine Skizze, einen Messplan mit den Himmelskoordinaten, Karte und Kompass, Erste-Hilfe-Paket. Tagsüber herrschte Ruhe an diesem Grenzabschnitt. Die Ufer der Theiss schienen unbewacht. Ich wünschte damals nichts sehnlicher, als eine Nebel verhangene Nacht. Ich brauchte nur immer schnurstracks nach Süden zu gehen, dann würde ich genau auf die Ufer der Theiss stoßen. Mein Rucksack mit den notwendigen Utensilien war reisebereit. Der Himmel schien sich meiner zu erbarmen. Am Abend stieg Nebel von der Theiss auf. Das Unternehmen ›Flucht‹ konnte beginnen.

Ich kam an diesem Abend gut voran, nach zwei Stunden stieß ich auf einen Grenzpfahl, ringsum herrschte Ruhe. Ich hörte vor Aufregung meinen Puls heftig schlagen. ›Bleib ruhig‹, redete ich mir ein. Der Kompass zeigte nach Süden, alles in Butter. Vorsichtig bewegte ich mich durch Büsche und Sträucher, bis ich an einen Schilfgürtel kam. Ich wollte vor lauter Glück aufschreien, die Theiss lag vor mir. Plötzlich stolperte ich, ich hatte einen Signaldraht gerissen. Eine Leuchtrakete schoss in den Himmel. ›Verdammt, schnell weg!‹, dachte ich. Da hörte ich auch schon die Grenzer. Waren es Ungarn oder Jugoslawen? Ich hastete zu einem Hügel und versteckte mich hinter Gestrüpp. Die Grenzer kamen näher, ich verstand kein Wort, doch mich hatte schreckliche Angst erfasst. In mir stiegen Wünsche auf: ›Lieber Gott, beschütze mich, lass mich hier heil herauskommen.‹ Ich schwor mir damals im Schilf, wenn ich hier herauskommen sollte, wollte ich in Gottesglauben leben und von Saulus zu Paulus werden. Sie kamen dicht heran, ich lag in einer Wasserlache, wagte fast nicht zu atmen. Nun hörte ich jedes Wort, aber konnte den Sinn nur erraten. Sie leuchteten mit ihren Scheinwerfern den Grenzabschnitt ab. Vielleicht dachten sie, dass ein Tier den Draht gerissen hatte. Sie gingen zurück. Drüben auf der jugoslawischen Seite sah ich in diesem Augenblick Grenzer, die ebenfalls das Ufer mit Scheinwerfern absuchten. ›Was jetzt?‹, fragte ich mich. Ich sah die Ausweglosigkeit meines Unternehmens und kroch noch einige Meter vorwärts, vor mir Stacheldraht, meterhoher Stacheldraht, ein unmögliches Hindernis. Also war auch hier die Grenze so gut wie undurchlässig. Ich wusste nicht, ob der Draht Hochspannung führte. Wenn ja, würde ich dran kleben bleiben wie eine Fliege. Nein, leichtsinnig das Leben aufs Spiel zu setzen, nein. Was blieb mir? Der Sozialismus hatte vollendete Tatsachen geschaffen, ob innerhalb der DDR oder in anderen Ostblockländern. Es gab kein Entrinnen, die Grenze war hermetisch abgeriegelt, ein Entkommen war fast ausgeschlossen. Ich erinnerte mich an Fotos aus dem Westfernsehen, sie zeigten Flüchtlinge, die in die Selbstschussanlagen geraten und schwer verletzt verblutet waren. Nein, dann war es also nicht möglich, dem Völkergefängnis zu entrinnen. So blieb mir nichts anderes übrig, als den Rückzug anzutreten.

Völlig durchnässt gelangte ich ins Hotel. Am schlimmsten war es danach. Ich hatte Zweifel. Warum wollte ich es nicht ein weiteres Mal riskieren, so kurz vor dem Ziel? War ein Risiko nicht gerechtfertigt, in Anbetracht der Lage, zurückzukehren? War es gerechtfertigt, Gott ein zweites Mal zu ersuchen, wenn er mein erstes Gebet erhörte und ich ihnen in der Nacht entkommen konnte? Ich fasste den Entschluss, kein zweites Mal das Schicksal heraufzubeschwören. Tage später fuhr ich nach Hause.«

»Mein Gefühl sagt mir, dass deine Entscheidung richtig war. Was hätte es gebracht, wenn die Grenzer dich erwischt hätten?«

»Du hast gewissermaßen recht, Dimitrius, doch einfacher wurde mein Leben durch die Rückkehr auch nicht. Ich musste meinem Leben einen neuen Sinn geben und das war nicht leicht. Es begann die Zeit des inneren Widerstands.«

»Wie kann man dies verstehen?«

»Es war die Suche nach Alternativen, nach Optionen, nach Möglichkeiten, im System Wege zu finden, die deiner Seele gerecht werden.«

»Und hast du Wege gefunden, die deiner Seele gerecht wurden?«

»Es ist schwer, darauf zu antworten, Dimitrius. Doch glaube ich, ja.«

»Welche Richtung war das, die sie vorgaben?«

»Es ist eine gewisse Anpassung an die vorhandene Situation und innerer Widerstand. ›Allein bist du ohnmächtig, such dir Gleichgesinnte‹, sprach meine innere Stimme. Nun, der Weg führte mich zu aktiven Gruppen innerhalb der Kirche: ›Frieden, Gerechtigkeit und Bewahrung der Schöpfung.‹ Darin wollte ich aktiv mitwirken. Ein langer Weg, der nach zwanzig Jahren in die Freiheit führen sollte.«

»Wie das?«

»Nun, nach zwanzig Jahren brach das Unterdrückungssystem ein. Die Menschen erlebten ihre Freiheit, nach vierzig Jahren Bevormundung und Unterdrückung.«

»Kurz, in deiner Schilderung des eigenen Weges sprachst du davon, in der Kirche den Unterpfand für die Freiheit gefunden zu haben. In unserer Geschichte hatte der Glaube eine sehr wichtige Rolle gespielt, als die Osmanen unser Land mehr als 400 Jahre besetzten. Durch die Jahrhunderte der Sklaverei war das Christentum die moralische Stütze im Befreiungskampf gegen die Türken. Es war die Kirche, die die griechische Kultur am Leben erhielt, bis die griechische Revolution im 19. Jahrhundert siegte. Es waren vor allem Klöster, die zu Widerstandsnestern gegen die Osmanen wurden. Am 25. März 1821 hissten Freiheitskämpfer im Kloster Megisti Lavra die Fahne des Freiheitskampfes. Was bei euch in Deutschland von Kirchen die Kerze des Widerstands der stillen Revolution auslöste, waren in Griechenland die Klöster in den Bergen, die Meteora-Klöster. In der Zeit der Fremdherrschaft war es der christliche Glaube, der uns vor der inneren Zerstörung bewahrte, unsere Sprache, Kultur und unsere Identität bewahrte. Der Glaube kann nicht nur Berge versetzen, er kann auch Okkupanten bezwingen.«

»Dieser Glaube, Dimitrius, erfüllte 1980 die Menschen in Polen. Signale aus Danzig, Arbeiter von der Leninwerft streikten am 1. Juli gegen die drastische Erhöhung der Fleischpreise. Es formte sich im ganzen Land Widerstand gegen die Partei der Kommunisten. Am 21. August des Jahres überreichte das Streikkomitee einen Forderungskatalog. Aus diesem Prozess ging die unabhängige Gewerkschaft Solidarnosc hervor, deren Führer Lech Walesa wurde. In diesem katholischen Land wurde Papst Johannes Paul II. zum Symbol des Widerstandes.«

*

Es wurde bereits dunkel, als Kurz und Dimitrius Kalambaka erreichten. »Jetzt wollen wir meinen alten Freund Sofianos aufsuchen, bei dem wir einige Tage bleiben.«

Aus dem Schatten der Morgensonne schälten sich die monolithischen Felsen und gaben den Blick frei zu den Klöstern, die hoch oben in den blauen Himmel ragten. Nebel stieg zwischen den Felsen auf. »Bis heute Abend, ihr beiden, bin spät dran«, sprach Dimitrius zu seinen Tischgefährten draußen auf der Terrasse. Er ging. Kurz und Sofianos blieben zurück.

»Dimitrius hat mir von Ihnen erzählt, Sie sind aus Deutschland?«

»Ja, aus Ostdeutschland, genauer gesagt aus Halle«, antwortete Kurz.

»Meine Eltern«, begann Sofianos, »lebten über 30 Jahre in Stuttgart, genauer gesagt in Cannstatt. Bei uns trinkt man nach dem Frühstück Wein, darf ich Ihnen ein Glas anbieten?«

»Ja, Landwein aus Patras. Es ist ein leichter Rotwein.«

»Auf Deutschland, auf Griechenland. Ich bin in Stuttgart geboren.«

»Da sind Sie ein griechischer Schwabe?«

»Nein, nicht ganz, in Cannstatt lebten viele Griechen. Es war eine sehr schöne Zeit im Ländle, wie sie ihr Land liebevoll nennen.«

»Wie lang sind Sie in Deutschland geblieben?«

»In den achtziger Jahren gingen die Eltern zurück nach Thessalien. Ich hatte mein Abitur in der Tasche. Es war für mich klar, nicht zurückzukehren, sondern in Deutschland zu studieren.«

»Wo haben Sie studiert?«

»Oft war ich mit Freunden in der Alexander Kirche in Stuttgart, wir hatten eine Musikband gegründet und spielten während des Gottesdienstes. Ich hörte oft interessante Predigten, so wuchs mein Interesse für Theologie. Ich ging nach Tübingen und studierte Theologie und Philosophie, ganz der Grieche, der mehr wissen wollte von Sokrates, Platon, Epikur. Nach dem Studium blieb ich ein Jahr an der Uni Tübingen als Assistent. Etwa nach zwei Jahren bekam ich ein Angebot aus Trikala, man suchte einen wissenschaftlichen Referenten. So kam ich doch nach Griechenland. Zunächst erhielt ich eine Stelle als Referendar, später übertrug man mir den Sektor für Kirchengeschichte. Zu meinen Aufgaben gehörte Themen zu erarbeiten, Vorträge zu halten und zu publizieren.«

»Dimitrius berichtete, dass besonders während der Herrschaft der Osmanen die Kultur und Sprache gefährdet waren. Wie drückte sich dies konkret aus?«

»Bewahrung der Sprache und Kultur eines Volkes sind eng verbunden mit der Freiheit eines Volkes. Wird ihnen ihre Kultur genommen, verlieren sie ihre Identität und ihre geistige Freiheit. Heute hört man oft den lapidaren Satz ›Die Freiheit nehm ich mir‹. Ist Freiheit gleichzusetzen mit Zügellosigkeit, mit dem Ausleben egoistischer Bedürfnisse und sexueller Triebe? Schiller hat diese Periode der Unfreiheit und Rebellion in Dramen gegossen. Der Autor der ›Räuber‹ und des ›Don Carlos‹, des ›Wilhelm Tell‹, wurde zum Dichter der Freiheit. Ohne geistige Entfaltung keine industrielle Revolution, kein Fortschritt.«

»Ist damit das Zeitalter der Freiheit angebrochen, Sofianos? Ist Freiheit an die Ökonomie und an das Geld gebunden?«

»Unser Freiheitsverständnis ist von gewaltigen Missverständnissen geprägt. Wir verwechseln oft Freiheit mit Ungebundensein. Das stellt doch die Frage, Kurz: Ist der Mensch zur absoluten Autonomie geschaffen? Die Antwort, das zeigen die Beispiele: Er ist es nicht. ›Die Freiheit ist ein komplexer Begriff und ein zerbrechlich Ding‹, wie der Philosoph Emanuel Kant formulierte. Eng verbunden mit vernünftigem Handeln. Der Mensch kann immer nur eine relative Freiheit erfahren, ob einer Geld hat oder keins. Rosa Luxemburg hat den Satz geprägt: ›Freiheit ist immer nur die Freiheit des Anderen.‹ Bei Schiller galt: ›Der moralisch gebildete Mensch ist frei.‹ Dostojewski prägte den Satz: ›Geld ist geprägte Freiheit.‹«

»Eine andere Werbung, Sofianos, zielt genau auf diese Meinung und beeinflusst die Wahrnehmung der Freiheit: ›Geld macht den Weg frei.‹ Damit wird nicht Freiheit gemeint, sondern Unabhängigkeit. Und darin, glaube ich, liegt der Hase im Pfeffer.«

»Ja, Sie haben den Nagel völlig auf den Kopf getroffen, Kurz. Der Mensch kann keine absolute Freiheit erlangen. Dies drückt unsere griechische Kultur in ihren vielen Mythen aus. Erst im Olymp entrückt der Heroe der irdischen Unfreiheit.«

»Trifft da nicht die Erkenntnis zu, dass der Mensch getrieben ist vom Streben nach Freiheit und Bindung innerhalb der Gemeinschaft?«

»Unsere Sprache und Kultur ist nur auf dieser Basis möglich, lieber Kurz, hier liegt das Wesentliche unserer menschlichen Freiheit verankert. Wir Menschen sind soziale Wesen und bedürfen uns gegenseitig.«

»Sind wir wirklich frei, wenn wir tun und lassen können, was uns gefällt, und danach trachten, genügend Geld zu haben, um uns dann die Freiheit zu nehmen?«

»In der Bibel erfahren wir, dass Gott sein Volk aus der Knechtschaft in Ägypten, aus der babylonischen Gefangenschaft in die Freiheit führt. Die Bibel weist uns den Weg: ›Es ist nicht gut, dass der Mensch allein ist.‹ In der Geborgenheit erfährt der Mensch sein innerliches Wesen. Wir sind nur so frei, wie wir uns an Andere binden. Die Bindungsunfähigkeit ist Ausdruck von Unfreiheit. Das bedeutet, Kurz, philosophisch betrachtet: Der Mensch findet seine Erfüllung nicht in der Selbstverwirklichung, seiner grenzenlosen Gier, sondern in der Erfahrung gegenseitiger Verbundenheit im Dienst und in Verantwortung gegenüber der Gemeinschaft.«

»Was bedeutet Freiheit für einen Christen, Sofianos?«

»Luther hat es in zwei Thesen formuliert:

1. Ein Christen-Mensch ist ein freier Mensch und niemandem Untertan.

2. Ein Christen-Mensch ist gleichzeitig ein dienstbarer Knecht und jedem Untertan.

Luthers Worte basieren auf der Kernaussage des Evangeliums: ›Liebe deinen Nächsten wie dich selbst.‹ Dies ist ein revolutionärer Satz. Er stellt die zentrale Botschaft Gottes dar, vermittelt durch Jesus Christus. Darin erfährt der Mensch die Kausalität zwischen dem Streben nach Freiheit und Geborgenheit. Christliche Freiheit ist nicht der Trieb, was man will, sondern das Vermögen, zu dürfen, was man soll.

Der Wein ist ein Verführer, besonders am Morgen. Nun haben wir fast den ganzen Vormittag mit Frühstück und Reden ausgefüllt, wenn Sie wollen, besichtigen wir die Meteora-Klöster. Bis Dimitrius kommt, verbleibt uns noch viel Zeit.«

Auf den Spuren des Apostel Paulus

Seit er in Nauplia lebte, spürte Kurz eine Wandlung, bald schon verflog seine innere Unruhe. Stundenlang lief er am Strand entlang, beobachtete die Dynamik der Wolken, das sich ständig bewegende Meer, die Menschen, angetan von der Argos Landschaft, fuhr oft zur Burg von Mykene. Tagelang arbeitet er dann im Atelier. Im Laufe der Zeit spürte er, wie seine malerische Reife wuchs, spürte in sich eine tiefgreifende Veränderung, spürte wie sich in Nauplia eine »Neugeburt« in ihm vollzog. Gern erinnerte er sich, wie alles in Athen begann.

Es war Sonntag, nach dem Frühstück ging er vom Hotel damals in die Altstadt. Er lief der Plaka entlang, von weitem hörte er Musik. Von Klängen eines Saxophons angelockt ging er Richtung Monastiraki. An der Kreuzung der Odos Athine und Hephaistos Straße gelangte er auf den Flohmarkt. Er war kein besonderer Freund des Trödelmarkts, »doch vielleicht erspähe ich nützliches Zeug für mein zukünftiges Quartier«, dachte er bei sich und ließ sich treiben von den vielen Menschen, die gleich ihm durch die Reihen der Stände liefen. Er fand sich an einer Reihe von Büchertischen wieder. Ziellos blätterte er, ohne eigentlich zu wissen was. Er zog einen Band hervor, mit dem englischen Titel »The Fundamentals of Drawing«, vom Autor Barrington Barbar. Seine englischen Kenntnisse reichten aus, den Inhalt zu erfassen, Zeichnen, Grundlagen, Techniken und Motive. Er spürte im Inneren, das könnte was werden, einen Neuanfang zu wagen, neue Wege zu geben. Neugierig geworden blätterte er, las in der »Malschule«, beeindruckt von Landschaftsbildern, geometrischen Formen, Figuren, Porträts, es kribbelte in seinen Fingern, sein Bauchgefühl verriet ihm, auf einer richtigen Fährte zu sein. Er zahlte, der Händler steckte das Buch in einen Plastebeutel. So ausgestattet trieb es ihn in ein kleines Cafe. Er setzte sich, bestellte einen Kaffee. Nahm das Buch aus der Plastehülle, seine Finger blätterten gierig, Seite um Seite. Ein gutes Gefühl Neuland zu entdecken durchströmte ihn. In seinem Inneren begannen sich schon Konturen eines Neuanfangs zu formen. Er zahlte seinen Kaffee, lief weiter über den Flohmarkt, blieb an diesem und jenem Stand stehen, eine »kleine Akropolis« aus Keramik, mit griechischer Flagge, zog ihn an. Der Händler wollte 20 Drachmen, er ging weiter, der Händler rief ihm nach, zeigte mit den Fingern zehn Drachmen. Er gab ihm das Geld, steckte das zierliche Symbol ein. Ging einige Schritte weiter, Bücher über Bücher lagen aus. In diesem Gewühl fand er ein Buch in deutscher Schrift, »Auf den Spuren des Apostel Paulus«. Er las den Inhalt. Philippi, Athen, Korinth. Plötzlich kam ihm der Gedanke, diese Orte aufzusuchen und die Briefe des Paulus an ihren Ursprungsstätten zu lesen. Wollte er doch Griechenland entdecken, er hätte ein Ziel vor Augen. Die Zeit dafür war für ihn günstig.

»Athen war für Paulus eine wesentliche Durchgangsstation auf dem Weg nach Korinth«, las er.

Am frühen Morgen des nächsten Tages ging er nach dem Frühstück vom Hotel in Richtung der Plaka, die Straße war ziemlich leer. Vor ihm tauchte die Silhouette der Akropolis auf. Bald schon hatte er die Agora erreicht. Er las im Buch. Darin stand, dass Paulus seine Gespräche in Athen auf der Agora begonnen hatte. Kurz hatte auf einer Bank Platz genommen, seine Gedanken gingen zurück in die Zeit des Paulus. Bildhaft stellte er sich vor, wie der »Genius loci« der Stadt zu sprechen begann, sich die geistige und religiöse Atmosphäre ausbreitete. Er hörte, wie Paulus vor den Athenern sprach:

»Der Geist des Herrn ist in mir, weil er mich gesalbt hat, zu verkündigen das Evangelium der Armen, er hat mich gesandt, zu predigen den Gefangenen, dass sie frei werden, und den Blinden, dass sie sehend werden und den Zerschlagenen, dass sie frei und ledig sein sollen, zu verkündigen das Gnaden Jahr des Herrn.«

»Was will der Schwätzer«, ertönte es von den Zuhörern, »wollt Ihr einen Gott zu uns bringen«, höhnte es: »Ich bin gekommen die Sünder zur Buße zu rufen und nicht die Gerechten. Ihr habt in eurer Stadt viele Tempel, Götzenfiguren, betet tote Götter-Figuren an, und macht daraus Geschäfte, verkauft Götzen-Skulpturen, die ihr in euren Wohnungen aufstellt. Es sind leblose Figuren, die keinen Geist verkörpern. Ihr habt Philosophen, die großartige Denkmodelle entwickelten, Sokrates, Platon, Euripides, doch keiner hat euch das Wesentliche verkündet, die Liebe, die Liebe zum Nächsten.«

»Er bringt uns neue Kunde, es scheint ein neuer Gott aus ihm zu sprechen, nehmen wir ihn mit zum Areopag«, erwiderten sie, » ja auf zum Areopag, mag er dort vor allen sein Evangelium uns kundtun. Wir wollen hören, was er Neues zu sagen hat. Können wir erfahren, was für eine neue Lehre das ist. Denn du bringst etwas Neues in unser Ohr. Nun wollen wir gern wissen, was das ist. Er soll es uns auf dem Areopag sagen«, riefen einige.

»Ihr Athener habt viel für die Freiheit getan, die Perser vertrieben«, sprach Paulus, »doch wie euch eure Geschichte zeigt, gelangt ihr immer wieder in Unfreiheit.« »Wie meint ihr das«, riefen einige, »wir haben die Freiheit nach Persien und in die Welt getragen«, antworteten sie. »Alexander der Große brachte den Freiheitsgedanken bis ans Ende der Welt.«

»Was ist die Freiheit wert, wenn sie sich nur aufs Schwert stützt, Gewalt erzeugt immer Gegengewalt«, erwiderte Paulus. »Nur wo Gottes Geist ist, da ist Freiheit«, verkündete er mit seiner tiefen Stimme.

Ein dem Text beigefügtes Bild zeigte Paulus in einer Pose, dem Philosophen Sokrates ähnlich.

»Die Freiheit birgt in sich die Gefahr«, verkündete Paulus, »wenn sie missbraucht wird, wird sie in Regellosigkeit, Willkür und Egoismus münden.«

Die Athener lauschten gespannt seinen Worten.

»Es sind die irdischen Fesseln, die den Menschen unfrei, abhängig, versklaven. Was hat euer Alexander den Menschen gebracht, nicht mehr als ein Idealbild. Sind deshalb die Menschen in Griechenland, Syrien, Babylonien, Persien oder anderswo frei geworden, mitnichten. Eure Philosophen haben Ideale entwickelt, Sokrates, Plato, die im Bild Atlantis ihren Ausdruck finden. Sie bleiben Wunschträume, Idealbilder. Freiheit ist im Verhältnis zu Gott zu suchen. Ich bin frei in allen Dingen und habe mich zu jedermanns Knecht gemacht. Der Dienst am Nächsten. Ihr sollt niemandem verpflichtet sein, außer dass ihr euch untereinander liebt. Gott fordert mich auf, innerlich frei zu sein. Männer Athens«, sprach Paulus, »aus Liebe lässt Gott dem Menschen seinen Willen. Dienet einander in Liebe, tragt die Last des Anderen. Ihr seid zur Freiheit berufen, nun nehmt die Freiheit nicht zum Vorwand für das Fleisch, sondern dienet einander in Liebe. Die Liebe ist Gottes oberstes Gesetz, bei euch heißt dies Agape. Du sollst den Nächsten lieben wie dich selbst. Gottes Sohn, Jesus Christus, hat diese Botschaft zu uns Menschen gebracht und am Kreuz unsere Schuld auf sich genommen.«

Es herrschte Stille, eine Stimme rief: »Was will der Körnerpicker, Ihr seid ein übler Schwätzer.«

»Nein«, riefen andere, »es sieht so aus, als wollt Ihr einen neuen Gott bei uns einführen.«

»Der Herr spricht, Himmel und Erde werden vergehen, aber nicht meine Worte.«

»Lasst sie hören, die Worte eures Gottes«, tönten Stimmen. »Du sollst den Herrn, deinen Gott lieben, von ganzem Herzen, von ganzer Seele, von ganzem Gemüt und von allen deinen Kräften. Das ist das höchste Gebot, das andere lautet: Du sollst deinen Nächsten lieben wie dich selbst, es ist kein anders Gebot größer als dieses.«

Die Zuhörer lauschten seinen Worten. Paulus' Rhetorik begeisterte die Athener, es war, als ob in ihm der Heilige Geist die Worte formte und er sprach aus seinem Munde: »Als aber die Zeit um war, sandte Gott seinen Sohn, das Evangelium auf Erden zu verkündigen, die frohe Botschaft, das Gesetz der Liebe. Jesus Christus, Gottes Sohn ist gekommen, einen neuen Bund zu schließen, zwischen Gott und den Menschen. Gott liebt den Menschen so sehr, dass er seinen Sohn opferte am Kreuz, um den Menschen seine Liebe zu verkündigen. Mit der Auferstehung unseres Herrn Jesus Christus erfährt der Gläubige der Gnade der Auferstehung, die Wandlung zu einem neuen Menschen, der in der Liebe wandelt.«

Kurz glaubte beim Lesen, die Stimme Paulus zu hören.

»Seelig seid ihr Armen, denn das Reich Gottes ist euer, selig seid ihr, die ihr jetzt hungert, denn ihr sollt satt werden. Seelig seid ihr, die ihr jetzt weint, denn ihr werdet lachen. Seelig seid ihr, wenn euch die Menschen hassen und euch ausstoßen, und schmähen, verwerfen, euren Namen als böse um den Menschensohn willen. Freuet euch«.

Stimmen wurden immer lauter: »Er verkündet viel Neues, lasst ihn reden«.

»Ja, lasst ihn reden, nein nicht hier, er soll auf dem heiligen Hügel, dem Areopag sprechen, führt ihn dahin.«

»Ja«, schrien einige, »führt ihn zum Areopag.«

Kurz las, dass sie Paulus zum Areopag führten. In Gedanken sah er, wie Paulus in Richtung der Akropolis lief. Kurz folgte diesen Spuren. Wie viele Male war er den Weg hinauf zur Burg gelaufen, sah den kleinen Hügel, der seinen Namen vom Kriegsgott Ares herleitete, auch Marshügel genannt, geweiht den Erinnyen. Kurz stand vor dem Areopag. In antiker Zeit tagte auf dem Hügel das höchste Athener Gericht, zu dem die höchsten Beamten der Stadt, die Archonten gehörten. Sie hatten neben ihrer Gerichtsbarkeit auch politische Macht. Später, in christlicher Zeit, wurden die Tempel der Furien in eine Kirche umgewandelt. In der Zeit Paulus' genoss der Areopag immer noch hohes Ansehen bei den Athener Bürgern. Zuständig besonders für sittliche und religiöse Angelegenheiten. So war es selbstverständlich, dass ein »Verkünder fremder Götter« seinem Urteil unterworfen wurde. Er hörte, wie Paulus in seiner Rede auf dem Areopag über die wahre Gottes-Erkenntnis sprach. Paulus wies er auf die Altarinschrift hin, von »einem unbekannten Gott«. Der Apostel wertete die Weihinschrift als Beweis für die Ahnung des Göttlichen bei den Athenern. Paulus hatte mit seiner Rede den rechten Ton angeschlagen, denn jedermann unter den Zuhörern kannte die Geschichte, die zu der Errichtung dieses Altars mit der Inschrift »Dem unbekannten Gott« geführt hatte. Kurz sah, wie Paulus auf dem Areopag stand, hörte seine Worte:

»Ihr Männer von Athen, ich sehe, dass ihr die Götter in allen

Stücken sehr verehrt. Ich bin umhergegangen und habe eure Heiligtümer angesehen und fand einen Altar, auf dem stand ›dem unbekannten Gott‹. Nun verkündige ich euch, was ihr unwissend verehrt. Gott, der die Welt gemacht hat und alles was darin ist, er, der Herr des Himmels und der Erde. Und er hat aus einem Menschen, das ganz Menschengeschlecht gemacht.«

Deutlich war Paulus' Stimme zu hören. »Für wahr, er ist nicht ferne von einem jeden von uns, denn in ihm leben, weben und sind wir. Er gebietet den Menschen, dass alle Enden Buße tun, denn er hat den Tag festgesetzt, an dem er den Erdenkreis richten will mit Gerechtigkeit durch einen Mann, den er bestimmt hat, und er hat jedermann Glauben angeboten, indem er ihn von den Toten auferweckt hat.«

»Aufhören, er ist ein Scharlatan, der unsere Götter lästert, bei Zeus, verbietet ihm das Wort«, schrien einige.

»Buh, buh, Schwätzer, Scharlatan, wer kann je von den Toten aufwachen, jagt ihn davon, er ist irre im Kopf«, spotteten einige.

»Hört auf, lasst ihn weitersprechen«, riefen andere.

»Nein macht für heute Schluss, wir wollen dich darüber ein andermal weiter hören.« Paulus wurde von einigen Zuhörern umringt. »Eure Botschaft hören wir gern, erzählt uns mehr von Jesus Christus.«

»Wie heißt ihr, gute Leute?«

»Man nennt mich Dionysius, ich bin Athener Bürger.«

»Und ich bin Damaris«, drängte sich eine Frau heran, »eure Worte sprechen mir aus dem Herzen, ich möchte Jesus Worte hören.«

»Wenn ihr bereit seid, die frohe Botschaft anzunehmen, dann will ich euch taufen, im Namen Gottes, seines Sohnes Jesus Christus und des Heiligen Geistes«, sprach Paulus.

Später wurde Dionysius der erste Bischof von Athen.

Kurz erkannte, dass Paulus ganz in der Tradition des hellenistischen Judentums und seines Missionsauftrages predigte. Er gewann die Aufmerksamkeit seiner Zuhörer und stellt ihnen Jesus

Christus als den von Gott gesandten Retter vor. Paulus verband seine Ansprache vor den Athenern mit einem Aufruf zur Umkehr zu Gott und proklamierte vor Menschen, dass Jesus Christus alleiniger Weg zu Gott ist.

»Liebe Athener, eure Philosophen, euer Alexander hat Großes geleistet, doch auch er trägt den Makel: Gewalt und Zwang. Die Botschaft Jesus Christus ist unvereinbar mit Zwang. Gott hat durch seinen Sohn die Liebe zum obersten Gesetz gemacht, im christlichen Glauben wird die Freiheit zum Prinzip für alle. Vom Neuen Testament aus geht der Gedanke der Freiheit, den Christus in die Welt gebracht hat. Gott hat uns nicht den Geist der Furcht, sondern die Kraft der Liebe und Besonnenheit gegeben.«

Beeindruckt von diesem Buch stand sein Entschluss fest, auf Spurensuche zu gehen.

Von Athen nach Korinth sind es knapp 80 Kilometer, dachte er. Bis Abreise bliebe noch viel Zeit zu einem Abstecher nach Korinth, um die Wirkungsstätte des Apostel Paulus direkt zu erleben. Warum den Besuch auf die lange Bank schieben, wenn nicht jetzt, wann dann, ging es ihm durch den Kopf. Morgen ist Dienstag, das wäre sehr günstig, um ein zwei Tage in Korinth zu verbringen. Er bestellte bei der Rezeption einen Mietwagen für zwei Tage. Setzte sich an den kleinen Schreibtisch im Zimmer, nahm das Buch, vom Apostel Paulus, vertiefte sich darin. Ihn trieb die Neugier, mehr vom Leben Paulus' und seinen Missionsreisen zu erfahren, er las.

Paulus, er stammt aus einer streng jüdischen Familie der Diaspora, wurde um den Beginn der Zeitrechnung in Tarsos, römische Provinz Kilikien, geboren. Eine damals blühende, hellenische Stadt. Sein Wirken ist eng verbunden mit dem Urchristentum, zu erkennen in den sogenannten Pastoralbriefen, den Anweisungen für das Hirtenamt und Ordnung der Gemeinden, die er während seiner Missionsreisen gründete. Nach seiner Bekehrung von Saulus zu Paulus, seiner Umkehr vom Christenverfolger zum Anhänger Jesus, wurde er zum Heiden Apostel. Die Ausbreitung des Evangeliums, der Rettenden Botschaft Jesus Christus, war eng verbunden mit Apostel Paulus. Nachdem die Apostel an Pfingsten den Heiligen Geist empfangen hatten, begann er in Jerusalem zu predigen. Von dort aus unternahm er drei Missionsreisen. Die erste führte ihn, in Begleitung von Barnabas, nach Zypern, Syrien, und Kleinasien, dort predigten sie und gründeten Gemeinden. Für das Urchristentum bedeutend war die Gründung der Gemeinde in Antiochia, der drittgrößten Stadt des Römischen Imperiums. Seine Reise führte ihn über Kleinasien. Von der Troas aus überquerte er das Ägäische Meer und erreichte Griechenland. In der makedonischen Stadt Philippi organisierte er die erste Christengemeinde in Europa. Sein Weg führte ihn dann entlang der Küste nach Thessaloniki und weiter mit dem Schiff nach Athen.

Kurz fuhr am nächsten Morgen mit dem Mietwagen nach Korinth. Er überquerte den Isthmus, den Kanal, der die Ägäis mit der Adria verbindet, fuhr entlang der A 8 Richtung Anciente Corinth, der antiken Stadt Korinth. Ein Hinweisschild führte ihn zur St. Paulus Agios.

Prachtvolle Farben der Fassade zogen seine Aufmerksamkeit an. In deren Mittelpunkt ist ein übermannsgroßes Porträt Paulus' abgebildet. Kurz erfährt aus dem Buch, dass hier Paulus, der Apostel der Völker, im Jahre 50 die Frohe Botschaft in die damals größte Hafenstadt Griechenlands brachte. Paulus lebte und predigte hier über anderthalb Jahre. Seinen Lebensunterhalt schuf er sich durch seine Arbeit als Zeltmacher. Paulus arbeitete in Korinth in der Zeltsattlerei seines jüdischen Berufsgenossen und wohnte in dessen Haus. Dank der Unterstützung durch das Emigrantenehepaar kann sich Paulus schon bald der Missionsarbeit widmen. Korinth war in der Zeit des Apostels eine sehr wohlhabende Handelsstadt, mit zwei Häfen, nach Osten zur Ägäis und nach Westen an der Adria gelegen. Zu den buntgemischten heidnischen Einwohnern gesellte sich eine große Judenschaft. In der römischen Zeit war das Leben gefüllt von zahlreichen kulturellen und öffentlichen Einrichtungen, neben Thermen und Publik Foren, gehörten zum Stadtbild Theater, Tempel, Bibliotheken und Odeon. Auf der Agora herrschte reges Treiben. Aber auch von hoher Sittenlosigkeit war die antike Stadt geprägt. Hier fanden die berühmten Isthmischen Spiele statt. Diese sozialen, religiösen und sittlichen Hintergründe wurden später von Paulus eingehend in den Korinther Briefen erörtert. Zunächst predigte Paulus in der Synagoge. Er lehrte an allen Sabbaten das Evangelium und bezeugte den Juden, dass Jesu der Christus ist. Dass seine jüdischen Mitmenschen ihm immer noch feindlich gegenüberstanden, verdeutlicht sich in der nachfolgenden Szene:

»Was widerstrebt ihr euch, die Wahrheit zu erkennen«, rief er den Juden zu, »Jesus ist Gottes Sohn, der Messias, wie die Propheten es gesagt.« Er stand vor der Synagoge, umringt von zahlreichen Juden. »Meine Kleider will ich zerreißen, Haare raufen, Gesicht zerkratzen, begreift doch endlich, das Wort, die Verheißung hat sich in Christus erfüllt.« Er sprach zu ihnen: »Euer Blut komme über euer Haupt, ohne Schuld gehe ich von nun an zu den Heiden. Ihr seid wie Esel, bockig und störrisch, nicht länger will ich bei euch weilen. Eifersüchtig will ich euch machen. Die Heiden euch aufwecken, in eurer Blindheit.« Aufgebracht zweifelte Paulus, rief im Gebet zu Gott. In der Nacht erschien der Herr und sprach im Traum zu Paulus:

»Fürchte dich nicht, sondern rede und schweige nicht. Denn ich bin bei dir, und niemand soll sich unterstehen, dir zu schaden; denn ich habe ein großes Volk in dieser Stadt.«

Kurz las, dass Paulus über anderthalb Jahre in der Stadt blieb, im Laufe der Zeit bildete sich eine große Christengemeinde. Der Samen begann in Europa aufzugehen, die Ernte zu reifen. Das Christentum begann sich in Europa auszubreiten, trotz Verfolgung seitens der römischen Kaiser und jüdischer Gegenwehr war die Frohe Botschaft über das gesamte Imperium verbreitet. Die christliche Botschaft verkündete allen Völkern des Erdballs den Heilsplan Gottes, sein Gesetz der Liebe und Freiheit eines jeden Menschen. Lag da nicht auch der Grund darin, dass Gott in seiner

Gnade und Barmherzigkeit auch ihn von der Last der Schuld und Sünde befreite?

Kurz trat hinein in die Basilika des Hl. Paulus. Briefe und Journals lagen ausgebreitet auf einem Tisch. Er entdeckte einige in deutscher Schrift:

Psalm 117. Aufruf an alle Völker zum Lobe Gottes
Lobe den Herrn, alle Heiden,
Preiset ihn, alle Völker!
Denn seine Gnade und Wahrheit waltet
Über uns in Ewigkeit. Halleluja.

Ein Spruch aus Ps. 119 lag aus:

Öffne mir die Augen, dass ich sehe, die Wunder an
deinem Gesetz
Ich bin Gast auf Erden,
Verbirg deine Gebote nicht von mir.

In Gedanken versunken saß Kurz auf einer Bank vor dem Altar. Seine Hände zum Gebet gefaltet, kamen ihm die Worte aus Psalm 103 in Erinnerung:

Das Hohelied der Barmherzigkeit Gottes
Lobe den Herrn meine Seele
Und was in mir ist, seinen heiligen Namen!
Lobe den Herrn meine Seele,
und vergiss nicht, was er dir Gutes getan hat.
Der dir alle deine Sünden vergibt,
und heilet all deine Gebrechen,
der dein Leben vom Verderben erlöst,
der dich krönet mit Gnade und Barmherzigkeit,
der deinen Mund fröhlich macht
und du wieder jung wirst,
wie ein Adler.

Am Abend saß Kurz in seiner Pension, er hatte ein Zimmer am Rande der Stadt gebucht. In Gedanken liefen die Eindrücke des Tages vor seinem geistigen Auge ab. Sie paarten sich mit dem der

Vergangenheit. Er hatte sich immer gewünscht, nach Griechenland zu reisen, es war ein zutiefst innerer Wunsch, eine innere Sehnsucht. Das Warum konnte er nicht wirklich erklären, es war in ihm wie Hefe, die Gärungsprozesse auslöste. In Athen oder hier in Korinth wird es im klar, fällt es wie Schuppen von seinen Augen. Seine Lippen formten Worte des Gebets: »Danken will ich Gott, für die Wunder die er tut, Wunder, ohne bewusst uns zu sein, wie Gott in uns wirkt. In Kurz kommt ein Gedanke auf. Ist es nicht Trinität zwischen Demokratie-Freiheit-Christlichem Glauben? Gepaart mit der Frage: Warum kam Paulus ausgerechnet nach Griechenland, war es nicht auch möglich, zuerst Italien, Gallien oder Spanien aufzusuchen? Warum, was führte ihn oder auch wer führte ihn nach Philippi, Athen und Korinth? Steckt da nicht Gottes Heilsplan dahinter, den Samen, das Saatkorn im Mutterland des Hellenismus, Griechenland, zu legen, wo sich zuerst Formen der Demokratie und Freiheit herausschälten?

Menschliches Wissen ist Torheit im Vergleich zu Gottes Schöpfung. Philosophen wie Sokrates, Platon oder Euripides waren im irdischen Denken verfangen. Wie sollten sie auch anders, dachte Kurz. Ihr Denkmuster gipfelte im Idealbild von Atlantis. Im Gegensatz zu Paulus. Er trug in sich das Wort Gottes, die Botschaft Jesus Christus. Die griechisch-römische Kultur basierte auf multikultureller, multiethnischer Basis, immer offen für Fremdes. Jedoch war die bisherige Religion, Ideologie nicht in der Lage, die sozialen Fragen zu klären und positiv zu beantworten.

Nur im Gesetz der Liebe, kann sich der Mensch in Freiheit voll entfalten, wurde es ihm klar. Die Botschaft der Nächstenliebe, Jesus Christus, kann den Menschen formen und verwandeln, das Wunder von Ostern macht aus Adam einen neuen Adam, kamen seine Gedanken auf. Streift alte Hüllen ab, macht neu den Menschen! Kurz fällt es wie Schuppen von den Augen, er erkennt: So lang der Mensch an irdische Fesseln gebunden ist, so lange bleibt er in der Unfreiheit verhaftet.

Kurz muss an die Erzählung der Arbeiten des Herakles denken, drückt dieser Mythos nicht auch das Wirken und Leben des Menschen aus? Die zwölf Arbeiten des Herakles sind identisch mit unseren Leben, durch unsere Arbeit und Tätigkeit auf der Erde werden wir geläutert und erst im Himmel finden wir vollkommene Freiheit.

Kurz spürte, wie eine Klarsicht in ihm mehr und mehr wirksam wurde. Christentum – Freiheit – Demokratie ist eng miteinander verbunden. Daraus ging das christliche Abendland Europa hervor. Findet nicht in dieser Konstipation das Gesetz Gottes, sein Wort, sein irdisches Ziel, wie Paulus schreibt? Paulus, ist sich Kurz sicher, war nicht nur ein Missionar, er war Theoretiker. In seinen Briefen an die Römer schuf er die geistigen Strukturen für das Christentum, basierend auf dem Evangelium Jesus Christus. Paulus ist noch heute so aktuell wie damals vor knapp 2000 Jahren, in seinen Briefen gibt er Antworten für unsere Zeit, wie auch für die in seiner Zeit. Menschen streben nach Freiheit, das ist ihnen angeboren, und nur in Demokratien können sie sich entfalten. Doch neben Freiheit braucht der Mensch Geborgenheit, dies erfährt der Einzelne in Beziehung zu Gott. Aus dem Widerstand der leuchtenden Kerzen, damals in Leipzig oder anderen Städte der ehemaligen DDR, wurde der Sozialismus/Kommunismus zu Grabe getragen. In Wirklichkeit waren dies Tyrannei und Diktaturen. Als System hat der Kapitalismus gesiegt, in sozialer Form. Fraglich ist nur, ob der Kapitalismus, der Wettbewerb zum Maximalprofit, der ständigen Steigerung der Produktivität, wirklich die Fragen der Zukunft beantworten kann. Gibt es nicht auch darauf eine Antwort, die uns Jesus Christus in der Bergpredigt offenbart, denkt Kurz.

Er erinnerte sich, als Jugendlicher besonders Bücher mit sozialem Hintergrund gelesen zu haben. Charles Dickens, Die Elenden, oder Emile Zolas Romanreihe Glück der Familie Rougon. Genauso stark fesselten ihn die Bücher über den Pietismus, das Werk August Hermann Frankes und seiner Halleschen Stiftung. Die Erweckungsgeschichten der Methodisten, John Wesley, das soziale Gewissen Englands. Oder auch William Wilberforce, der nach seiner Erweckung der Mann war, der die Sklaverei abschaffte. Kampf gegen Not und Elend der Menschen. Sie alle lösten Reformationsprozesse aus, die die Welt verbesserten, Abschaffung des Sklavenhandels, soziale Reformen, u.a. getrieben vom christlichen Ethos. Kurz dachte daran, dass diese Vorkämpfer Gott in ihren Herzen trugen.

Im krassen Gegensatz dazu das Streben der Führer der Kommunisten, wie Lenin, Stalin, Mao oder Honecker, die nur ein Ziel kannten, Macht. Sie alle handelten letztlich wie die Schweine in Orwells Farm der Tiere. Einen Menschen neuen Typus wollten sie schaffen, und schufen wie Stalin ein Reich des Schreckens und der Sklaverei, getrieben von niedrigen Instinkten, teuflischer Art.

Deutlich vor Augen wurden ihm wieder die Bilder, als er damals 1961 bei seinen Onkel Albert und Tante Maria auf ihrem Bauernhof in Thüringen war. Eines Morgens klopfte es, zwei Männer standen vor der Tür, sie zeigten Tante Maria ihren Ausweis, Staatssicherheit.

»Wo ist Ihr Mann?«

»Draußen auf dem Feld, wo sonst.«

»Wir haben einige Fragen an ihm, holen Sie ihn her.«

»Ich backe Kuchen und kann nicht weg.«

»Dann schicken Sie den Jungen zu ihm.«

So geschah es auch, erinnerte sich Kurz, er lief auf das Weizenfeld, wo Onkel Albert schon am frühen Morgen Weizenpuppen band. Er lief hastig hinaus zu seinen Onkel.

»Zwei Stasileute wollen dich sprechen, du sollst sofort nach Hause kommen.«

»Nur langsam, die Kettenhunde können warten. Erst die Arbeit, dann die Spitzel, geh heim und sag der Tante, dass ich gegen Mittag zu Hause bin.«

So fuhr Onkel Albert erst gegen Mittag nach Hause. Den Stasileuten konnte man ihre Wut sichtlich anmerken, während das Gesicht Onkel Alberts keine Furcht ausdrückte, eher hämisches Lächeln.

»Ziehen Sie sich um, wir müssen Sie auf unsere Dienstelle wegen einiger Fragen mitnehmen.«

»Warum soll ich mich umziehen, ist es eine Schande im Arbeiter- und Bauernstaat, seine Arbeitskluft zu tragen, oder stinkt meine Kleidung den Herren von der Stasi?«

»Werden Sie nicht anzüglich«, drohte einer der Männer im Schlapphut und Ledermantel. Sie nahmen Onkel Albert mit.

Der Grund seiner Verhaftung war, er hatte sich geweigert in die LPG einzutreten, und dies auch mehr als deutlich in der Gaststätte Zum Ochsen den Werbern entgegengeschleudert. »Erst habt ihr uns durch die Bodenreform Land gegeben, und nun wollt ihr es uns wegnehmen, nie und nimmer trete ich in die Kolchose ein. Ihr wollt mein Eigentum rauben, die Früchte meiner Arbeit stehlen. Nicht mit mir!«, schrie er die Werber an.

Kurz fühlte, wie es ihn wie ein Blitz aus heiterem Himmel traf, wie er die Rechtlosigkeit im Arbeiter- und Bauernstaat brutal erlebte. Wenige Tage später zeigte das System sein wahres Gesicht. Es war am 13. August 1961, Ulbricht ließ in Absprache mit Moskau die Mauer in Berlin errichten. Ein ganzes Volk einsperren, sein Freiheitsstreben mit Gewalt unterbinden. Ja, sie wollten einen neuen Menschen schaffen, Sklaven einer inhumanen Ideologie, indem sie Christen als Staatsfeinde verfolgten und einsperrten. In Kurz wurde es klar. Gott wirkt, er mischt sich ein, auch wenn wir nicht alles sofort verstehen.

Gottes Heilsplan hat sie von der Weltbühne hinweg gefegt, sie auf den Müllhaufen der Geschichte geworfen, für die nachfolgende Generationen Sinnbild des Schreckens.

*

Weg zu neuem Leben

Weich umfloss goldener Sand ihre nackten Füße. Verfangen vom Rausch abendlicher Stimmung zwischen glühend roter Sonne, die das Meer in rötliche Farben tauchte. Verliebt in das Wellenspiel der Ägäis, die sich weiß aufschäumenden Kronen, gleich dem Bild hunderter sich tummelnder Delfine in den grün-blauen Wogen. Eingetaucht in der Atmosphäre zwischen blauem Himmel und raunendem Meer, umsäumt vom endlosen weißen Strand, sah sie hinauf zu den Möwen, die hoch über den Wellen kreischten, sich gegenseitig die erbeuteten Fische abjagten. Sie war schon lange Zeit unterwegs, ohne auf die Uhr zu achten. Nur ab und zu begegnete sie Badenden und Sonnenanbetern, die zwischen Felsklippen die letzten Sonnenstrahlen erhaschten. Hin und wieder formte sie Figuren in den weichen Sand, zerstörte sie wieder und lief weiter. Versunken in sich selbst, kindlich leicht grub sie Bassins, verband diese mit einem Kanal und ließ Wasser hineinlaufen, das ihre Füße angenehm kühlte. Sie durchstieß den Damm, das Wasser wurde aufgesaugt vom Sand und verlor seine Spur. Sie lief weiter an den Dünen entlang.

Sie erschrak in ihrem Spiel, als sie plötzlich angesprochen wurde. Vor ihr stand ein braungebrannter Mann. Er malte an einer Staffelei. Sein graumeliertes Haar war von einem Strohhut bedeckt. Auf der Leinwand war das Spiel der Farben von Himmel und Meer ausgebreitet. Ölfarben glitzerten regenbogenartig in blauer, gelber und roter Mischung. Die Sonne tauchte hinab ins Meer. Erst jetzt bemerkte sie, wie weit sie sich von ihrem Hotel entfernt hatte. Der Strand war wie leergefegt. Der schwarze Vollbart des Mannes stand im Kontrast zu seinem ausgebleichten Haar. Obwohl sie allein war, spürte sie keine Angstgefühle. Er sprach leise zu ihr, seine Augen waren von einer dunklen Sonnenbrille verdeckt. Er sah hinaus auf das Meer. Ganz in Gedanken vertieft strich er mit dem Farbpinsel über die Leinwand. Er vernahm ihr Frösteln, kühler Nordwind strich über das Meer, und legte seine Jacke um ihre

Schulter. Er nahm seine Staffelei, zeigte hin zu einer in der Nähe liegenden Taverne und lud sie ein zu einem Glas Wein.

»Haben Sie sich verlaufen?«

»Nein, nicht direkt, aber ich habe mich ziemlich weit von meinem Hotel entfernt.«

»Ich will nicht neugierig sein, sind Sie aus Deutschland?«

»Ja, das stimmt.«

»Doch nicht etwa aus Heidelberg, dann bist du Carla!« Erst jetzt nahm er seine Sonnenbrille ab.

»Kurz, bist du es?«

»Das ist eine vollendete Überraschung, Carla, dich wiederzusehen«, antwortete er freudig und umarmte sie. »Ich freue mich sehr. Leider habe ich heute Abend einen wichtigen Termin, ich erzähle dir später davon. Weißt du was, du kannst in meinem Atelier übernachten, das neben der Taverne liegt, und morgen haben wir Zeit, uns zu unterhalten. Bleibst du lange hier in Nauplia?«

»Ja, ich habe mir eine Woche Badeurlaub genehmigt.«

Sie gingen zum Atelier. »Du findest alles, was du brauchst.« Er nahm seinen Motorroller und fuhr davon. Es war schon spät, sie schlief rasch ein. Am Morgen kitzelte sie die Sonne im Gesicht, sie wachte auf, ging ins Bad und zog sich an. Auf einem kleinen runden Tisch mit einer Marmorplatte stand ein kleines Frühstück. Er muss schon früh morgens hier gewesen sein, durchfuhr es sie. Eine Schale Oliven, daneben Käse, Brot und Trauben. Eine Karaffe Wein, rötlich schimmernd im hereinbrechenden Morgenlicht. Ein zusammengefalteter Zettel lag daneben. Sie las:

»Kali mera meßin chori te
Chero poli, parakalo perimenete
I maßte Supermarket, by, by, Kurz«

Schafskäse, Fladenbrot mit Oliven, dazu Rotwein – wann hatte sie solch ein Frühstück gehabt, einfache, aber herzhafte Kost. Sie setzte sich, nahm vom Tisch, was geboten vor ihr lag. Sie entdeckte auf einem Wandbord einige Bücher und nahm einen kleinen Gedichtband, blätterte darin und las:

»Dreimal glücklich die Frau, die Aphrodite die Wonne des Lagers, Phallos den lockenden Pfeil, Eros die Schönheit verdankt.« Eine feine Röte durchzog sie. Sie blätterte weiter:

»Streifen wir, Liebste, ab die Kleider und umarmen uns beide, innig und nackt, wie wir sind, Körper an Körper gepresst. Zwischen uns geht nichts. Brüste und Lippen verschmelzen, das andere will ich nicht entlüften Dritten. Der, der hemmungslos schwatzt, hat meine Abscheu und Verachtung.« Rot funkelte der Wein, sie trank, blätterte weiter in der Morgen-Lektüre, heitere Liebesgedichte:

»Sollte man spät hin meine scherzhaften Verse hören, hält man dies Liebespein für mein Ureigenes, aber ich zeichne nur auf, was so mancher Liebhaber innig empfunden. Dies auszudrücken, gebot mir Eros allein.«

Sie legte das kleine Bändchen zurück und ging durch die Räume des Ateliers. An den Wänden hingen einige Bilder, Landschaften der Ägäis. Santorins blau-weiße Silhouette, mitten im silber schimmernden Meer. Kreta, der Palast von Knossos, darunter stand »Entwurf einer Harmonie«. Sie betrat einen kleineren Raum, an den weißgetünchten Wänden leuchteten ihr farbenfrohe Aquarelle entgegen. Dazwischen Skizzen antiker Landschaften.

Nimea-Zeusheiligtum, drei in den blauen Himmel ragende Säulen, inmitten Fragmenten aus Marmor und Sandstein. Säulen vor der Akropolis Korinth. Akropolis von Nauplia, die Bucht von Tolo. Reise durch die Argos, Aquarell einer antiken Landschaft. Mykene – die Burg des Agamemnon, Skizzen einer Vergangenheit. Schwarz-Weiß-Zeichnungen von Milli-Learni, Alea Togea, Ruinenfeld, Athene Heiligtum. Bild einer historischen Landschaft – Palladio Hügel, Zeusheiligtum in Olympia, Skulpturen, Torso, Entwürfe. Auf einer Staffelei ein Porträt einer jungen Frau. Ihr schwarzes Haar geschmückt mit roter Oleanderblüte. Anmut und Selbstbewusstsein strahlte dieses Bild aus. Auf den Fensterbänken lagen Tonscherben, kleine Terrakotten, Fruchtbarkeitsfiguren, geziert von Brüsten und Vagina. Boxbeinige Bacchanten mit gerierenden Phallus, Landschaftsbilder, umrahmt von Gedichten.

Daneben lag ein kleines schwarzes Büchlein: »Tagebuch Kurz«. Sie blätterte darin: »August 1990, an einem späten Nachmittag. Habe T. getötet, bin auf der Flucht …«

Sie vernahm, dass jemand das Haus betreten hatte. Die Tür ging auf, sie hatte das Tagebuch noch immer in der Hand. Sein Blick fiel auf das Buch. Er war bleich geworden. »So nutzt du meine Gastfreundschaft!« Seine Stimme grollte.

»Entschuldige, ich wollte nicht …«

»Was wolltest du nicht? Du stöberst in fremden Büchern herum und nun fällt dir nichts weiter ein. Ich wollte nicht …«, äffte er nach.

»Tut mir leid.«

»Du hast mein Tagebuch gelesen, gelesen, dass ich einen Menschen getötet habe.«

»Nein, ich habe von deiner Reise durch Hellas gelesen.«

»Welche Reise?«

»Seit wir uns trennten, damals bei Dimitrius.«

»Entschuldige meinen Ausbruch, ich war für einen Moment sauer auf dich, dass du davon erfahren hast.«

»Nach dem, was ich aus dem Tagebuch gelesen habe, hat er dich zutiefst provoziert. Nein, du bist kein Mörder, es war Notwehr, jedes Gericht wird dich freisprechen.«

»Du magst recht haben.« Er küsste sie flüchtig auf ihre Wange. »Was du im Tagebuch gelesen hast, ist nur der letzte Teil einer Odyssee.«

»Welche Odyssee meinst du?«

»Nun, mein Leben ist bis heute eine Irrfahrt. Getrieben von der inneren Unruhe, Heimat zu finden.«

»Hattest du keine Familie, keine Freunde?«

»Doch, doch, ich hatte eine Familie, Freunde und alles, was ein normales Leben so ausmacht. Und doch war ich ein Getriebener, getrieben über die Ozeane des Lebens. Erst jetzt beginne ich mich von den inneren Fesseln zu lösen, erst hier in Athen beginnt sich das innere, aufgewühlte Meer zu legen.«

»Aus deinem Tagebuch entnehme ich gleiche Worte. Sie verdeutlichen, du bist kein Mörder. Die Tragödie im Bad war Höhepunkt deiner Verzweiflung, wie von Geisterhand geführt vollbrachtes du die schreckliche Tat. Es war der Ausweg aus deinem bisherigen Leben. Es hatte sich in deinem Inneren ein gewaltiger Druck aufgebaut, ein Ventil, das sich im Bad öffnete. Doch ich will dich damit nicht konfrontieren. Du wirst erst wirklich frei, wenn du dich deiner inneren Fesseln entledigst«, meinte sie.

»Und wie?«

»Fahr zurück und gehe zur Polizei, mach von der Selbstanzeige Gebrauch. Ich will für dich beten und auf dich warten.«

»Jetzt ist sowieso alles egal.«

»Was ist dir egal?«

»Du hast es doch gelesen, ich bin ein Mörder.«

»Schon, aber ich finde keinen Reim darauf. Wer ist dieser T.?«

»Also gut, ich will dir die Geschichte erzählen. Mit meiner Reise nach Griechenland wollte ich all das hinter mir lassen. Doch ich merke, dass mich die Vergangenheit eingeholt hat. Ich komme nicht davon los.«

»Ja, ich habe durch meine Neugier einen Schleier gelüftet. Bin Mitwisserin einer Handlung mit Todesfolge, deiner Flucht und Unruhe, Kurz. Du warst nicht der Impulsträger, sondern nur Auslöser. Du fragst, was nun wird. Es gibt einen Mitwisser, daraus erkennst du eine Gefahr. Kurz, du bist in meinen Augen kein Mörder. Deine Handlung geschah aus Effekt. Früher oder später wird dich dein Gewissen einholen, die Tat immer ruchbar bleiben. Du kannst diese bedrohliche Wand nur durchbrechen, indem du dich öffnest.«

»Bist du wahnsinnig, die werden mich wegen Totschlags verurteilen. Es gibt keinerlei Indizien, die mich belasten, Carla.«

»Aber du, Kurz, belastest dich. Du wirst keine Ruhe finden, wirst umherirren, wie Orest und Elektra.«

»Soll ich denn all das aufgeben, was ich mir hier neu aufgebaut habe? Ein neues Leben, Carla?«

»Nein, ich denke, das musst du nicht. Du musst dein neues Leben nicht aufgeben. Doch du musst dich von der alten Last befreien. Eins sollst du wissen, ich liebe dich und werde immer zu dir stehen.«

»Danke, Carla.«

»Doch erzähl, was hast du die ganze Zeit, seit wir uns trennten, in Griechenland getrieben?«

»Dimitrius ist ein feiner Mensch, er hat mir eine Wohnung hier in Nauplia vermietet. Doch vorher nahm er mich mit auf eine Reise zu den Meteora-Klöstern. Dort lernte ich seinen Freund Sofianos kennen, seitdem verbindet uns eine Freundschaft. Er lebte lange in Deutschland, dann ging er zurück. Ja, dann begann das Abenteuer, oder besser gesagt, das Laufen lernen. Ich war ein Fremder, unfähig, mich mit Menschen zu unterhalten, eingetaucht in eine unbekannte Region. Du wirst lachen, den Anstoß gab mir ein Theaterstück mit englischen Untertiteln, das ich im Fernsehen sah. ›Waiting for Godot‹ von Samuel Beckett. In den 50er Jahren wurde es in den Theatern ein Welterfolg. Für mich war es der Auslöser, die Passivität zu überwinden. Ich wählte nicht den Strick, sondern ›lief‹, lief in das neue Leben hinein.«

»Und wie begann dein Laufen?«, fragte Carla.

»Es waren Zufälle, Zufälle, wie halt das Leben spielt. Ich schlenderte durch die Innenstadt von Nauplia. Am Zaun eines Hotels hing ein Plakat: ›Malen verändert das Leben‹. Wäre doch was für mich, dachte ich, notierte die Adresse und ging an diesem Tag ohne weitere Erwartung hin. Der Künstler, Georgios, begrüßte mich freundlich. Da er bald merkte, dass ich kein Griechisch konnte, sprach er mit mir Englisch. So konnte ich seinem Unterricht halbwegs folgen. Bald schon reizte mich das Begonnene, ich lief langsam warm.«

»Klingt ja sehr gut.«

»Das Gute daran war, Georgios verstand es ausgezeichnet zu motivieren, gelegentlich zu provozieren. Das regte mein Selbstwertgefühl mächtig an. In einer kurzen Zeit lernte ich einige Techniken der Aquarell-Malerei, wie Nass in Nass, Nass auf Trocken oder Trocken auf Trocken, das Mischen der Farben, das Auswählen der richtigen Pinsel. Er meinte, lieber zwei drei Pinsel von guter Qualität, als eine Unzahl billiger, schlechter Pinsel. Das Wichtigste, Carla, war in meinem Anfangsstadium Georgios Streben nach Praxis. Gleich am zweiten Tag ging er mit uns auf Objektsuche, und daran mangelt es in Argos nicht. Überall trifft man auf antike Ruinen. Dort zeigte er uns das Arbeiten mit Licht und Schatten. An einem Wochenende fuhren wir nach Mykene. Unser Interesse galt dem Löwen-Relief der Burg. ›Schließen Sie die Augen und malen Sie drauf los.‹ Ein ungewohntes Unterfangen, doch es zeigte Wirkung. Die Linien wurden nicht mehr so hart. Ich war der einzige Ausländer in der Gruppe. Die fachlichen Ausdrücke halfen mir einzusteigen in die Sprache.«

»Zeige mir bitte deine Bilder«, bat Carla.

»Okay, wenn du willst. Gehen wir rüber in mein Atelier. Übrigens, Carla, das Atelier war auch ein Zufall. Unten im Erdgeschoss wurde ein größerer Raum frei, der zu keiner Wohnung gehörte.«

Sie standen vor einigen Gemälden, Apollo Tempel von Tolo, das Löwentor, Hermes von Teria. »Ich hatte bei der Malerei Blut geleckt. Dimitrius merkte bald, dass ich in die Malerei eingestiegen war, er bot mir diesen Raum als Atelier mietfrei an. Über den Winter kniete ich mich richtig in die Malerei rein. Eines Tages kam Dimitrius zu Besuch. Er sah meine Bilder. ›Deine antiken Bilder sind gut, sie gefallen mir.‹ Da schlug er vor, ich solle die antiken Ruinen malerisch erfassen und sie katalogisieren, sie würden ihm sehr bei seinen Vorlesungen helfen. Das Tollste war, ich bekam ein offizielles Honorar. Meine ersten selbst verdienten Drachmen.«

»Gratuliere, du bist ja ein Künstler geworden.«

»Na, übertreibe nicht, Carla, ein klein wenig Talent mag vorhanden sein, doch muss ich noch viel lernen. Carla, weißt du was, ich habe meine ersten erarbeiteten Drachmen in einer Keramik-Amphore, man sagte mir, es bringe Glück. Ich lade dich ein, gehen wir in die City Nauplias und machen uns einen schönen Tag am Strand. Lass uns vorher deine Sachen vom Hotel holen, ich würde mich sehr freuen, wenn du bei mir bleibst.«

»Danke, sehr lieb von dir, aber ich habe im Hotel gebucht.«

»Du meldest dich an der Rezeption für ein paar Tage ab. Bei mir hast du freie Logis und Kost«, meinte er lächelnd.

»Gut, ich freue mich auch.«

»Let's go, my darling.« Er holte seinen Motorroller aus der Garage, sie fuhren in die Stadt.

Die Abendsonne versank, golden glänzten die leicht gekräuselten Wellen, der Wind strich mild über ihre Köpfe, ihr Haar flatterte im Sog der Fahrt. Eosfingrig erstreckte sich der Golf von Argos neben ihnen. Noch ehe die Dunkelheit einbrach, erreichten sie seine Wohnung.

»Schön, dass es dich gibt, Carla«, sprach er zu ihr, als sie in das Haus eintraten. Er küsste sie zärtlich auf ihre Wangen. »In mir drängt sich ein Wunsch.«

»Lass es dich nicht so heftig drängen«, meinte sie scherzend.

»Carla, schon lange hege ich den Wunsch, Bilder der antiken Gebäude zu malen, verbunden mit Natur und einer schönen Frau.«

»Meinst du mich etwa?«

»Ja, du bist wunderschön, ich möchte dich verewigen in meinen Bildern, meine Nymphe, an einer Quelle sitzend, dein Haar sich darin spiegelnd. Um es kurz zu machen, ich möchte mit dir morgen eine Fahrt durch das reizvolle Argos machen und dich inmitten der Antike malen. Wie lange kannst du bleiben, Carla?«

»Für ein paar Tage muss ich nach Athen, doch das hat noch Zeit.«

»Gut, dann machen wir morgen eine Maler-Tour durch Argos. Für übermorgen hätte ich auch einen Plan. Kennst du das antike Theater in Epidauros, das Asklepios heilig war?«

»Ja, schon, doch leider nur vom Hörensagen. Es soll eines der am besten erhaltenen antiken Theater sein.«

»Dann lass uns dorthin fahren. Ich habe dir doch von Georgios erzählt. Vor ein paar Monaten sprach er mich an, ob ich nicht Lust hätte, einige Malereien für ihn zu machen. Ich sagte zu. Hinterher stellte sich heraus, dass er damit Theaterkulissen meinte.«

»Du scheinst dich ja regelrecht als Künstler zu entpuppen«, meinte sie schelmisch.

»Ja, es ist unglaublich, auch für mich, was so nach und nach zum Vorschein kommt. Seither habe ich einige Kulissen gemacht. Wenn du willst, können wir übermorgen eine Theateraufführung in Epidauros ansehen, ich habe immer ein paar Freikarten.«

»Ja, gern, was steht auf dem Programm?«

»Hyperion, Friedrich Hölderlin.«

»Toll, ich freue mich, ich mag Hölderlin sehr. Schon in der Schulzeit habe ich seine Gedichte gern gelesen, voller Poesie und Romantik.«

Ein leichter Wind wehte von der Küste herüber und machte die Hitze erträglich. Sie blieben vor dem Eingangsportal des Theaters stehen. Auf einem Plakat lasen sie: »Hyperion – Eine Liebeserklärung, frei nach Friedrich Hölderlin, nach antiker Inszenierung«. Sie hatten zwei Plätze gefunden. Das Zuschaueroval war voll besetzt. Hier hatten während der Antike über 14.000 Besucher Platz, faszinierend, diese Architektur, die Akustik ist einmalig.

Die Scheinwerfer gingen an. Das Raunen der Zuschauer verebbte, es wurde still, das Spiel begann. Figuren tanzten, Ziegen-, Schaf- und Rinder-Masken tragend, im Hintergrund ertönte leise Musik.

Chor: Lieblich erklingt das Geflüster der Pinie, dort an sprudelnder Quell. Hüter der Rinder, lieblich erklingt dein Spiel der Flöte. Dein Spiel ist betörend, du bist der zweite nach Pan. Lieblich erklingt dein Lied, über Hellas schönes Lande. Doch hört ihr den Gesang.

Hyperion: Oh Gott, ist der Mensch, wenn er träumt, ein Bettler, steht er da wie ein missratener Sohn, den der Vater stieß aus dem Haus?

Oh, es sind heilige Tage, wo unser Herz zum ersten Male die

Schwingen übt, wo wir, voll schnellem Wachstum dastehen in der herrlichen Welt. Wie die junge Pflanze, wenn sie der Morgensonne sich aufschließt und die Arme dem unendlichen Himmel entgegenstreckt.

Ja, ein göttliches Wesen ist das Kind, im Kind ist Freiheit allein.

Oh du, zu dem ich rief, den ich Schöpfer des Himmels nannte und der Erde, freundlich Idol meiner Kindheit, du wirst nicht erzürnen, dass ich deiner vergaß.

Dreifach fühlt ich ihn und mich, wenn wir, mit Stolz und Freude hinab an die Ufer, ins Herz des alten Peloponnes, an die einsamen Gestade des Eurotas, die Tale von Elis und Nemea und Olympia, die ewig jugendliche Sonne uns mahnte, dass der Mensch einst dahin ist. Aber was sprech ich davon, es dämmert noch, wie immer flog der unsterbliche Titan mit seinen tausendfachen Freuden herauf und lächelte herab.

Chor: So prophezeite es Hermes, Herakles wuchs heran, als Sohn des Amphitrion, Fürst von Argos, Linos lehrte ihn schreiben, der Sohn des Apollon, tüchtig den Bogen spannen, das Ziel mit dem Pfeil zu erreichen, übte ihn der betagte Eurytos. Zu gehen, dem Lande Freiheit zu bringen.

Hyperion: Meine Seele ist voll Tatenlust und voll Liebe, Diotima, in die griechischen Täler blickt mein Auge hinaus, steigt wieder empor, ihr Städte der Götter.

Ein Gott muss in mir sein, denn ich fühle unsere Trennung, kaum lebt meine Seele mit deiner in himmlischer Freiheit.

Chor: Horden von Feinden verwüsten das Land, rauben der Väter Töchter. Zerstören unsere Tempel, nehmen der Seele die Luft, kommt, ihr Hereonen, zu befreien Hellas Land.

Hyperion: Ein Volk, wo Geist und Größe keinen Geist und keine Größe mehr erzeugt, hat nichts mehr gemein mit anderen, die noch Menschen sind. Wann reist der Mensch endlich seine Ketten los. Da ist endlich eine Melodie, die mir das Herz bewegt. Du wirst mit mir das Vaterland erretten.

»Ich liebe dies Griechenland überall. Es trägt die Farbe meines Herzens. Wohin man sieht, liegt Freude und doch ist so viel Liebliches und Großes um einen. Ich habe meine liebsten Stunden, da sitz ich abends und sehe nach Attika hinüber, sehe Salamis, das siegreiche Eiland vor mir liegen, mein Blick geht hinüber nach Delphi, dem Nabel der antiken Welt, hoch droben auf dem Parnass die Musen Apollo begegnen. Sehe hinüber zu den Thermopylen, wo einst Leonidas mit seinen Getreuen starb, auf ihren Lippen: Freiheit oder Tod. Erblicke oben in Thessalien Meteora-Klöster, Stätte der Freiheit, oder schaue aufs Meer hinaus, überdenke mein Leben, Steigen und Sinken, Seligkeit und Trauer, höre das Zauberspiel der Musik. Der ganze Himmel ist rein. Das weiße Licht ist über den Äther gehaucht, widerspiegelt sich die Hoffnung der Freiheit und Geborgenheit.«

»Danke für die Überraschung, das Stück hat mir sehr gut gefallen.« Sie küsste ihn zärtlich. Der Mond hatte sein silbernes Licht ausgebreitet. Die Straßen waren beleuchtet auf dem Weg nach Hause. Die Nacht zweier Seelen, befreit von Zwängen, geborgen durch Liebe, gefüllt voller Freude des Lebens, spürten den Hauch des Olymps.

Am anderen Morgen trat sie in sein Atelier. Der Raum war gefüllt von seinen Gemälden, auf der Staffelei sah sie ein Bild, die Ruine der mykenischen Akropolis von Asini. Sie saß seitlich der Zyklopenmauer, umrankt von Efeu, ihr Busen waren bedeckt von einem zarten Seidentuch, rötlich schimmernd zeigten sich reife Knospen. Ihr gefiel das Bild. Er trat zu ihr.

»Du hast ein neues Leben gewagt, hast deinen Weg durch die Malerei gefunden. In der Malerei findest du deine Freiheit. Deine Bilder sind dir sehr gut gelungen, mir gefallen sie sehr, doch fordert Freiheit auch Verantwortung, Kurz. Du bist kein Mörder und doch ist es für dich besser, kehre zurück nach Deutschland, entwirre den letzten Knoten, der dich noch in Unfreiheit fesselt.«

»Ich danke dir, Carla, für deine Offenheit. Mein Inneres bejaht deine Worte, doch brauche ich Zeit zur Entscheidung.«

»Ich werde mit Dimitrius sprechen, ihm sagen, dass du für

kurze Zeit nach Deutschland musst. Du wirst frei sein, wenn wir uns wiedersehen.«

»Vielleicht hast du recht, lass mir Zeit, darüber nachzudenken. Lass mich eine Nacht darüber schlafen.«

Am nächsten Tag brachte Carla ihn zum Flughafen Athen, wo er am späten Nachmittag nach Dresden flog.

»Gott mit dir, wir haben eine Zukunft in unserer Liebe.« Worte, die ihm im Ohr klangen, ihn auf seinem Rückweg begleiteten.

Mein Gott …
entfache in mir das Feuer der Begeisterung,
zu spüren deine heilige Geisteskraft.
Entfache in mir den Geist der Ausdauer, in dir
Neues zu suchen, ob am Morgen oder Abend.
Entfache in mir den Geist der Fantasie,
dich zu finden, in allen Dingen deiner Schöpfung.
Entfache in mir den Geist der Freude, Menschen
freudig zu begegnen in deiner Liebe.
Entfache in mir den Geist des Glaubens,
immer tiefer in dir zu wachsen in deiner Frucht.
Entfache in mir den Geist der Zuversicht und des
Mutes, Neuem tapfer zu begegnen.
Entfache in mir den Geist des Friedens,
in Gedanken und Werken friedvoll zu sein.
Entfache in mir den Geist der Gerechtigkeit, Gottes
Geschöpfe zu Recht und Würde zu verhelfen.
Entfache in mir den Geist der Unruhe,
überall zu wirken, wo man mich braucht.
Entfache in mir den Geist der Freiheit,
all die irdischen Fesseln abzustreifen.

(Verfasser unbekannt)

Nachwort

Beim Bearbeiten des Stoffes zum Thema Freiheit stieß der Autor auf Grenzen. Eine absolute Freiheit kann es für den Menschen nicht geben. Die Erkenntnis stammt nicht vom Verfasser. Die relative Freiheit des Menschen ist nicht nur materiell und von sozialer Umwelt abhängig, genauso wird sie beeinflusst von angeborenen Anlagen. In diesem Roman werden Wege, nichts als Wege gezeichnet, die lediglich Tendenzen aufweisen. Menschen sind Unikate, sie in ein geistiges System zu zwängen, sie nachzuahmen, heißt, den Menschen lediglich zu kopieren und zu uniformieren.

Danken möchte ich für die Durchsicht des historischen Stoffes Herrn Prof. Dr. Bernd Brandl.

Ebenso danke ich meiner Frau, für die oft wenig Zeit blieb.

Literaturnachweis

»Kulturgeschichte Band I Griechenland«, Akademieverlag Berlin
»Die Töchter der Erinnerungen«, Rutten und Loening
Verlag Berlin
»Reise in das alte Athen«, Prisma Verlag
»Leonidas, Held der Thermopylen«, Ullstein Sachbuch
»Mythen der alten Griechen«
»Das Geschichtswerk des Herodot«, Insel Verlag
»Das frühe Persien«, Verlag C. H. Beck
»Schiller, ausgewählte Werke«
»Lexikon der Antike«
»Die Ilias«, Homer